관군에서 의병으로

통일의 바다를 조국의 품에!

관군에서 의병으로

통일의 바다를 조국의 품에!

초판 1쇄 인쇄 2020년 01월 10일
초판 1쇄 발행 2020년 01월 13일

지은이   이병록
펴낸이   최화숙
편집인   유창언
펴낸곳   아마존북스

등록번호   제1994-000059호
출판등록   1994. 06. 09.

주소   서울시 마포구 월드컵로8길 72, 3층-301호(서교동)
전화   02)335-7353~4
팩스   02)325-4305
이메일   pub95@hanmail.net/pub95@naver.com

ⓒ 이병록 2020

ISBN 979-89-5775-240-1 03810

값 15,000원

관군에서 의병으로

통일의 바다를 조국의 품에!

이병록 지음

아마존북스

인생의 전환점, 구호와 별명

　자기가 결정하고 선택해야 하는 인생의 결정 지점이 있다. 다른 길을 택했다면 인생이 바뀔 수도 있다. 선택을 하지 못하여 바뀌는 경우도 있다. 1975년은 작은 변곡점이다. 광주에 있는 고등학교가 평준화되어 유학을 갈 필요가 없어졌다. 광주로 유학을 갔으면 인생이 어떻게 바뀌었을까? 결론은 순천고를 잘 택했다는 것이다. 고등학교 시절 친구가 지어준 별명은 '부처님 가운데 토막'이다. 법없이 사는 순한 사람이라는 뜻이다.

　내 인생에 가장 큰 전환점은 해군사관학교를 택한 것이다. 군인이면서 뱃사람의 길을 택한 것이다. 가입교 특별훈련을 받으면서 동기생 구호는 '통일의 바다를 조국의 품에'였다. 사관학교 생활은 힘들었다. 문과 출신이라 학점이 높은 수학과 화학, 물리학 등 때문에 성적이 좋지 않았다. 더 큰 이유는 달리기 등 체력이 약했다. 1주일에 기본 훈련이 두 번인데, 육체적으로 부담이 많았다. 무엇보다 적성에 맞지 않았다. 각지게 정리한다든지, 성격이나 외모적으로 좋은 인상을 주지 못했다. 성적이 같은 동기가 100등이나 좋은 성적을 받았다. 4학년 순항훈련 때 별명은 '롤링게이지'였다. 파도가 높아지면서 달라지는 내 얼굴 표정을 표현한 별명이다.

사관학교를 졸업하고 임관하면서 "내 약혼자는 조국통일이고 배우자는 민족중흥이다."라고 다짐하였다. 뱃멀미를 하는 해군으로서 파도에 맞서 토해 가면서 바다를 지켰다. 5년 차에 전역을 할 수 있는 유신사무관 특채제도가 없어졌다. 힘들 때 몇 번의 전역지원서와 전과지원서를 두고 고민을 했었다. 행정병과가 생길 때 전과지원서를 냈는데, 3명 중에 나만 떨어졌다. 인생은 새옹지마라고 몇 년 뒤에 행정병과가 폐지되었다. 소령 때 해군본부에 근무했던 군무원 한 분이 충고를 한다. "이 소령! 내가 장교를 많이 만나보니 당신은 참모총장감입니다. 그러나 당신 성격 때문에 중간에 부러지기 쉽습니다. 성격만 조심하면 되겠습니다." 결국 중령 1차에 떨어지고 말았다. 이를 계기로 이후 성격이 많이 바뀌었다.

내가 지은 다른 별명은 '한 손에 책, 한 손에 술'이다. 후배들에게 책은 읽으라고 충고했지만 술은 권하지 않았다. 주량이 약한 후배나 술을 마시지 못하는 후배들에게 절대 강권하지 않았다. 대령 이후로는 2차 갈 때도 노래방에 간 적이 없다. 술값도 선배가 내는 분위기로 바뀌었다. 희망자만 데리고 생맥주집에서 큰 잔으로 마셨다. 그때 후배들이 지은 별명은

'비어킹'이다.

2009년에 장군 진급심사를 통과했다. 후배 한 명이 찾아와서 이런 얘기를 한다. "선배님! 오바마가 대통령이 되었으니 미국에서 인종문제는 없어졌습니다. 선배님이 장성이 되는 것을 보고 후배들이 우리도 열심히 하면 된다는 희망을 얻었습니다."라고 한다. 계급장을 달고 참모총장과 만찬을 하면서 그동안 마음에 품고 있던 시조를 읊었다. "옥이 흙에 묻어 길가에 버렸으니, 오는 이 가는 이 흙이라 하는구나, 두어라 아실이 있을 지니 흙인 듯이 있거라." 군에서 자청타청 별명은 '계백장군'이다. 골프를 계속 백타를 친다는 뜻이다. 전역하면서 골프는 그만두었다.

2013년 전역은 매우 큰 변화이지만, 내가 선택한 전환점이 아니다. 36여 년간의 군 생활을 마치고 사회에 복귀하였다. 장군도 달고, 박사학위도 받고, 문단에도 등단하였으며, 대학교수도 역임했다. 평생을 바쳤던 것이 정전체계를 유지하여 평화를 지키는 것이었음을 깨달았다. 평화체제까지는 미처 생각하지 못했다. 평생을 국민 세금으로 살았다. 내가 질 사회적 책임을 고민하였다. 그래서 이제 '관군에서 의병'이 되어 시대적 사명인 '평화만들기(즉 피스 메이킹)'와 민주주의발전에 기여하기로 마음먹었다.

'관군에서 의병으로'라는 별명을 가지고 원 없이 시민활동에 참가하였다. 부산 통일의병에서는 '살인 미소'라는 별명도 얻었다. 수많은 시민단체에서 오가는 시간과 회의 시간이 만만치 않았다. '덕파통일안보연구소'

를 설립하여 통일안보연구를 시작하였다. 삶 자체와 시민활동이 바로 정치이고, 정치는 사회를 바꾸는 큰 지렛대임을 알았다. 정당과 국회의원들의 의정활동에 관심을 두게 되었다. 정치현장에서 국가의 큰 힘이 되고 싶었다.

통일을 강령으로 삼는 당을 만들려는 시도도 했다. 당을 만드는 것보다 기존 정당에서 역량을 발휘하는 것이 훨씬 쉽다는 것을 깨달았다. 어떤 정당이 미래에 대한 진보적 청사진을 그리는지 살펴보게 되었다. 대의민주제도의 단점을 보완한 국민을 주인으로 여기는 정당을 찾았다. 양당제도는 국민을 오, 엑스 형으로 분리시킨다. 보수적인 예비역들도 정의당은 당리당략에 따라 움직이지 않고 원칙에 따라 움직이는 당이라고 평가하였다. 나도 현역 장성 때 진보 측 창원시장에게 투표하고, 지난 총선 때는 정의당에 정당투표를 했다. 진보적 가치가 나와 맞았다. 김종대 의원과 심상정 대표가 나의 역량을 높게 평가해준 것이 반갑고 고마울 뿐이다.

사관학교를 선택한 것보다 더 큰 변곡점은 정의당에 입당한 것이다. 정의당에서는 '을의 장군'이라는 별명을 주었다. 내가 정한 별명은 '정의당 부함장'이다. 함장 다음으로 경험이 많은 부함장은 항상 함장 반대편에 서서, 맹점을 없애는 역할을 한다. 아내는 "편하고 명예롭게 살 수 있는데, 왜 군이 정치판에 들어가느냐?" 하면서 반대했다. "국가와 결혼한 사람하고 살기 힘들다."고 불평한다. 나는 편한 삶보다 내 잠재적 역량을 마음껏 발휘하고 싶다. 개인과 시민단체보다 큰 동력을 가진 정당과 힘을 합쳐 세상을 바꿔보고 싶다. 안보전문가의 틀을 뛰어넘어 통일, 문화 등 국정 전반에 걸쳐 사회에 헌신하고 싶다.

1978년 군인의 길, 1986년 결혼, 2009년 장군 진급, 2019년 정의당 입당이 인생의 전환점이다. 가장 큰 전환점은 1978년과 2019년으로써 내가 선택한 길이다. 군대라는 보호막 속에서 사회와 떨어져 살았다. 정치는 방탄복 없이 정가에서 치러지는 총탄 없는 전쟁이다. 병법에 나와 있는 원칙과 상대방의 허점을 찌르는 장수의 용병술을 발휘하여야 한다. 품격 있는 언어와 재치, 대안을 제시하면서 정부와 거대정당의 잘못은 지적하고, 잘한 것은 지원해야 한다. 다음 내 별명은 무엇이 될지 궁금하다.

〈4장〉 의병의 생각

〈5장〉 나라를 생각하는 수많은 방법들

1장

한 손에 술,
한 손에 책

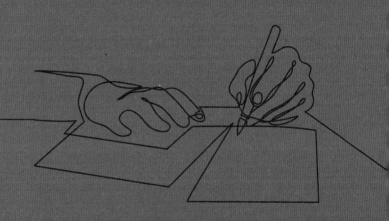

官軍
義兵

한 손에 책, 한 손에 술

1960년대 초에 승주군 별량면 송기리에 살았다. 농촌에서 아버지는 대학중퇴로써 학력이 높으신 분이다. 역사소설과 국문학 전집을 많이 사오셨다. 시골이지만 책방이라 불리는 방이 별도로 있었다. 아버지가 1권을 읽기도 전에 나는 마지막 권을 마쳤다. 표지도 떨어지고 글이 위에서 아래로 쓰여진 누런 책을 읽었다. 악마에게 영혼을 파는 줄거리였다. 나가서 놀아라고 집에서 쫓겨나기도 하였다. 친구들과 안 어울린 것은 아니다. 구슬치기와 딱지치기는 안 했지만, 진놀이 등 단체적인 놀이는 좋아했다.

초등학교 때는 도서관을 관리했다. 햄릿이 검을 뽑으니 주변 사람들이 피한다는 내용이 있다. 검이 칼인 줄도 모르고 그 책을 다 읽었다. 초등학교 5학년 때 순천으로 이사했다. 아버지는 내 독서습관을 유지시키기 위해서 동네 책방에서 외상으로 읽으라고 하신다. 내 성격이 외상으로 달라는 소리를 하지 못한다. 그때 시립도서관을 활용할 생각을 하지 못했다.

중고등학교 국어시간에 나오는 근대 소설들은 초등학교 때 다 읽었던 내용이다. 제목도 모르고 읽었던 책이 괴테의 파우스트이다. 국어는 시험공부를 별도로 할 필요가 없었다. 아쉽게도 무협지에 빠져버렸다. 악화가 양화를 구축한 것이다. 사관학교 때는 책을 볼 여유가 없다. 저녁식사 후 자습시간에 책을 읽다가 과실보고를 냈했다. 시험기간에는 일과 통제가 느슨해진다. 토지 같은 책을 그때 읽었다.

임관 후 초급장교 시절에는 책을 볼 여유가 없다. 흑산도 상황실에 근무하면서 10여 권이 넘는 처칠 회고록을 읽었다. 초급장교 애환을 달래주는 것은 책보다는 술이다. 술이 더 가까운 친구가 되었다. 당시 최대목표였던 대령으로 진급하였다. 그동안 뜸했던 책과 다시 친한 친구가 되었다. 울릉도에 근무하면서는 1년에 백 권도 넘는 책을 읽었다. 몇 년 만에 휴가를 나와서 책을 읽다가 아내에게 타박을 맞기도 하였다.

대전에서 만들어진 '백권(북스)학습독서공동체'에 가입하였다. 대학생들이 2주에 한권을 읽으면 졸업할 때 100권을 읽는다는 독서모임이다. 소문이 나면서 책 읽는 고수들이 모여들었다. 동해에서 근무할 때 회원을 초청하여 독서토론회를 열었다. 서울에 발령이 나서 올라오니 서울에도 독서모임이 만들어졌다. 가족 모두가 참가하였다. '생각의 탄생' '유니버설' 등을 내가 발제하였다. 독서모임을 만든 여성분이 세 번 만에 잠시 쉬자고 한다. 백북스학습독서공동체는 대학생들 시험기간에는 발제자와 주관 교수 두 명만 참석하는 경우가 있던 독서모임이다. 한 번도 쉬지 않고 열린 전통을 지닌 모임인 것이다.

전통을 유지하여 계속하자고 제안하였다. 그 제안으로 서울백북스학습독서공동체의 초대회장을 맡았다. 아내는 장군이 될 생각은 안 하고 독서모임에 빠져 있다고 불만이다. 책읽는 문화를 만들기 위해 회비도 걷지 않았다. 뒷풀이 절반은 내가 부담하고, 나머지 절반을 다른 두 사람이 부담하였다. 다행히도 장군진급이 되어, 아내의 타박을 피할 수 있었다.

11월 정의당에 입당하고 책을 읽을 여유가 사라진다. 정치인이 책을 더 많이 읽어야 한다. 일단 당에 뿌리를 내리고, 내년 총선이 끝나면 다시 책과 가까워질 수 있을 것으로 생각한다. 읽으면서 중요한 부분은 요약을 해서 계속 블로그에 올릴 예정이다.

사관학교를 마치고 다시 장교 말단인 소위부터 시작한다. 술과 담배에 대한 자유가 부여된다. 진해에서는 접할 수 있는 사회친구도 없다. 당시 군대문화는 술과 가까웠다. 월급을 통채로 술집에 맡겨 놓았다는 선배들 일화도 있다. 우리 때는 재형저축 바람이 불었다. 동기 절반은 술을 마시고, 절반은 저금하는 문화였다. 오랫동안 해상에서 작전을 마치고 돌아오면 반겨주는 곳은 단골술집밖에 없다. "이 소위님 출동 다녀 오셨네요." 하면서 반겨주는 유일한 곳이다.

카드가 없던 시절이라 안면이 중요한 신뢰 도구였다. 모두 외상이었으며 술 세병, 안주 하나가 5천원쯤 했다. 월급받은 날 단골 술집에 가 외상값을 갚으면, 고맙다고 술을 공짜로 준다. 몇 집을 돌고 나면 월급이 거의 떨어지고, 공짜 술에 얼큰해진다. 그날부터 다시 외상이 시작되었다. 술값이 월급을 넘는 일은 없었다. 어떤 집에서는 계산하는 나를 보고는

주인이 "맨날 이중위님만 계산해요. 다른 분 보고 계산하라고 하세요." 할
정도였다.

두 번째 보직은 흑산도이다. 진해보다도 여건이 열악하다. 위병소 출
입을 하면 다음 날 아침에 전대장에게 보고가 된다. 부대 바로 밑에 있는
가게에 가는 것은 통제가 없었다. 가게에서 새우깡에 소주를 마시곤 했
다. 한 달에 한 번은 흑산도 번화가 예리에 있는 농협으로 월급을 찾으러
내려간다. 위병소를 통과하면서 "월급 타러 내려간다'고 큰소리를 친다.
그리고 낮술을 마시고 올라온다.

앞 기수는 모두 중위 2년을 마치고 4월에 대위로 진급했다. 대위로 진
급하면 월급이 많이 오른다. 마침 친했던 해병대 동기가 진해로 왔다. 책
과 술을 좋아하는 동기들 몇 명이 뭉쳤다. 단칸방 신혼집에서 담근 술을
많이 마시고 취해서 신혼 단칸방에서 자기도 했다. 월급이 많이 오를 것
을 예상하고 많이 마셨다. 그런데 우리 기수만 10월부로 대위를 달아줬
다. 동기와 늦은 진급으로 외상이 쌓여 결혼을 한 뒤에야 갚았다.

동기집에 드나드는데 동기가 세들어 사는 주인집이 아내 이모집이다.
조카를 생각해서 드나드는 총각 장교들을 유심히 관찰한 모양이다. 사람
좋아 보이는 내가 낙점되었다. 어느 날 부산에 사는 조카를 소개해주겠다
고 한다. 결혼으로 연결되었다. 술 때문에 아내를 만난 것이다. 술 때문에
좋은 일도 생겼다.

경상도 인연

초등학교 때 수학여행을 진주와 부산으로 갔다. 그때 어머니들은 대개 경제적인 부담으로 가지 말라고 하셨다. 아버지는 "전라도 사람이 서울 갈 일은 많아도 경상도 갈 기회는 없다. 이번 기회가 아니면 갈 기회가 없다."면서 적극 찬성하셨다. 용돈으로 천 원을 받았다. 40원어치 선물을 사고 960원을 부모님께 반납하였다. 참! 돈 쓸 줄 모른다. 아버지 친구 딸은 천 원을 다 쓰고 친구에게 천 원을 빌려서 썼다고 한다. 그래서 나의 경제적 신용은 대단했었다.

중학교 때도 진주로 수학여행을 갔다. 사관학교도 경남 진해에 있다. 경상도 의령 출신에 부산 사는 아내와 결혼하였다. 진해에서 다수 생활하고, 석사, 박사 학위를 경남대학교에서 받았다. 애들은 초등학교 때 서울에 와서 쭉 살았다. 애들이 엄마의 경상도 사투리를 오랫동안 써서 교정하느라 힘이 들었다. 전역을 하면 서울이나 고향인 순천에 정착할 줄 알

왔다.

그런데 전역 후에 부산 동명대에서 연구재단 초빙교수를 하였다. 수학여행 왔을 때 동양 제일이라던 동명목재 후신이다. 연구재단 초빙강사는 주 3시간만 강의하면 된다. 이 제도를 잘 모르는 동명대에서 주 3일에 12시간 강의를 준다. 서울에서 왔다 갔다 할 입장이 아니다. 아직 신길동 군대 아파트에 살면서 전세집을 구하러 다니는 중이다. 만약에 전세집을 구해서 이사를 한 상태라면 다시 이사할 엄두를 내지 못했을 것이다. 부산으로 이사하여 부산시민이 되었다.

부산에서 생활하면서 통일의병 영남본부를 만들었다. 지방분권 등 많은 시민단체들과 교류하였다. 서울 행사와 좋은 교육과정에 참여하면서 길가에 돈을 뿌렸다. 연구재단과 계약이 끝나면 학교에서 재계약을 해줄 것을 기대했지만 동명대에서 더 이상 강의를 주지 않았다. 다시 백수가 되어 부산에 계속 살아야 하는지, 서울로 이사해야 하는지 고민이 깊어간다. 아들은 서울에서 방 한칸(원룸)에 살고 있고, 딸은 서울에서 둘째 애를 낳을 것이다. 가족이 합류를 위해서는 서울로 가야 한다. 서울에는 좋은 교육과 행사도 많다.

망설이는 이유는 사회생활 때문이다. 사회에 나와서 5년 넘게 많은 사람과 교류하였다. 군대 인연이 끊어지고, 부산에서 겨우 뿌리를 내렸다. 이사를 하면 또 새롭게 시작해야 한다. 우연하게 지하철에서 사관학교 때 독서 지도하셨던 교수님을 만났다. 교수님은 단도직입적으로 서울로 가라고 하신다. 서울에는 사람이 많고, 지금 부산에서 만나는 단체보다 더 많은 단체사람들을 만날 수 있다는 것이다.

잠시 서울에서 아들과 함께 있던 중에 합동참모본부 연구발전위원으로 임용되었다. 서울로 다시 와야 할 팔자이다. 사무실이 제일 높은 9층이다. 합참 최고위층이란 농담을 하면서 다녔다. 동명대에서 계속 강의를 했으면 부산시민으로 살았을 것이다.

집안 간 경쟁을
여름 성경학교에서 평정하다

나는 어렸을 때 방학이 시작되면 숙제를 다 해놓고 놀아야 했다. 일이 남아 있는 상태로는 놀 수가 없다. 대부분의 친구들은 방학이 시작되면 산으로 들로 놀기에 정신이 없다. 친구들은 개학하기 며칠 전부터 벼락치기로 숙제는 할 수 있어도 그림일기 날씨는 거짓말이 될 수밖에 없다.

나처럼 매일매일 일기를 쓰는 사람은 날씨가 정확하다. 하루하루 내용도 다양하고 사실성이 있다. 그림일기를 잘 썼다고 칭찬을 받거나 상을 받았다. 그래서 나는 중학교 미술시간이 시작될 때까지 그림을 잘 그리는 것으로 착각했다. 경험 많은 선생님은 내가 그림을 잘 그려서가 아니라 매일 꾸준히 쓴 것을 알아보신 것이다.

승주군 별량면 송기리인 우리 동네는 광산 이씨와 광산 김씨의 집성촌이다. 나는 바로 아래 여동생과 증조모, 조부모. 삼촌과 같이 살았다.

초등학교에서 공부 좀 한다는 애들 3명이 우리 동네 광산 이씨다. 한 명은 위 항렬이고, 한 명은 교장 손자로서 같은 항렬이다. 당시 초등학교는 시험을 잘 보지 않았다. 공부를 잘 한다는 객관적인 증거가 부족했다. 단지 글을 잘 읽는다는 등을 이유 삼아 일가 간에 기 싸움이 있었다.

여름 방학이 시작되면 나는 나주에 계시는 부모님과 살다가 방학이 끝날 무렵 집에 내려왔다. 2주간 여름성경학교가 1주일이 지난 상태였다. 여름성경학교가 끝나고 시험을 봤는데 내가 1등을 했다. 그것으로 할아버지와 삼촌이 동네를 평정했다. "우리 병록이는 중간에 들어갔는데 1등 했다네!" 하시는데, 다른 집안에서 뭐라고 응답하겠는가? 집안 간 경쟁을 여름성경학교에서 평정한 것이다.

초등학교 5학년 때 순천남초등학교로 전학 갔다. 시골학교인 송산초등학교는 한 학년에 두 개 반밖에 되지 않는다. 순천남초등학교는 60명을 꽉 채운 10개 반이다. 모두들 "네가 시골에서 1~2등 했지만 도시에 가서 중간이나 하면 잘 할 거야."라고 했다. 시골은 담임 선생님이 부임을 안 하신 상태라 내가 담임 역할을 했다. 순천에서 전학을 안 받아줘 보름 이상을 놀았다.

그런데도 전학한 첫 시험에 전교 2등을 했다. 가족들이 다시 가능성을 높게 평가했다. 6학년 때 학교에서 참고서를 팔기 위해 모든 시험을 그 참고서에만 냈다. 나는 끝까지 참고서를 사지 않았더니 성적이 반에서 5등까지 내려갔다. 다행히도 5등까지 우등상을 주었다. 주변의 기대치가 다시 떨어졌다.

순천에 있는 3개의 중학교 중에서 순천매산중학교에 배정되었다. 입학하기 전 학교에서 평가시험을 치렀다. 입학식 날 내 이름을 부른다. 전교 1등이니 선서를 하라는 것이다. 다시 기대치가 올라간다. 문제를 어렵게 낸 수학시험에 나는 70대 점수를 받았다. 나를 제외하고는 50점 이상인 학생이 없었다. 선생님이 시험문제를 풀어주고 같은 문제로 시험을 쳤다. 내 점수는 그대로이고 다른 사람들이 나를 추월했다. 그래도 반 1등은 유지했다.

2학년 첫 시험에 1등을 했다. 다음 시험에는 1등을 하고, 2등과 3등은 바뀌었다. 다음 시험에는 내가 2등으로 밀려났다. 이후 성적 변동 없이 지속되었다. 3학년 때는 더 떨어졌다.

고등학교 시험을 앞두고 모든 중학교에서 합숙반을 편성하였는데, 나는 제외되었다. 매산중학교는 상당수가 매산고등학교 장학반으로 들어갔다. 순천고 시험을 치뤘는데 18등으로 매산중학교에서 1등이었다. 다시 기대치가 올라간다.

고등학교 때 영어와 수학 참고서는 샀는데, 다른 과목은 사지 않았다. 고등학교에서 참고서 없이 성적 올리기는 어려웠다. 점점 성적이 떨어졌다. 그래도 서울지역 예비고사는 우리 반 상위권에 들었다. 친구 한 명은 육사를 합격하고도 서울지역 예비고사에 떨어졌다.

내 성적을 분석하면 다음과 같다. 공부는 열심히 하는데, 남보다 더 열심히 하지는 않는다. 평소실력으로 시험을 치른다. 따라서 수업하는 선생님이 출제하지 않은 객관적인 시험문제에 강하다. 시험이 어려우면 성적이 상대적으로 오른다.

남에게 받은 평가

나는 경제개념이 부족하다. 돈이 있으면 그냥 쓰고, 없으면 없는 대로 산다. 어렸을 때 용돈이란 개념이 없기 때문이다. 필요한 것이 있으면 어머니가 값이 싼 곳에서 사다 주신다. 나머지 필요한 돈은 타서 쓰면 되고, 군것질을 안 하니 용돈이 많이 필요하지도 않다. 일정량의 용돈을 받아 한 달간 계획을 세워 쓰고 나머지는 저금을 하는 경제 개념을 쌓을 기회가 부족했다. 초등학교 때 병아리를 사서 키웠다. 시내이지만 옛날식 집이라 마당과 텃밭, 조그만 닭우리까지 있었다. 병아리가 어미 닭이 되어 알을 낳기 시작하였다. 어머니는 달걀값으로 용돈을 얼마간 올려 주셨다.

군것질을 하지 않고 착실히 모았다. 태권도 도장에 다니는 길가에 튀김집이 있었다. 진열해 놓은 누런 색깔 튀김을 침을 삼키며 눈요기만 하면서 한번도 사먹은 적이 없다. (고등학교 때 여유있게 용돈을 타서 친구들 하고 어울리면서 사먹기 시작하였다.) 그렇게 아낀 돈으로 학교에 저금했다. 부모에게서 돈을 타서 저금한 친구들에 비하면 훨씬 적은 돈이었다. 성적표 가정 통신란에 적힌 글을 지금도 잊을 수 없다. 근검절약하지 않고 소비가 심해서 저금을 많이 하지 않는다고 적혀 있었다.

사관학교 1학년 때 같은 중대 3학년이 1등을 준 내 적성평가 내용을 우연히 보았다. 용모에서 1점이 부족한 99점을 주었다. 일석점오(순검) 직전에 청소를 하는데, 1학년은 세면장 등 공동구역을 담당한다. '청소 끝 5분 전'이 되기 전에 모두 자기 침실로 돌아간다. 3학년 청소책임사와 마지막까지 뒷마무리를 하는 사람은 나밖에 없었다. 내 침실 정돈은 다른 사람보다 부족할 수밖에 없는 상황이다. 그 3학년은 끝까지 마무리를 하는 나를 본 것이고, 다른 근무자들은 내 침실 정돈이 불량한 것을 본 것이다.

사관학교 4학년 때 해외로 '원양실습'을 한다. 동남아를 돌아 호주, 뉴질랜드, 뉴기니아를 돌아서 오는 일정이다. 나는 신체적으로 뱃멀미가 매우 심한 편이다. 파도가 심하게 치는 날이면 밥을 먹으러 갈 엄두가 나지 않는다. 비상식량으로 준비한 오징어에 고추장을 찍어 간신히 요기를 때운다. 침대에 뻗어 아예 일어나지도 못하는 동기가 몇 명 있다. 그런 동기들은 수업에 참여할 수도 없다.

뱃멀미가 심해서 해병대 장교가 된 동기가 있다. 해군에서는 육상근무만 하는 지원병과를 택한다. 나는 수업시간을 한 번도 빼먹은 적이 없다. 괴롭고 힘들어 정신은 없지만 강의 장소에 몸은 참가했다. 그런데 훈육관이 평가한 일상고과를 우연하게 볼 기회가 있었다. 파도가 치면 '일과 참석율이 전무'하다고 적혀 있었다. 실습점수를 좋게 받았을 리가 없다.

1990년인가? 큰 상을 받고 나서 고향에 가서 자랑을 했다. 모든 가족이 좋아하는데 아버지는 별 말씀이 없으시다. 그리고 나중에 나에게 물어보신다. "병록아! 그 상은 실력으로 받은 거냐? 사교도 필요하냐?" 그래서 "사교도 필요합니다."라고 말씀드렸다. 그때서야 "우리 병록이가 사교할 줄도 안다는 말이지?" 하시면서 기뻐하신다.

2010년에 이상희 국방부 장관이 '재조형'이란 기치를 내걸었다. 재조형 업무에 대해 해군 전체 책임을 맡았다. 거의 일주일에 한 번 정도로 인사 분야 국방부 회의에 참가하였다. 그때 해병대사령부 인사처장이었던 이승도 대령을 처음 보았다. 두세 번쯤 봤을 때이다. 이승도 대령이 "다른 제독님은 테팔인데, 이 제독님은 무쇠솥 같습니다." 하는 것이다. 테팔이 무슨 말인지 몰라서 물어보자 "테팔은 금방 물이 끓습니다."라는 것이다. 행동이 둔하다는 나쁜 의미일 수도 있다. 하지만 우직하다는 좋은 표현으로 받아들였다.

2016년 동기 모임에 나갔다. 당시 정부에서 방산비리 등 군을 희생양으로 삼았다. 보수정부에서 자신들이 정치적으로 수세에 몰리자 군을 부정한 집단으로 몰아붙였다. 많은 장교들이 수사를 받았다. 대부분 무죄로 판명되었다. 이런저런 수사와 재판 얘기가 화제가 되었다. 대화 중에 어떤 동기가 한마디 한다. "병록이는 아무 문제 없을 것 같아!" 내가 다른 사람들 눈에 청렴결백하게 비춰지고 있다는 말이다. 아무튼 뿌듯한 일이다.

2017년 늦가을에 1함대 초청 모임에 갔다. 내 앞자리에 앉은 후배 광개토대왕함 함장이 말을 꺼낸다. "현역 시절에 눈이 매섭고 날카로웠는데, 이제는 편안해 보입니다." 그런데 그 후배와 같이 근무한 적이 없다. 후배들 입장에서 선배가 무서워 보이는 모양이다. 2013년 여름, 전역 직전에 광개토대왕함에서 마지막 군대 식사를 하면서 밥을 두 그릇 먹었다. 당시 함장은 성격이 쾌활하고 싹싹했다. 내가 그 당시를 회고하면서 "그 후배는 대인관계가 매우 좋았어!" 하면서 칭찬을 한다. 옆에 앉은 현역 제독이 "선배님 대인관계가 더 좋았습니다."라고 한다. 나는 나의 인간관계 부족을 느끼면서 살았는데, 후배들이 보기에는 그렇지 않은 모양이다. 왼쪽 옆에는 준사관으로 전역한 부사관 출신이 앉아 있었다. "군대생활을 오래 하신 분이 이렇게 인상이 좋으신 분은 처음 봅니다." 한다.

평화리더십 동문 몇 명이 수군거린다. 내가 장군같지 않고 이웃집 아저씨 같다는 것이다. 얼마 전에 방송국에서도 그런 평가를 받았다. 독서모임을 같이 했던 군대 후배가 "선배님은 평생 인문학자로 살아오셨다. 군 생활은 스쳐간 과정일 뿐이다."라고 평가한다. 그 과정이 지금까지 인생에서 제일 길었을 뿐이다.

2018년 연말에 성우전략연구소 모임에 갔다. 내가 합참 부대기획과장(해군대령) 시절에 직속상관인 부장(육군소장)님이 불러서 옆에 앉았다. 앉자마자 "당신 그때 내 말 안들었잖아!" 하신다. 그때는 우리가 전시 작전권을 행사하는 것을 앞두고 있었다. 일과의 핵심이 '미군은 어떻게 하고, 연합사는 어떻게 하며, 우리는 어떻게 할 것인가?'였다. 우리 군이 어떻게 싸울까를 고민하는 시기였고, 모든 과정이 전쟁에 대한 문제에 매진할 때였다. 내 임무는 합참이 전쟁을 지휘하는 조직으로 만드는 것이었다.

업무 핵심인 총괄담당이 진급을 포기하면서 업무를 놓았고, 합참조직

담당은 군무원으로서 합참 개편을 놓고 고생하고 있었다. 기타 일상적인 업무 등 어려운 환경에서 악전고투하고 있었다. 부서별 전투단 편성은 담당 부서 총괄담당 업무이다. 전략본부 총괄과장이 우리에게 떠넘기려고 하였다. 본부장(중장)이 부장에게 우리 과에서 하라고 지시한 모양이다. 나는 하고 싶지만 할 수가 없는 상황이라면서 강하게 항변했다.

　보수성향이 강하고 대부분 한국당 지지자인 예비역들 앞에서 나는 민주당 지지자라고 떳떳하게 밝힌다. 안건마다 토론이 붙으니 별명이 '민주당 대변인'이 되었다. 한국 경제상황을 설명하라고 한다. 우리 경제는 세계 경제와 분리할 수 없다. 소득이 3만 불이지만 수출과 대기업 위주의 외화내빈이다. 가계소득 비율이 계속 낮아지고 소비심리가 축소되고 있다고 설명하였다. 점심시간에 식탁에 앉자마자 "당신이 보훈처장하시오." 한다. 김원봉 독립에 대한 서훈 논의가 불만인 모양이다. "공과가 다 있다. 황장엽 씨는 과가 없고, 태영호 공사는 과가 없느냐? 국민여론이 중요하다."면서 끝냈다. 밥 먹다가 크게 논쟁할 필요가 없기 때문이다.

약자 편을 들다

노동자와 사장, 교수와 학생 등 사회적 약자와 강자가 싸울 때 어느 편을 들까? 예를 들어 교수와 학생이 싸웠다는 소문이 들린다. 보수적 성향은 교수 편을 들 것이다. "감히 학생이 교수에게 대들었다니" 하면서 학생을 비난한다. 반대로 진보적 성향은 "교수가 얼마나 잘못했으면 학생이 대들었을까?" 하고 학생 편을 들 것이다.

나는 아마도 학생 편을 들 것 같다. 진보적 성향이라는 것이다. 시골에서 초등학교 다니던 시절 일화다. 쉬는 시간 편을 갈라 노는 데, 두 명이 잡히지 않으려고 도망쳐 다닌다. 나는 쫓아다니는 무리를 이끄는 대장이다. 학교 폭력이 아닌 것은 쉬는 시간에 운동장에서만 이루어진다. 교실에 들어오면 끝나는 일종의 놀이였다. 어느 날 두 명이 불쌍하다는 생각이 불현듯 들어 그 편이 되었다. 그런데 두 명 중 한 명이 배신하여 쫓아다니는 편에 붙어버린다. 나는 배신자를 쫓아다니고, 다른 애들은 우리

두 명을 쫓아다닌다. 내가 반장으로 실세이지만 중과부적으로써 어찌 할 수가 없다.

한 번은 남선생님과 여선생님이 서로 자기가 맞다고 다투신다. 심하게 싸우는 것이 아니고 젊은 남녀선생님 사이의 장난인 것이다. 여선생님이 주변에 있는 우리를 보고 내가 맞지? 하고 물어본다. 모두들 그렇다고 대답했다. 담임인 남선생님이 강압적으로 내가 맞지? 하면서 물어본다. 나를 제외하고는 모두들 남선생님 편으로 돌아섰다. 여선생님이 의리 있다면서 나를 좋게 보셨다. 도서관을 담당하셨는데 나에게 도서관 열쇠를 맡기셨다. 보고 싶은 책을 마음대로 볼 수 있었다.

해군본부 인력기획처장은 인사소청심사위원장이다. 항공대학교 출신 항공병과 소위에게서 인사소청이 올라왔다. 본인은 "해군 모병담당관으로부터 여객기를 개량한 P-3 기종을 타는 것으로 약속을 받았다. 그런데 해군에서 함정에 탑재하는 LYNX를 배정했다." 모병담당은 이런 기종을 탈 수 있다고 홍보했을 뿐이다. 항공전단에서는 기종선정위원회 절차를 밟아서 기종을 부여했다. 문제가 없다고 회신하는 것이 대부분의 업무처리 방식일 것이고 내 생각도 그렇다.

한 사람의 인생이 걸린 문제이다. 집안이 열악하고 본인 혼자만 정상적인 교육을 받은 집안의 기둥이다. 초등군사반을 2등으로 졸업했다. 군사성적으로 기종을 선정하는 것이 좋을 것 같은데, 지금 항공전단장이 위원회 선발방식으로 바꾸었다. 인사 문제로 자살하고 싶다는 말을 해서 부대에서 문제 장교로 관리 중이다. 장래가 창창한 젊은이 한 명이 인생 낙오를 할 것 같다는 생각이 들었다. 해당 전대장에게 전화를 했다. 인력운영에 문제가 없다면 부대에서 해결할 수 있지 않겠냐고 문의했다. 다행히도 조정할 여지가 있다고 한다. 한 젊은이 고충을 해결했다.

승선근무예비역 제도가 있다. 일정 기간 상선을 타고 해군에서 4주간 신병훈련을 받으면 병역이 해결된다. 신병훈련을 담당하는 기초군사교육단장 시절에 승선근무자가 입대했다. 그런데 두 명이 교육사 의무대 신체검사에 탈락해서 복귀시켜야 한다는 보고를 받았다. 군에서 복무할 장병이라면 신체검사에서 탈락시킬 수 있다. 이 두 명은 신체검사에 탈락시킬 하등의 의미가 없다. 상선 운항 일정에 맞추어 휴가를 받아서 어렵게 입대를 했다. 해양의료원에 정밀검사를 시켰다. 다행히도 한 명은 합격했다. 한 명은 한 눈이 실명상태라 또 불합격을 받았다.

한 눈이 실명이면 군 생활을 할 수도 없이 자동 면제이다. 그런데 군에서 신체검사를 탈락시키면서 재입대를 명하면 문제만 복잡해진다. 해결해 주고 싶지만 의무부대가 내 휘하가 아니다. 복귀하는 한 명에게 다음 입대에는 문제가 없도록 조치를 하겠다고 약속을 하였다. 사령부에 문제를 보고하고 해결책을 강구했다.

직진과 탈권위주의 군 생활 흔적

군대 생활을 힘들게 했던 것이 몇 가지 있다. 변화에 더디고 개성이 강하다. 조직에서는 상관이 바뀌면 모든 것이 바뀐다. 내 머리 속의 논리 회로는 엉망진창이 되어 버린다. 업무의 중요성과 우선 순위가 업무 자체가 아니고 상관의 관심사와 개인 생각이라는 것이다. 상관이 바뀌어도 중요한 것은 중요한 것이어야 한다.

다른 사람들은 그런 상황을 잘 적응한다. 그동안 금과옥조로 삼아야 했던 모든 서류철은 세절되거나 창고에 넣어버린다. 나는 쉽게 적응하지 못하고 당황하게 된다. 따라서 나는 과거의 것도 그대로 하고 새로운 지시도 열심히 한다. 다른 사람보다 업무가 많아진다. 그런 태도 때문에 초급장교 때는 첫 번째 지휘관에게 극찬을 받았어도, 뒤에 교대한 지휘관과는 잘 지내지 못한 경우가 있었다. 회의 때 결정된 것을 무시하고 업무를 추진하는 동료와 갈등을 빚는다. 지침이 바뀌려면 수립했을 때와 동일한 절차를 거쳐서 바꿔야 한다.

국방부 조직관리과에 실무자로 근무하던 시절이다. 나는 문제를 접하면 논리적으로 접근한다. 공문을 기안해서 들고 가서 과장과 1차로 부딪힌다. 옥신각신하고 나와서는 다시 야근해서 논리를 보강한다. 몇 번을 더 부딪치고는 결재를 받는다. 육군 고참이 나보고 "이병록! 왜 그리 힘들게 일하냐?" 한다. 자기를 잘 보라고 한다. 육본에서 조치를 건의하는 공문이 온다. 고참 중령은 아침 일찍이 과상 출근하는 것을 보고 있다가, 커피를 뽑아서 들고 간다. 그리고 도란도란 얘기를 하면서 과장의 의중을 파악하거나 미리 귀띔을 해준다. 그리고 나와서 공문을 기안하고, 간단하게 한두 차례만 바꾸면 통과된다.

상대방의 논리가 맞지 않아도 "한 번 봐주세요, 제 입장이 이렇습니다." 하면 내가 양보하는 선이 있다. 아무리 논리가 중요해도 나 때문에 다른 사람이 어려움에 처하는 것을 모른 체 하지 못한다. 동냥은 못 줄망정 쪽박은 깨지 않는다. 업무의 본질을 훼손시키지 않고, 내 양심에 가책되지 않는 선까지 나를 납득시켜서 업무를 도와준다. 내가 나를 납득시켜야 하는 것이다.

변화와 변질을 구분하는 삶을 살아야 한다. 중령 때 진급이 한 번 떨어지고 나를 변화시키려고 노력하였다. 대령을 달고 내 끼를 발휘하기 시작했다. 2008년에 12초계함 전대장으로 근무했다. 천안함 유형 초계함 10척을 지휘한다. 해군 대령으로서는 매우 큰 부대 중에 하나이다.

당시에 바뀐 참모총장이 계획편제처장으로 내정된 나를 전대장으로 보냈다. 덕분에 17명의 신구임 함장과 후배장교들에게 나의 모든 역량을 전수했다. 애석하게 진급 못한 많은 후배가 있고 5명이 제독으로 진출하였다. 지금도 두 명이 소장으로 근무하고 있다. 전대장으로 지휘하면서 '전대장 지시사항'이라는 권위주의적 문서를 내려 보내지 않았다. '같이 생각하고 함께 행동하자'면서 회보를 내려 보냈다. 예하 함장들과 함께 하려고 노력했다.

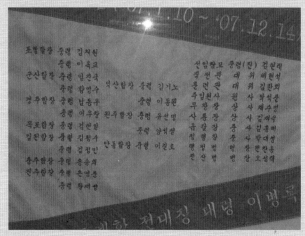

전세와 이사의 애환

한국 서민 사회에서 자기 집 보유는 삶의 목표다. 조그맣게 시작해 큰집으로 옮긴다. 집을 장만한 서민들에게 자기 집은 전 재산이다. 반면에 여유 있는 사람들에게 집은 고수익이 보장되는 투자다. 부동산이 안정되어 투자로써 가치가 떨어지더라도 전세를 사는 애환은 줄어들지 않는다.

신혼 초인 초급 장교 시절 진해에서 전세생활을 시작했다. 미군 지원단 정문 앞 2층 독채 값은 변두리 집값과 맞먹었다. 대위와 소령시절에 대방동 해군본부 근처에서 두 번 살고 진해에서 한 번 살았다. 대부분 초급장교 시절이다. 소령 이후에는 관사 생활을 할 수 있었다. 일찍이 관사 혜택을 누린 동기들은 전세금으로 모은 돈을 집안 가구를 바꾸면서 소진하였다. 나는 서울 전세금과 늦게 들어간 관사 덕분에 목돈을 가지고 있었다. 대부분의 서민이 목돈 마련하는 과정을 따라갔다.

가장 기억에 남는 이사는 1992년 여름이다. 인천에서 서울 해군본부 편제처로 발령이 났다. 당시에 해군병력 부족 문제가 국방 쟁점이 되어 휴일이 없었다. 어느 일요일에 이사 날짜를 잡았다. 과장에게 토요일은 짐을 싸야 되니 정상퇴근만 시켜달라고 요청했다. 그런데 토요일 퇴근시간이 되자 다른 과 과장이 모든 실무자에게 숙제를 준다. 밤늦게 퇴근해서 새벽까지 짐을 싸다가 나는 포기했고, 아내는 밤새껏 쌌다.

포장이사 형태가 발전하면서 짐을 싸고 푸는 고역은 상당부분 해소되었다. 1993년에 해군본부가 계룡대로 이전하였다. 부대가 이동하면서 이사를 하는 경우는 처음이었다. 포장이사를 불러서 부대 이동하는 날에 이사를 했다. 부대 사무실을 정리하고 계룡대 관사로 퇴근할 수 있었다.

가장 고민했던 이사는 10년 후인 2002년이다. 국방부(서울)에서 해군본부 과장으로 발령이 났다. 이제 해군본부는 서울이 아니고 계룡대이다. 큰애는 중3이 되고, 작은애는 중1이 된다. 다행히도 자녀가 중3에서 고3이면 이사를 안 해도 되는 혜택이 있었다. 또 하나의 큰 상수가 다음 해에 대령 진급심사에 들어간다. 힘든 시기에 가족이 옆에 있는 것이 좋다. 여러 가지로 고민하다가 혼자만 내려가기로 했다. 긴 6년의 기러기 아빠의 생활이 시작되었다. 다시 가족이 합칠 때는 초등학교 다니던 아들이 대학에 합격한 후이다.

대령 때는 서울에서 관사를 떠나 인근 삼성 래미안 아파트에서 전세를 살았다. 군 관사 관리정책이 자가를 보유하면 관사를 살 수 없도록 하였기 때문이다. 집을 사면서 은행융자에 더하여 전세금 융자까지 합하여 이자 비용이 만만치 않았다. 다행히 은행에서 돈을 빌릴 수 있다는 것이 행운이다. 이 정책 때문에 군인들 자가 보유 비율이 매우 낮다. 자가를 보유하면 관사에서 살 수 없기 때문에 집을 마련할 엄두를 내지 못한다.

가장 고민을 해야 할 전역 후 이사는 너무 쉽게 결정되었다. 전역을 하기 전에 부산 동명대 초빙교수로 내정되었다. 아직 관사에 살고, 전세집을 알아보던 중이었다. 주 3시간만 강의하면 되는데, 제도를 잘 모르는 학교에서는 주 3일(화목금) 12시간이나 강의를 줬다. 서울에서 다니기가 좋지 않은 상황이었다. 또 다른 군 출신이 6년 채 강의하고 있었고, 학교와 재계약이 가능할 상황이었다. 주저하지 않고 부산으로 이사를 했다.

전역 후 첫 생활지인 부산에서 전세 2년을 마쳐가는 시점이다. 2년 전 9월에 전세 1억 8천에 들어왔다. 2억 4천이면 집을 사는 상황이었지만, 고민하지 않고 전세를 선택하였다. 2년이 돌아오자 주인이 8천만 원을 돌려주고, 월세로 55만 원을 달라고 한다. 일체 협상을 안 하겠다는 신호로 전화도 받지 않는다. 결국 이사를 하기로 결정하였다. 전세 때문에 이사를 하는 전형적인 서민이 된 것이다. 나가겠다고 통지를 하니 주인 생각이 달라진다. 8천만 원을 안 돌려주고, 월세를 35만 원 더 달라고 한다. 주인이 복덕방 꼬임에 빠졌다고 실토를 한다. 복덕방이 넘치다 보니 자신의 수입을 창출하기 위하여 이사와 복비 수요를 창출하는 것이다. 이사비용이 그만큼 들기 때문에 더 살기로 하였다.

어찌 복덕방만 그러하겠는가?

변호사는 소송을 창출하지 않을까? 의사는 간단한 치료를 수술로 바꿀 것이다. 종교인은 죄와 불안감을 일부러 만들어 낼 것이다. 정치가는 지지자를 결집시키기 위하여 이념갈등과 분쟁을 부추길 것이다. 심지어는 남북분단과 대결 상황을 즐길지도 모른다.

나는 호인일까? 호구일까?

2000년도 즈음 삼각지에 있는 국방부에 근무하던 시절이다. 야근하고 퇴근을 하다 길에서 동기와 1년 선배를 만났다. 같은 병과인 두 사람은 저녁식사와 반주를 하고 오는 중이었다. 나를 보더니 노래방에 가자고 한다. 피곤하여 그냥 가고 싶었지만 의리상 동참하였다. 두 사람은 적당히 취해 기분이 좋은 상태이지만 나는 맨숭맨숭한 상태였다.

노래방에 들어가서는 도우미를 부르자고 하였다. 나는 극구 사양하여 도우미를 두 사람만 불렀다. 두 사람은 신나게 노래를 부르고 나는 장단만 맞추었다. 그리고 비용은 세 명이 분담하였다. 다음 날 퇴근하니 아내가 나를 질책한다. 내가 동기생을 부추겨서 술을 마시게 했다는 것이다. 동기생 부인에게서 항의 전화가 왔다고 했다. 나를 호구로 여기는 어처구니가 없는 사건이지만, 동기에게 따질 수도 없어 그냥 속으로 삼켰다. 오해를 가슴에 품고 십수 년이 흘렀다.

친한 사람들과 과거 얘기를 하다가 이 얘기를 꺼냈다. 지인들이 "그것은 동기생이 부인에게 변명하면서, 부부가 믿을 만한 사람으로 당신을 선택한 것이다." 그 말을 듣고 나니 내가 오랫동안 동기를 오해하고 있었다. 나를 무시한 것이 아니고 나를 신뢰한 것이다. 그러면서 고등학교 때 일이 떠오른다.

친구들 몇 명이 젊은 호기로 '주막'이라는 이름의 모임을 만들어 친하게 지냈다. 모두 공부를 잘하거나 모범생이었다. 모두 명문대학에 진학하였다. 그중에서 윤ㅇㅇ라는 친구는 나보다 공부를 잘해 서울대에 갔던 실력파다. 그런데 친구 어머니는 아들이 공부는 안 하고 나쁜 친구와 어울려 노는 것으로 오해하였다. 그때 그 친구가 양ㅇㅇ와 같이 있었다고 어머니에게 답을 하고는 했다. 같이 어울려 놀았던 것은 사실이다.

친구 양ㅇㅇ이 전화를 해서 같이 있었다고 해명을 해주고는 했다. 친구 어머니는 믿고, 더 따지지 않았다. 고등학교 때 친구 어머니가 신뢰했던 그 친구 역할을 내가 했던 셈이다. 이제야 새삼스럽게 동기에게 이런 얘기를 할 필요는 없다. 나는 그 동기 부부에게 호인이었던 것이다. 오해와 이해는 종이 한 장 차이이다.

그런데도 내가 호인인지 호구인지 구분이 안 된다. 20여 년 전 일이다. 모임에 나갔는데 몸이 매우 피곤했다. 택시를 타서 오고 싶었지만 1만 원을 절약하기 위해서 도시철도를 탔다. 신길역에서 걸어오는데, 어떤 여자가 다가온다. 지방에서 올라왔는데 차비가 없다고 한다. 지갑에 딱 만 원짜리 한 장이 있었는데 주고 말았다.

전역 직전 해상보험회사 전화를 받았다. 보험에 대해 장황한 설명을 한다. 한 달에 10만 원짜리 보험에 가입하고 말았다. 지금까지 몇 년을 가입했으니 적립액이 상당히 쌓인 것 같다. 지금 유일한 비자금이다. 아내가 알고 있으니 비자금은 아니고 비상금이다.

소액 기부를 하고 있는 그린피스에서 전화가 온다. 특별기금을 모집 중이라고 설명한다. 5만 원 기부를 허락하고 말았다. 월간 기부액과 합쳐 5만 원인 줄 알았는데 별도로 5만 원이다. 부담되는 액수는 아니지만 전화 한 통에 5만 원을 날렸다. 길에서 세이브더칠드런, 국경 없는 의사회, 그린피스 등 많은 단체를 만나서 가입해 준 적이 있다.

허리 굽은 할머니가 고철 등을 수거한 손수레를 밀고 간다. 힘들어 보여서 같이 밀었다가 나중에는 나 혼자서 끌고 간다. 수레 한쪽 바퀴가 바람이 빠지고, 바퀴가 몸체에 접촉이 되어 끌기가 어려웠다. 우리 집을 지나서 가는데 그만 도와주겠다는 소리를 못하겠다. 꼼짝없이 목적지 대연동 고물상까지 밀어줬다. 바퀴 고치라고 돈까지 만원을 주었다. 오늘 퇴근하다가 동네 앞에서 또 만났다. 할머니가 나를 아는 체한다.

지하철을 기다리는 중이다. 노숙자라면서 나에게 접근하여 아침을 굶었다고 한다. 5천 원을 주고 말았다. 내가 쉽게 넘어가는 사람으로 보이는 것인지 사람이 좋아 보이는지 모르겠다. 꼭 나를 목표로 삼아서 접근하는 것 같다. 돈 뜯기는 기분 속에서도 돈 주는 나는 호인일까? 호구일까?

평생 친구,
'꿔다 놓은 보릿자루'와 네 가지 병

삼국지 위지 동이전에 우리 조상들은 흰 옷을 즐겨입고, 음주가무를 즐겼다고 했다. 그런데 나는 음주는 되는데, 가무가 되지 않는다. 아래 여동생은 음주는 안 되고 가무는 된다. 다음 남동생은 음주가무가 다 되고, 막내 여동생은 음주가무가 다 되지 않는다.

젊었을 때 나이트에 가면 보릿대 춤을 출 수밖에 없다. 같이 간 사람들과 어울려주는 목적 외에 즐거움이 없다. 가수가 부르는 노래에 맞춰 놀면 되었다. 어느 시절부터 노래방 문화가 퍼졌다. 다른 사람들은 1차 회식을 마치고, 노래방에서 술을 깬다. 나는 맨 정신에 음정 박자를 맞출 수가 없다. 다른 사람들은 놀면서 술을 깬다. 반면에 나는 취한 정신에 노래를 부르기 위해 술을 더 마셔야 한다.

자기들끼리 노래 부르고, 나는 박수만 치면 된다. 그런데 마이크를 돌리며 노래를 강요한다. 다른 사람 즐거움이 나에게는 괴로움일 뿐이다. 2016년부터는 꿰다 놓은 보릿자루 신세를 탈피해야겠다고 다짐한다. 노래 배우는 것도 신청하고, 장구와 민요 부르는 강좌도 신청했다. 몇 개월 하다가 그만두었다. 꿰다 놓은 보릿자루는 평생 친구이다.

나이가 들면서 평생 친구가 늘고 있다. 혈당 수치가 올라간다. 운동과 음식조절로 버텼다. 한 번 올라간 수치가 내려올 생각을 안 한다. 3년 전부터 약을 먹기 시작했지만 근본적인 대책은 아니다. 적게 먹고, 기름지고 부드러운 것보다 거친 음식을 많이 먹어야 한다. 운동을 많이 해야 한다. 이 친구와 오래 가기 위해서는 적게 먹고 많이 걸어야 한다.

전역 전 제주 올레길을 걸은 뒤에 허리가 아프기 시작한다. 병원에서는 과잉진료가 문제이지만 군 병원은 과소진료가 문제다. 전역하면서 책장을 정리하는데 허리가 심하게 아프다. 요추에 몇 개의 신경이 낀 상태. 두 번째 나쁜 친구다. 이 친구와 잘 지내기 위해서는 바른 자세가 필요하다.

근육운동을 하는데 오른쪽 어깨가 불편하다. 운동을 멈추었는데도 불편함이 사라지지 않는다. 병원에서 정밀 조사를 했다. 충분한 과잉진료를 한 것 같다. ○○피로라고 하면서 수술할 병은 아니라고 한다. 역시 적당한 운동으로 풀어야 하는 세 번째 나쁜 친구다.

전주 한옥촌에 놀러 갔는데 눈앞에 모기가 날아다닌다. 모기가 바깥에 있는 것이 아니고 눈 속에 있다. 며칠 전 돋보기를 맞출 때 안과에서 문제가 없다고 했는데, 갑자기 생긴 증상이다. 정밀조사를 한 결과 역시 수술할 사항은 아니라고 한다. 귀찮지만 자연치료를 기다리는 네 번째 나쁜 친구다.

학생들에게 도움을 주고 싶었던
짧은 교수 시절

세금정산 문제로 학교에 들렀다. 다음 학기 강의계획을 작성하고 있는 중이다. 화요일에 전쟁사 4시간이고, 수요일에 국가안보론 8시간이다. 교수 한 명이 학교를 떠나서 한 과목을 더 맡을 각오는 되어 있었다. 수업시간이 많고 여부는 문제가 안 된다. 학생들을 많이 접해서 좋은 내용을 강의하고 싶다. 다만 내 사회 및 여가 활동과 겹치면 안 된다.

전쟁사 과목보다는 리더십을 강의하고 싶다. 리더십은 월요일에 8시간이다. 화요일 전쟁사를 택하면 4시간으로 수업시간도 적다. 거기에다가 화요일 전쟁사와 수요일 국가안보론이 연결되어 이틀 만 연달아 나가면 된다. 특히 월요일을 내 시간으로 확보가 가능하다. 월요일은 문화원에서 아내와 2년 동안 계속하고 있는 취미활동이 있다. 전쟁사는 수업시간도 적고 월요일 취미생활도 지장이 없다. 리더십은 젊은이들 미래를 설계하는 내용이 들어 있다. 젊은이들 인생에 대한 유익한 내용이다. 내 시간을 포기하고 리더십을 택했다.

국가안보론 강의에 여학생들이 많이 수강하였다. 한 여학생에게 질문을 한다. "국가안보론이 여학생들 관심 내용이 아닌데, 왜 수강신청을 했습니까?" 질문을 받은 여학생이 "친구들이 추천했습니다."라고 답한다. 첫 시간은 사람들 생각이 왜 다른가라는 개념부터 강의한다. 전반기에는 전통적인 국방안보를 상의하고, 후반기에는 생활과 밀접한 환경, 인구, 민주주의에 대해서 강의한다. 들었던 학생들이 좋게 평가를 했던 모양이다.

군에서 전역 후에 교수가 천직으로 느껴졌다. 3년 뒤에는 학교에서 계약 연장을 해줄 것을 기대했다. 강의를 주지 않아서 그만두었다. 후임으로 임명된 교수에게 강의안을 넘겨줬다. 그 강사는 군대 정훈식 교육으로 학생들에게 비난을 받고 그만두었다고 한다.

다음은 학생 편지 중 하나이다.

안녕하세요 교수님^^ 저는 ○○○○과 ○○리입니다. 교수님 수업을 들은 지 어느덧 한 학기 절반이 훌쩍 지나 버렸네요. 그동안 교수님 수업을 들으면서, 짧게나마 제 꿈을 다시 한 번 탄탄하게 잡는 시간이 아니었나 생각해 봅니다. 꿈을 목표로 잡고, 전공을 정하면서 어떤 곳에 취직하고, 얼마나 벌게 될까라는 고민은 많이 해왔었지만, 노년 시기에 계획까진 미처 생각하지 못하고 있었습니다.

언젠가 한번 교수님께서 보여주셨던 영상 속에 나오는 한 이야기가 저를 당황스럽게 만들었습니다. 60대에 정년 퇴직을 하고 삶의 마지막을 생각하느라 30년간, 의미 없는 시간을 보냈다. 30년은 60대의 절반의 시간이다라는 문구가 너무나 와 닿았습니다.

그동안 제가 들어왔던 수업이 머리에 넣어야 할 교육이라면, 교수님 수업은 마음에 넣어야 할 교육이었습니다. 좋은 수업을 들을 수 있게 해주셔서 감사합니다^^ 교수님은 학생들이 학점을 올리기 위해 오로지 암기에 열중하고 있다는 포인트를 아주 잘 파악하신 것 같습니다. 맞습니다. 요즘 학생들은 질문이나 발표 혹은 상대의 발표를 주의 있게 듣는 것보다는, 그저 성적에 직접적인 요인이 되는 시험에 몰두하기 때문에 대체적으로 소극적이고, 개인주의 성향이 뚜렷이 나타납니다.

그러나 교수님의 점수 체계는, 많은 학생들을 동요시켰고, 발표와 집중력을 눈에 띄게 향상시킨 것으로 바라보고 있습니다. 다만 조금 보완해야 할 문제점이 있다면, 좀 더 자유로운 의사소통이 되었으면 합니다. 지금 당장은 아마 발표나 질문 부분에서, 항상 점수를 받는 친구들만 점수를 받아 갈 것입니다. 소극적인 친구들을 위해, 지금 운영되고 있는 페이스북을 좀더 활성화시키는 것이 좋을 것 같다는 생각을 해보았습니다.

교수님과 학생들이 서로 좋은 글들, 필요한 글들을 올리면 그 내용에 자신의 의견이나 비판 혹은 긍정적인 메시지 또는 좋은 글

이 올라오면 그 글에 대한 수업 또한 나쁘지 않을 것이라 추천해
드리고 싶습니다^^ 이상으로, 제 이야기는 마치겠습니다. 앞으로
남은 학기의 절반, 짧지만 유익하고 알찬 수업이 되는 것을 믿어
의심치 않습니다. 벌써 학기의 절반밖에 남지 않았다니, 안타깝고
아쉬움이 남지만. 저는 앞으로도 교수님의 수업을 계속 수강하고
싶습니다^^ 교수님의 수업이 다양해지길 꼭 응원하겠습니다^^

아내에게서 받은 강의평가는 A⁺⁺⁺

군에서 전역하기 전에 사회에 나가 하고 싶었던 일의 하나는 강의를 하는 것이었다. 역사와 비교종교학에 관한 책을 많이 읽었다. 지금은 외교안보통일에 관한 책을 읽는다. 물리학과 생물학에 관한 책 등 다양한 분야를 섭렵하였다. 대학교에서 3년간 강의를 한 것으로 강의를 시작하였다. 통일의병 부울경 본부에서 자체로 임시 강사를 했다. 예비군 안보강연을 시작하였다. 민방위 교육 등 몇 단체에서 강의를 하였다.

그동안 내 강의에 대한 아내의 평가는 높지 않았다. "자신의 지식을 모두 주입하려고 해서 머리가 아팠다. 강의에 몰입하면 말이 빨라지고 억양이 높아진다."고 지적당했다. 덕화아카데미에서 '지정학과 통일' 강의를 앞두고 시간이 맞는지를 중점으로 하는 연습을 했다. 옆에서 듣고 있던 아내가 깜짝 놀란다. "이런 강의안을 언제 만들었어요? 억양도 좋고 여유가 있어요." 하는 것이다.

실전에서 평가를 받는 덕화아카데미에 딸 부부와 손주 두 명이 총출동했다. 우리 얼과 역사 공부를 많이 했던 수강자들이다. 오늘따라 평소보다는 많지 않았다. 강의가 끝나자 나를 둘러싸고 극찬을 하신다. "책으로 만들어라. 이제는 당신 세대가 이끌어라. 조만간 연락 달라."고 하신다. 특히 노○○ 박사님은 이 분야에서 이름이 높으신 분이다. 몇 번 뵈었는데, 오늘은 먼저 명함을 주신다.

재능기부라면서 강의료를 사양하니 아내에게 준다. 아내는 손주에게 통장을 만들어 주겠다며 좋아한다. 아내의 강의 평가는 A+++이다. 다음 날 통일의병에서 '평화와 평화체제' 강연은 아내만 왔다. 강의 평가는 A++이다. 어제보다 +하나가 빠진 것은 뒤풀이에서 술을 많이 마신다는 이유이다. 인기강사가 되겠다면서 매우 좋아한다.

2018년 3월 2일 징검다리 평일에 하루 휴가를 얻었다. 부산에 내려가 가족과 함께 했다. 부산에 도착하자마자 해운대에서 직접 식당을 운영하는 분이 주관하는 모임이 있다. 아내와 식당에서 상봉하여 모처럼 쇠고기를 포식했다. 며칠 동안 아침만 집에서 먹고 외손녀를 데리고 아내와 함께 모임에 다녔다.

퇴직해서 사회활동하면서 돌아다닌 결과이다. 시민단체는 자기 밥값은 자기가 낸다. 부산에서 활동하다가 떠난 후에 첫 만남이라 극진한 대접을 받은 것이다. 다행히도 밥을 살 여유가 있는 분들이 앞뒤로 잘 연결되었다. 퇴직을 하면 남편에게 '일식님', '이식군', '삼식이'라는 별명이 붙는다고 한다. 남편이 오래간만에 내려와도 밥을 안 차리니 만족한 모양이다. 애들에게 "너희 아빠 발이 넓더라." 하면서 내 자랑을 한다.

산부인과 가는 길, 아들과 외손자의 30년 시차

1989년 6월 23일은 대방동 해군본부 작전과에 근무할 때이다. 작전과 대간첩/관공선 담당으로 사무실 비밀을 관리했다. 그때 아내가 성애병원에서 아들을 낳았다. 성애병원에 가면서 즐거움보다 괴로움이 컸다. 30년 후 2019년 6월 21에는 민간인으로 합참에 근무한다. 개인적인 고민 없이 외손자 보러 병원 가는 발걸음이 가볍다.

1989년 그때는 기무사에서 실시하는 중앙보안감사를 며칠 앞두고 있었다. 감사에 대비하여 합동보관고에서 비밀문건 전수조사를 하는데 하나가 보이지 않았다. 먼지 한 점까지 확인하는 심정으로 철저히 재조사했지만 보이지 않았다. 오늘과 내일쯤에는 과장과 처장에게 보고할 수밖에 없는 절박한 상황이었다. 내 군대경력뿐만 아니라 상관에게도 피해가 미친다.

병원에서 아들을 보고 사무실로 돌아오는 발걸음이 무겁다. 걸어오면서 갑자기 한 생각이 머리를 스친다. 전략과에 가서 비밀관리기록부를 확인했다. 오매불망 찾던 그 비밀 제목이 거기에 적혀 있다. 내가 접수했다가 우리 업무가 아니라서 전략과에 이관시켰던 것이다. 우리 과 관리기록부에 삭제를 하지 않았던 조그만 실수였다.

그 실수가 오늘 같은 날까지 연상이 된다. 아슬아슬하게 비켜갔던 큰 사선이 몇 번이었던가? 그런 경험이 없는 군인은 없을 것이다. 그래서인지 종교에 심취하는 군인들이 많은 것 같다.

외손녀와 외손자는 4년 차이이다. 4년 동안 바뀐 것이 있다. 외손녀는 블로그 세대이다. 글과 사진을 블로그에 올렸다. 외손자는 유튜브 세대이다. 동영상을 많이 찍어서 유튜브에 올린다.

먼저 아들과 딸 이야기이다.

1. 딸과 아들의 군대 입대

노부모를 집에 두고 군대 갈 때 과거의 풍경은 어떠했을까? 아마도 논에 나가서 농사일도 마무리하고, 장작과 땔감도 몇 년 치를 쌓아두고 갔을 것이다. 지금은 농경시대가 아니므로 해야 할 집안일은 없다. 그러나 정보화시대에 맞게 아들이 부산하게 움직인다. 프린터를 구입해서 설치해 놓고, 사진기 충전기도 챙기고, 전화기 사진을 컴퓨터에 옮기는 방법도 가르쳐준다. IT문제에 있어서는 우리부부가 늙은 농사꾼 부모에 불과하구나! 하는 생각을 하니 쓴웃음이 나온다.

딸이 기초훈련받으러 입대할 때는 "잘 다녀와!, 못 견디겠으면 나와라!" 하고 웃으면서 보냈다. 아내는 훈련기간 내내 걱정하고 안달이었다. 아들이 들어간다고 하니 내가 뒤숭숭하다. 아들에게 얘기했더니 "제가 막내라 그런가 봐요." 한다. 입영식장에서는 짠하다는 생각이 나면서 눈물이 흐르고 가슴이 답답해 현장을 피해 버렸다. 이번에는 아내가 비교적 담담하다. 딸과 아들에게 정반대의 반응이 나온 이유가 무엇일까?

군대 후배는 "나이가 먹을수록 감수성이 예민해져서 그렇다."고 얘기한다. 그 말도 틀린 말은 아니다. 남녀는 나이가 들면서 상대 성 호르몬이 많이 나온다. 나도 나이가 들면서 감수성이 예민해지기는 한다. 그러나 내 생각은 약간 다르다. 딸은 의무복무가 아니라 본인이 스스로 선택을 해서 그렇고 아들은 의무복무라서 그런 것 같기도 하다. 또 한 가지 심증이 있다. 딸이 들어갈 때는 내가 신병훈련을 시키는 기초군사교육단장으로서 훈련시키는 입장에서 딸을 본 것이다. 아들은 아버지의 입장에서 본 것일 수도 있다. 딸은 내가 군에서 한창 때이고 아들은 전역을 앞두고 마음이 약해져서 그런 것일 수도 있다.

다른 이유는 성장과정일 수도 있다. 아들이 한참 재롱을 피울 때 집에 없었다. 몇 달 만에 집에 온 나를 발로 찼다. 과일을 먹을 때 옆에 앉아서 신기한 사람을 보는 듯 관찰했다. 초등학교 6학년을 마칠 때 서울에 두고 계룡대 2년, 울릉도, 진해(함정근무), 계룡대, 동해를 거쳐 6년 만에 서울에 돌아왔다. 1년에 몇 번을 보지 못하고 대학생이 되어 있었다. 오히려 군복무하면서 함께 있는 경우가 많아졌다.

2. 낮말은 새가 듣고, 밤말은 쥐가 듣고

딸이 초등학교 1학년인 1994년 추석 때 이야기다. 그 며칠 전 중령 진급심사에서 떨어졌나. 명절날 집안을 찾아보기 힘들었지만 해군대학 피교육생이니 모처럼 여유가 많다. 순천 본가에서 추석을 보내고 부산으로 운전을 해서 가는 중이다. 처갓집이 가까워지자 처갓집 식구를 볼 면목이 없다. 아내에게 내 심정을 얘기했다. 뒷좌석에 있던 초등학교 1학년 딸이 질문을 한다. "아빠 그 전 계급은 뭐야?" "대위야!"라고 대답을 했더니 "아빠! 대위에서 소령으로 진급했다고 그러면 되잖아?" 한다.

아들이 10살쯤 되었을 시절의 일화다. 순천에 가족 모임이 있어 승용차로 서울에서 순천으로 이동한다. 아내에게 "명색이 장남인데 우리가 저녁을 내야 되는 것 아닌가? 하면서 얇은 지갑 걱정을 했다. 순천에 도착해서 아들이 오리 고기가 맛있어 더 먹고 싶은데, 아빠 지갑이 걱정되는 모양이다. "아빠!, 아빠가 돈 내는 거예요?" 하고 물어본다. 모두들 저녁을 먹다가 폭소가 터진다. 어머니가 "너희 아빠 보고 돈 내란 소리 안 할 테니 많이 먹어라." 하시면서 고기를 더 주문한다. 아들이 포식을 한 행복한 날이다.

딸이 초등학교 때 4학년 때 일이다. 내 생일날 가족들이 외식을 하기로 했다. 집을 나서면서 지갑에 돈이 별로 없었다. "돈이 없으니 짜장면이

나 먹자."고 하면서 나갔다. 다음 날 출근을 하는 데 딸이 "아빠! 여기 돈 가져가세요." 하면서 천원을 건넨다. "무슨 돈이야?" 하고 물었다. "아빠가 돈이 없다고 했잖아요, 제게 2천 원 있으니 아빠가 천원 쓰세요."한다. 이렇게 착한 딸을 두었다.

3. 엄마에게 매수당한 아이들

1990년대 말 혹은 2000년대 초 여름에 있었던 일이다. 전설의 고향에 '오세암' 얘기가 나왔다. 애들이 방학 때 오세암에 가자고 성화가 심하다. 움직이기 싫고 운전하기도 싫은 나였지만, 온 가족의 성화를 이길 수가 없었다. 백담사 입구에서 민박을 하고 아침에 출발하였다. 통상적으로 백담사에서 봉정암으로 가는 사람은 많지만 오세암 가는 사람은 거의 없다. 그날은 비까지 내려서 오세암에 가는 사람은 우리 가족밖에 없었다.

오세암에서 자거나 놀다가 돌아올 줄 알았는데 아내가 봉정암으로 가잔다. 다시 걸어 나와서 가기는 늦다. 오세암에서 봉정암 가는 등산로가 있다고 한다. 야산을 몇 개 넘어 조그만 개울이 나오는 삼거리에서 왼쪽으로 꺾으면 된다는 것이다. 비오는 설악산에 우리 가족만 산길을 걷는다. 삼거리에서 왼쪽으로 꺾는다. 길은 있지만 안내표지가 없으니 이 길이 맞는지 확신을 못한다.

등산로라는 유일한 증거는 산악회에서 나무에 묶어놓은 꼬리표들뿐이다. 그전에는 산악회에서 쓸데없는 짓한다고 비난을 했었다. 지금은 유일하고 든든한 길잡이다. 꼬리표가 듬성듬성 몇 개씩만 붙어 있는 것이 등산객이 적다는 것을 증명한다. 거의 탈진한 애들을 독려해서 봉정암에 도착했다. 시간이 지나서 애들이 실토한다. 엄마가 애들에게 좋아하는 것 사준다고 해서 매수당했다는 것이다. 그 덕분에 비오는 여름날에 설악산에서 가족이 고생했던 추억이 하나 생겼다.

4. 독립심이 강한 딸

아파트에서 국방부 출근하는 길에 딸이 다니는 중학교가 있다. 모든 사람들이 출근하면서 애들을 태워다준다. 나는 통근버스로 출근하면서 한 번도 태워다준 적이 없다. 내 딸은 자기가 알아서 친구 아빠차를 같이 타든지 대중교통을 이용한다. 한번은 애가 늦어서 허둥거리는 것을 보고 승용차로 태워다 주겠다고 했다. 자기가 알아서 한다고 거절한다.

고등학교는 더 먼 곳으로 대중교통을 이용했다. 어느 날 딸애가 급우 얘기를 한다. "아빠! 매일 수업 끝나면 엄마가 하교를 시키는 급우가 있는데, 오늘 10분 늦었다고 엄마에게 화를 내면서 욕을 하고……" 엄마가 집에 없는 휴일 날에는 고등학생인 딸이 밥을 차려주고 설겆이를 한다. 어느 날 딸애가 "아빠! 친구들은 아빠가 다 해주신데요." 한다. 나는 껄껄 웃고 말았다.

5. 군인이 가정적이라는 말에 반박을 하는 아들

공군 출신 ○○장군의 출판기념회에 다녀왔다. 책 내용 상당 부분이 자상한 남편과 아버지의 역할 등 매우 가정적인 모습이다. 아내가 책을 보더니 "군인이 매우 가정적이네요." 한다. 그 옆에 듣고 있던 아들이 "군인이 가정적인 사람이 어디 있어요." 한다. 내가 가정적이지 않았다는 것이고, 자기 친구들 아버지도 그랬다는 의미일 것이다. 듣고 있던 내가 매우 민망하였다.

외손녀의 말과 행동

1. 내가 할아버지야? 택시비는 남자 어른이 내는 거잖아.

딸이 치마를 입고 출근하는 모습을 본 손녀가 한마디 한다. "엄마는 돈 벌러 회사에 가면서 왜 치마입고 예쁘게 하고 가지?" 유치원에 "내가 데리러 갈 거야!" 했더니 "할아버지는 책 보고 일만 하잖아, 아빠도 그렇고." 하면서 나간다. 저녁에 데리고 오면서 "할아버지는 책만 봐서 싫어?" 했더니 "할아버지는 가방에 항상 책을 챙기잖아. 그리고 책만 보잖아." 한다.

애가 무서워하는 것이 없어서 말을 안 들으면 경찰이 잡아간다고 부모가 겁을 줬다. 경찰차만 보면 너무 겁을 먹어서 나쁜 사람만 잡아간다고 정정해 주었었다. 경찰차가 지나가자 "도현이는 착한 애니 경찰 안 무서워하지?" 하고 물었다. "아니야, 나는 텔레비전 보겠다고 엄마를 성가시게 해." 한다.

식당에서 어떤 분이 만 원을 주셨다. 택시를 타고 가면서 내가 농담을 한다. "택시비는 도현이가 내는 거야?" 했다. 한참을 어이없다는 듯이 웃더니 하는 말이 가관이다. "내가 할아버지야? 택시비는 남자 어른이 내는 것이잖아, 나는 여자 꼬마 애야."

2. 일본이 도둑이야?

대전에 살다가 잠시 부산에 내려왔다. 제과점에서 빵을 사자고 해서 30여 미터 떨어진 집으로 데리고 갔다. 가게가 두 개네? 한다. 다음 날 할머니와 함께 가게를 지나면서 "부산이 틀렸어." 한다. 무슨 소린가 했더니 빵집이 하나 더 생겨서 부산이 달라졌다는 의미다. '다르다'와 '틀리다'의 의미를 혼동한다.

경술국치 기념식에서 나라를 뺏긴 날이라고 설명한다. 왜 뺏기냐는 질문에 힘이 없어서 뺏겼다고 답한다. 한참 질문을 이어가더니 "그럼 일본이 도둑이야?" 한다. 더 이상의 질의응답이 필요 없다.

3. 할아버지 괜찮아. 여기 안 살잖아.

종각역에서 안내판이 헷갈리게 한다. "할아버지 길 잃어버린 거야?" 하면서 걱정한다. 아니라고 안심시켰으나 길을 잃고 말았다. 길을 건너 출입구로 다시 들어간다. 그러자 손녀가 "할아버지 괜찮아, 할아버지는 서울에 안 살잖아!" 하면서 위로를 한다.

4. 낳아주셔서 고맙습니다.

마을버스를 타고 애 엄마가 대학교 때 살았던 신길동 기숙사를 지난다. "네 엄마가 살았던 곳이야." 하고 가르쳐준다. 자기가 뱃속에 있던 때인지 물어본다. "이제 엄마 아빠 결혼해서 나를 낳아주셔서 고맙습니다." 하라고 가르친다. 애가 최근에 엄마 아빠를 엄청 질투하고 있기 때문이다. 집에 들어오자마자 엄마에게 "낳아주셔서 고맙습니다." 하고 인사를 한다. 늦게 들어오는 아빠에게도 고맙다고 한다. 아빠가 결혼사진을 보여주며 벽에 걸까 하고 물어본다. 손녀가 질투가 심해서 자기가 없는 결혼사진을 떼어 놓았던 것이다. 아빠하고 결혼하겠다는 애가 어느 순간에 "가족끼리 결혼하는 것 아니야." 한다. 그러고는 엄마와 아빠를 질투하는 것이 없어졌다.

5. 아빠는 신데렐라

사위가 금요일 날 야근과 회식을 마치고 늦게 들어왔다. 토요일 결혼식에 부부동반으로 참석하기로 되어 있었다. 사위가 피곤해서 늦잠을 자니, 딸이 외손녀를 데리고 혼자 다녀오기로 했다. 옷을 차려입고 집을 나서면서 남편에게 집안청소를 부탁하였다. 손녀가 친할머니와 통화를 하면서 "아빠는 신데렐라야!" "우리는 계모와 동생처럼 옷을 예쁘게 입고 잔치에 가고, 아빠는 신데렐라처럼 집에서 일하고."

6. 아빠는 식구가 아니라 웬수야

외손녀가 "아빠는 날씨가 추운데 외투도 안 입혀서 감기 걸렸어. 아빠는 식구가 아니라 웬수야!" 한다. 감기가 매우 심하게 걸려 어린이집에 가지 못하고 대전 친가에서 일주일을 보냈었다. 그때 친할머니가 마음이 아파서 한 말로 추정된다. 어른들이 한 말을 솜이 물을 빨아들이듯이 배운다. 친할머니가 "아빠 엄마가 직장에 다녀서 힘이 드니 말 잘 들어라!" 하셨단다. 애 대답이 가관이었다고 한다. "나도 어린이집에서 노래 부르고 종이 붙이고 식판 들어, 내가 더 힘들어."

해외여행

전역하면서 남미를 관광하고 싶었다. 지금은 남미여행은 반쯤 포기했다. 여행비가 너무 비싸기 때문이다. 그런 일은 전역하자마자 저질러야 한데서 전역과 동시에 남미 여행을 신청했다. 당시 1인당 1천 2백만 원이었다. 여행사에서는 미국에서 여행자를 모집하고 부족분을 한국에서 채우려고 했는데 미국에서 모두 충원이 되었다. 그런 사실을 미리 공지하지 않아서 사전 교육하는 날에 택시까지 타고 갔다. 그때 못 간 것이 지금까지 연장되고 있다.

인도를 거쳐 네팔에서 1박2일 여행상품이 있다. 아내가 여행사와 별도로 계약을 하여 우리 부부만 네팔에서 3박4일을 보내는 여행계획을 짰다. 인도에 오는 한국 여행객 수준이 만만치 않다. 유럽은 기본이고, 남미와 아프리카도 모두 다녀온 여행객이 많다. 가보지 않는 곳을 찾아온 여행지가 인도다.

1. 인도여행은 오락이 아니고 수행이다.

인도 몸바이 공항에 밤 12시(한국 새벽 3시 30분)에 도착하여 호텔은 3시 30분에 도착한다. 허름한 호텔인데도 승강기에 보안장치를 설치했다. 작동이 안 되어 한참을 기다렸다. 몸을 씻고 네 시쯤 잠을 청한다. 시차에 빨리 적응하려고 비행기에서 잠을 자지 않고 참은 것이 억울하다. 새벽 4~5시에 일어나고 12시간 이상 버스여행이 3번이나 있다. 여행 첫날 시골 음식점에서 한 숟가락도 못 먹는 일행이 많은데, 나는 밥을 세 그릇이나 비웠다.

일행과 헤어지고 마지막 여행지인 안나푸르나봉 주변길에서는 맨밥과 볶음밥 중에서 한 가지만 먹는다. 숙소는 비바람만 가려준다. 아래는 내복 두개, 위는 가능한 많이 입고 침낭에 이불을 뒤집어써도 춥다. 수행은 한국에 도착해서도 계속 연장된다. 새벽 1시 30분 공항 지하 찜질방을 찾아가니 자리가 없다. 4시 30분에 일부 공항 근무자가 출근하니 자리가 빈다. 공항 대합실에서 4시 30분까지 기다린다. 네팔보다는 따뜻해서 좋다고 아내에게 농담을 건넨다. 겨우 찜질방 빈자리를 찾아 따뜻한 물에 몸을 담그니 세상 부러운 것이 없는 득도한 기분이다.

2. 시간여행

1960~70년대의 한국을 돌아보는 시간여행이다. 인도 도시의 빈민가

는 당시 한국의 판자촌이다. 소설들과 사진첩에서 보는 한국 도시 주변의 판자촌, 지게꾼들 같은 빈민의 삶이 그랬을 것이다. 먼지 풀풀 날리는 신작로, 화장실이 아닌 측간, 거기에다 노상방뇨, 옷차림은 허름하지만 불행해 보이지는 않는 사람들 모습도 그렇다. 네팔은 인구도 적고, 다니는 차도 적어서 한국의 농촌 풍경이다. 계단식 논에 쟁기를 끄는 소, 순박한 사람들, 해맑은 어린애들의 모습은 당시 한국 농촌과 똑같다.

시간여행을 더 실감나게 해준 것은 50대 이상 여성 여행자 네 명 때문이다. 인도에 도착하자마자 박정희 대통령과 새마을운동에 대한 수다가 배경음악같이 들려온다. 당시 부녀회 간부로 외국시찰을 다녀온 여성이 두 명이나 있다. 4~50년 전의 풍경과 배경음악이 완벽하게 시간여행을 구현했다. 거기서 시간여행 제동이 걸렸어야 했다. 대화가 어느 정치인으로 옮기더니 마침내 과학이 엉터리 거짓말이라는 불신 및 무용론으로까지 옮겨간다. 아마도 본인의 종교관 때문에 그런 얘기를 하는 것 같지만 얘기가 석기시대, 청동기시대의 부족신화시대까지 가고 말았다.

3. 종교여행

인도와 네팔은 신의 나라다. 우리가 통상 힌두교라 불리는 종교는 신이 1억 93명이다. 더 많을 수도 있다. 그중에서 자기에게 필요한 몇 명의 신을 믿으면 힌두교인이다. 그리고 역사와 겹쳐서 수많은 종교가 혼재되어 있다. 여행 중에 불교, 자이나교, 시크교, 이슬람교, 힌두교 성전을 두

루 둘러보았다. 배타적 종교관을 지닌 이슬람이 파괴한 현장도 포함되어 있다. 많은 종교를 이렇게 단시간에 두루 경험한 적이 없다. 산업화 시대는 획일화, 규격화, 배타성이 핵심 단어(키 워드)였다. 그 관점에서 인도는 혼란의 나라다. 그러나 정보화시대에는 다양성, 문화, 포용성이 핵심단어일 것이다. 그 관점에서 인도는 무한한 잠재력을 지닌 나라다.

여행 중에 마이크를 세 번 잡았다. 지루한 버스여행 시간이고, 종교여행을 하고 있으니 종교에 대해서 설명을 하였다. 장로님이 두 분이고 카톨릭, 불교, 무교가 포함된 다양한 여행객들이 나의 강연을 이의 없이 들어 주었다. 주제는 종교가 나온 문화, 철학, 사상, 역사를 한 마디로 압축하면 다음과 같다는 것이다. 구도자 나라인 인도에서 나온 힌두교, 불교, 자이나교 유형의 종교, 예언자 나라인 중동아시아에서 나온 유태교, 기독교, 이슬람교 유형의 종교, 군자 나라인 동북아시아에서 나온 유교, 도교 유형이 있다.

4. 백성의 고혈을 짠 유적

"그때는 내가 옳았고, 지금은 당신이 옳소." 아릭베케(툴루이4남, 몽골 칸)가 몽골 본토를 배반한 쿠빌라이(툴루이2남, 원 세조)에게 패하고 나서 한 말이다. 만리장성의 진시황, 임진왜란에 대비하기 위한 선조, 왕권확립과 전쟁 때 없어진 궁궐을 복구한 광해군, 대원군은 백성들의 엄청난 비난을 받았다. 예산 확보, 백성의 노역으로 인한 직접적 고통, 민생고 해결 곤란

등 토목은 백성에게 고통이었다.

광해군을 패한 인조반정의 대의명분으로까지 등장한다. 죽은 왕비를 위해서 궁을 만든다는 것은 미쳤다고 평가할 수밖에 없다. 그래서 아들에게 폐위되었고, 그래도 아들이니까 궁이 보이는 곳에 아버지를 감금했다. 그런데 오늘날 그 미친 짓의 결과인 '타지마할'을 보려고 모여드는 관광객과 그 수입으로 먹고 사는 후손들은 황제를 어떻게 평가해야 하나? 내 자신도 백성의 눈물과 피로 만들어진 그 예술품을 열심히 사진에 담고 왔다. 이번 여행도 돕는 이(가이드)에게 한 수 훈수를 두었다. 나라 이름인 스'탄'과 '무굴'을 이슬람역사로 설명하고 있다. 아니다! '탄'은 우리말로써 땅인 몽골어이고, '무굴'은 '몽골'의 다른 발음이다. 몽골의 역사이다. 지배층인 몽골인들이 현지인을 동화시키지 않고, 자신들이 현지인과 현지 종교인 이슬람에 동화한 결과인 것이다.

5. 인도의 세 가지 복

인도는 세 가지 복을 받은 것 같다. 첫째는 종교관으로 인해 욕심으로 배가 아파 죽을 일이 없다. 둘째는 날씨가 따뜻하여 얼어 죽는 사람이 없다. 셋째는 육식을 금지하여 굶어 죽는 사람이 없다. 그 첫 번째는 종교 덕인 힌두교인의 이상적인 삶은 이렇다. 어렸을 때 열심히 베다를 공부하고, 성장하여 가족을 부양하며, 나이가 먹으면 산에 가서 명상하고, 더 늙으면 걸망 짊어지고 떠나 버린다. 그리고 윤회관이다. 사돈이 땅을 사도 배가 아파서 죽을 일이 없이 범사에 만족하면서 살아간다.

두 번째가 날씨 덕이다. 우리가 갔을 때가 겨울이었는데도 길가에 사람이 잔다. 우리나라에서는 노숙자에게 겨울이 고역이다. 그래서 "작년에 갔던 각설이가 죽지도 않고 또 왔네."라는 각설이 타령이 있다. 인도인들은 추위를 걱정할 필요 없이 아무 곳이나 자면 된다. 그래서 좋은 집도 필요 없다. 같은 힌두교라도 네팔만 넘어가면 추위 때문에 집에 대한 소유욕이 우리와 비슷함을 알 수 있다.

세번째는 쇠고기를 먹지 않는 식습관과 종교문화이다. 실학자 박제가의 '북학의'라는 책을 보면 한국인이 쇠고기를 좋아하는 식문화를 비판하고 있다. "중국 수도에 가니 돼지 고깃간이 72개소, 양 고기간은 70개이고, 소 고깃간은 3개소뿐으로 돼지와 양고기를 먹는다. 그런데 농사를 짓는 우리나라에서 매일 소 5백 마리가 죽어가고 있으며 농사에 차질이 많다."고 한탄한다.

제레미 리프킨은 '육식의 종말'에서 쇠고기를 먹지 말자고 한다. 인도에서도 과거에 지배층은 쇠고기를 먹고, 피지배층은 기아에 굶주렸다. 그러한 경험과 불교의 압력으로 쇠고기를 포함하여 모든 육식을 금지하게 되었고, 힌두교에서 소를 신으로 추앙한 역사를 가지고 있다. 암소들은 인도에서 필요한 우유의 대부분을 제공한다. 황소는 동력을 제공하며, 재배된 식량은 인도 인구의 80%를 먹여 살린다. 해마다 7억 톤의 배설물을 배설하고, 그중 절반이 토양을 비옥하게 만드는 비료로 사용되며, 나머지 절반은 요리용 땔감으로 사용된다. 인도의 축산 단지는 인간과 소의 관계에서 신성한 측면과 세속적인 측면 모두를 강화시키는 방향으로 존속되었다.

소는 790킬로그램 이상의 식물성 단백질을 소비해도 기껏해야 50킬로그램에 못 미치는 단백질을 생산한다. 그리고 1에이커 토지는 소 대신 다른 작물을 기르면 5배, 콩류는 10배, 야채는 15배, 시금치는 26배나 많은 단백질을 생산한다. 10파운드의 스테이크 생산에 사용되는 물은 한 가족이 일 년 내내 사용하는 물의 양과 맞먹는다. 멕시코에서 곡물 생산량 1/3이 가축 사료로 사용된다. 수백만의 국민들이 만성 영양실조에 시달린 결과로 소수의 잘 사는 사람들이 고기를 먹는다.

6. 우리나라의 쓰레기는 다 어디로 숨었나?

인도에는 쓰레기가 많다. 쓰레기를 아무데나 버려서 사람이 모이는 곳에는 쓰레기가 넘쳐난다. 심지어는 시골 농가 대문 옆에도 봉지 등 비닐 쓰레기가 쌓여 있다. 버스가 정차하면 그냥 길옆에 쓰레기를 버리고 간다. 거기에 비하면 우리나라는 정말 깨끗하다. 분리수거도 잘한다. 이 얼마나 자랑스러운 일인가! 그런데 조금만 깊게 들여다본다. 우리나라 쓰레기는 다 어디로 갔지? 땅에 파묻거나 바다에 백만 톤을 님세 버린다. 눈에 보이지 않는 것이 능사가 아니다. 비닐은 생산된 이후 아직 썩지 않았고 앞으로도 썩지 않는다. 쓰레기를 적게 배출해야 한다. 인도를 더럽다고 욕할 일이 아니다. 땅밑과 바다에서 환경을 오염시키고 있는 우리 쓰레기를 부끄러워해야 한다.

7. 여행 돕는 이(가이드)

인도에는 여행사에서 돕는 이(가이드)가 안 따라오고 현지 돕는 이와 공항에서 합류하였다. 한국에서 살다간 웬만큼 한국말이 통하는 젊은이이다. 첫날 시내 관광을 나온 사람들이 인도 거리를 보고, 박정희 대통령의 치적과 새마을운동을 칭송한다. 그러자 돕는 이가 한마디 한다. "지금은 시대가 다릅니다. 그때 방식으로 했다가는 더 큰 혼란만 옵니다." 그러면서 인도가 잘못 사는 것은 초기에 집권자들이 족벌통치를 하고 지금까지 기득권을 놓지 않고 있기 때문이라고 설명한다.

그 돕는 이는 볼수록 매력이 있었다. 한국 길거리에 앉아 구걸하는 거지를 보면 옆에 쪼그리고 앉아서 "열심히 일해서 돈 벌지 않고 왜 구걸하느냐고 꾸짖었다."고 한다. 그 다음 날 그 자리에 거지가 안 보이더란다. 인도는 팽창하는 나라이기 때문에 기회가 많은 나라이다. 수십 년 전 한국처럼 이병철 정주영 김우중 같은 인물들이 나타날 기회가 많다.

비유로 대화를 주도한 일화

2007년 동해에서 12초계함 전대장을 할 때이다. 천안함 같은 초계함 10척으로 구성된 전대이다. 역사공부를 좋아하던 나는 '대쥬신을 찾아서'를 읽었다. 이후에 김운회 교수가 쓴 책은 전부 읽었다. 장병들 정신교육을 위하여 김운회 교수를 초빙하였다. 당시에 주적 논쟁이 치열했었다. 보수성향이신 교수님은 나를 보자마자 초면임에도 불구하고 "왜 국방부는 주적개념을 국방백서에 넣지 않으십니까?" 하고 따지신다.

순발력이 별로 좋지 않던 나는 갑작스런 질문에 당황했다. "교수님은 집에서 개를 키우실 때, 누구든 상관없이 저 사람만 보면 짖어! 하실 것입니까, 아니면 담을 넘어온 사람을 보면 누구든 상관없이 짖어! 하실 것입니까?" 했다. 교수님이 한참 말이 없으시더니 "전대장님 말이 일리가 있습니다." 하면서 주적 논쟁이 끝났다. 그러나 나의 말에도 어폐가 있다. 영리한 종류의 개는 누구든 상관없이 담을 넘어오면 짖도록 교육시킬 수가 있다. 그러나 이를 소화하지 못할 개에게는 한 명만 지정해서 짖도록 교육시키는 것이 더 능률적일 수도 있다.

2011년 기초군사교육단장으로 근무하던 시절이다. 신병이 훈련을 마치고 부대로 배치하기 전에 항상 정신훈화를 했다. 교육을 마치고 질문을 받았다. 통상적으로 질문을 안 하는데, 이번에는 씩씩한 신병이 질문을 한다. "단장님! 해군 최신예 무기는 무엇입니까?" 예기치 않은 질문에 속으로 당황했다. 이지스구축함이라고 할까? 아니면 214급 잠수함이라고 할까? 아니면 P-8급 해상초계기라고 할까? 순간적으로 망설이다 튀어나온 내 답변에 신병들이 박수를 치고 환호성을 질렀다. 내가 "바로 여러분입니다."라고 했기 때문이다.

2017년 12월에 문재인 대통령이 중국을 방문했다. 중국 측의 과도한 경호로 한국 기자가 폭행을 당했다. 야당은 중국에서 무시를 당했다고 대통령을 비난한다. 반면에 여당 지지자는 질서 없이 취재하면서 원인을 제공한 기자들을 비난했다. 이 상황에서 지인과 토론이 붙었다. 사설 경호원이라는 내 답변에 지인이 반격을 한다. 대통령을 경호하는데 경호실과 사설경호원이 무슨 차이가 있느냐? 사설경호원이라고 해도 중국 당국에서 책임을 져야 한다는 말에 내가 궁색한 처지에 놓였다. 그 순간 나도 모르게 튀어나온 말이 "중국 경호원들이 누구를 경호하려고 과잉행동을 했습니까?" 상대방이 말문을 닫았다.

동네 아주머니가 전작권 전환은 어떻게 해야 합니까? 하고 질문을 한다. "세계에서 제일 공부 잘하는 입주가정교사가 돌봐준다. 가정교사가 안 가르쳐 주겠다는 것도 아닌데 시험까지 가정교사가 치면, 그 학생이

공부를 하겠습니까?" 하고 물었다. 동네 아주머니가 아주 이해가 잘 된다
고 답한다.

사람은 인정을 받을 때 행복하다

2013년 전역하기 전에 평화재단에서 주관하는 평화리더십아카데미 과정을 다녔다. 첫 소개시간에 공무원이라고 소개를 하였다. 다음 시간에 공군 ㅇ장군과 함께 나갔다. 그래서 해군 장성이라는 것이 들통이 났다. 교육을 마치고 동문 한 명이 글을 올린다. 호주머니 속의 송곳이라는 뜻을 가진 '낭중지추'라고 극찬을 한다. 그분은 며칠 만 참으면 연금을 받을 수 있었지만 사표를 내고 시민활동을 하신 분이다.

2017년에 예비군안보교육을 마치고 대학교 예비군연대장 두 분과 점심을 한다. 한 분은 교육이 있을 때마다 만난다. 모든 예비군 안보강사를 태워주고 점심을 한다. 그분을 대상으로 상호존중과 배려의 표상이라는 글도 썼었다. 한 분은 합참에서 같이 과장을 했었다. 출신 군과 고향은 다르지만 연배가 비슷하여 많은 정서를 공유한다.

나보고 정치를 하라고 적극 권유한다. "강사님을 몇 번 만나서 대화를 하다 보니, 군 출신임에도 모든 방면에 조예가 깊다. 당신처럼 철학과 소신이 뚜렷하고 행정과 이론을 겸비한 사람이 정치를 해야 한다. 나하고 정치적 성향은 다르지만 나라의 발전을 위해서는 당신 같은 사람이 필요하다."는 것이다. 몇 번밖에 못 만났음에도 불구하고 내 정체성이 표출된 것 같다.

내가 정치를 못하는 몇 가지 사유가 있다고 설명했다. 첫째 공천을 받기 위해서는 공천권자의 절대적 신임을 받아야 한다. 공천권자에게 공을 들이지도 않았고, 줄서는 재주도 없다. 나는 평생 개인적으로 줄을 서 본 적이 없다.

둘째, 한국의 정치는 연고성이 중요하다. 군 생활로 지역 연고가 없고, 부산에는 4년밖에 안 살았다. 고향에 가면 수십 년 갈고 닦는 사람이 있다. 고향에서 환영을 못 받고 경쟁 상대로써 배척대상이 된다.

셋째, 표는 안면과 골목에서 나오는데, 현 상태로 상대방을 이길 수 없다. 정책대결을 하지 않고 애사와 경사 등 집안일을 챙겨줘야 한다. 식사와 술로 끈끈한 인연이 되어야 한다. 군인 출신은 이 방면에서 절대적으로 취약하다.

넷째 선거의 핵심은 조직과 돈이다. 시민조직은 열심히 하면서 만들었다. 그렇지만 개인조직을 만들지 못했다. 가장 중요한 돈이 없다. 선거에서 떨어지고 빚쟁이가 되는 현실은 상상하기도 싫다.

그분은 포기하지 말고 하고 싶은 것을 하라고 권유한다. "통일을 위해서는 직책을 안 가리고 하고 싶다."고 얘기했다. 자리를 끝내고 나오면서 "인정해 주셔서 고맙다. 제 아버지 다음으로 나를 인정해 주신 분이다."라고 껄껄껄 웃었다.

　아버지는 나를 정치인으로 키우고 싶어 태권도 도장에 다니게 하셨
다. 국회에서 육탄전이 심했기 때문이다. 전역을 하자 돈이 없어서 나를
밀어주지 못한 것을 아쉬워하셨다. 정의당에서 영입한다는 소식을 전하
니, 박수를 치면서 환호를 하셨다.

　정치적 성향이 다른 육군이 인정해 준다. 지금처럼 열심히 하면 비례
대표제 국회의원은 될 것이라고 고등학교 후배들과 부산에 사는 해군 후
배들도 격려해 준다. 둔재인 나를 정의당에서 인재로 영입하여 전국적으
로 인재가 되었다. 법가와 유가에서 말하는 것처럼 사람은 인정을 받을
때 행복하다.

<2장>

괜군의
생각

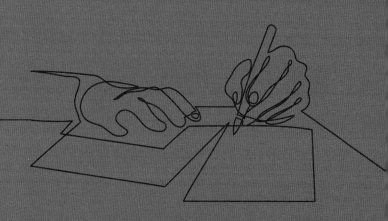

官軍
義兵

919군사합의와 한국안보

1. 들어가는 말 : 목계지덕(木鷄之德)과 군인정신

목계란 장자(莊子) 달생편(達生篇), 싸움닭(鬪鷄)의 우화에 나오는 얘기이다. 중국 주나라 왕은 닭싸움(투계)을 좋아하였다. 주나라에서 닭싸움을 가르치는 최고의 조련사는 '기성자'였다. 왕이 기성자에게 닭 한 마리 훈련을 맡겼다. 10일 후 왕이 찾아가서 훈련 상태를 물었다. 기성자는 "시도 때도 없이 전의에 불타면서 싸울 태세를 갖추고 있습니다." 했다. 왕이 "그럼 최고의 투계이네." 했더니, 기성자는 "강하긴 하나 아직 교만하여 스스로 최고인 줄 압니다. 시간을 더 주십시오."라고 하였다.

10일 후 왕이 기성자에게 닭의 훈련 수준을 다시 물었다. 기성자는 "교만은 버렸지만 다른 닭의 기척만 보고도 전의를 불태웁니다."라고 하였다. 왕이 만족하자 기성자는 태산 같은 진중함이 없다면서 시간을 더 달라고 하였다. 다시 10일 후 기성자는 "다른 닭이 나타날 때 조급함은 버렸지만 아직 성을 내고 눈매가 너무 공격적이니, 더 기다려 주십시오." 하였다. 다시 10일이 지나 기성자는 드디어 "이제 됐습니다. 상대가 나타나서 홰를 치거나 울면서 대들어도 반응하지 않고 늠름하게 버틸 뿐입니다. 마치 닭이 나무로 조각한 목계(木鷄)와 같습니다. 어떤 닭도 그 모습을 보면 도망칠 것입니다."

이와 같이 목계란 최고의 전투력을 갖추고도, 평정심을 유지한 경지의 상태를 의미한다. 상대가 아닌 자기와의 싸움에서 이기는 자신감을 의미한다. 충무공 이순신은 첫 전투인 옥포해전에서 전투에 임하기 전에 "물령망동 정중여산(勿令妄動 靜重如山)"이라 하였다. "경망되게 움직이지 말고 태산같이 무겁게 침착하라."는 뜻이다. 손자도 군쟁편(軍爭篇)에 부동여산(不動如山), 즉 태산처럼 움직이지 않는 여유라 했다.

최고의 전사란 싸움닭 목계와 같이 최고의 전투태세를 갖추고, 평시에는 평정심을 유지하면서 국가의 안보를 지키다가, 적이 침략하면 갈고 닦은 실력으로 적을 제압하여야 한다. 적의 움직임을 민감하게 살피되, 움직임 하나에 일희일비하지 말고 의연한 자세로 대처해야 한다. 그동안 우리나라는 목계의 1단계 수준을 최고의 덕목이라 생각한 경향이 있었다. 이제 우리는 과거 1970~80년대에 북의 위협에 전전긍긍하던 군대가 아니다. 세계 최첨단 무기체계를 갖추고 세계 10위권의 경제력을 갖추었다. 919군사합의를 충분한 자신감을 가지고 목계의 4단계에서 생각해 보자는 의미로 이 고사를 인용하였다.

2. 919군사합의란

1) 군사합의의 의미와 배경

919군사합의는 현 정부에서 처음으로 만들어낸 정책이 아니다. 그 배경과 의미를 살펴보면 다음과 같다. 첫째 역대정부 대북정책 연장선상에서 만들어졌다. 역대정부들은 모두 한반도 평화협정을 견인하기 위하여 남북관계 개선과 발전 정책을 추진하였다. 919군사합의는 1953년 정전협정 이후 남북 간에 대결과 대화를 반복하는 과정에서 오랫동안 논의되거나 이루어진 정책을 기반으로 만든 것이다. 역대정부의 대북정책은 〈표1〉과 같다.

〈표1〉 역대정부 대북정책

정전협정 (1953. 7.27.)	- 군사분계선 및 비무장지대 설정 - 일체 적대행위 및 외부로부터 군사력 증원 금지 - 군사정전위원회 및 중립국감독위원회 설치 · 운영 - 한강하구의 민용선박 항행에 개방
노태우 정부 김영삼 정부 (1990년대)	- 남북기본합의서('91.12) 및 불가침부속합의서('92.9) - 남북고위급회담, 군사분과위 · 핵통제공동위('90-'92) - 남북고위급회담 실무대표 접촉('93-'94) * '국방부 군비통제 기본계획' 발간('91-'94)

김대중 정부 노무현 정부 (2000년대)	- 6.15공동선언('00) 및 10.4정상선언('07) - 동 · 서해 철도 · 도로 연결, 금강산 관광 및 개성공단 운영, 남북 관리구역 3통(통해, 통신, 통관) 보장 - 6.4합의('04 서해 우발적 충돌방지 및 선전활동 중지) *군비통제기본계획('00) 및 남북군비통제추진계획('11) 발간
이명박 정부 박근혜 정부 (2010년대)	- 개성공단 실무회담('09) 및 개성공단공동위('13-'15) *남북관계발전법('14.11.21) 및 시행령 개정(4회) - 확성기방송 중단 및 교류협력 활성화 합의('15.8.25) - 임진강 수해방지, 한강 하구 나들섬 개발 구상 - DMZ 세계생태평화공원 사업 및 경원선 복원 추진 ('13-'15)
문재인 정부 (2017년~)	-판문점 선언('18.4.27) -평양공동선언 및 919군사합의('18.9.19)

출처: 국방안포포럼, 「2019국방정책 세미나 자료집(2019.6.12.)」

둘째는 정전협정 정신을 구현했다. 정전협정은 남북간 적대행위 중지를 통한 전쟁재발 방지, 적대행위와 무력충돌 발생 시 평화적 해결방안을 규정했다. 지상군사분계선과 비무장지대를 설정하였다. 한강하구에서는 민간선박의 통행을 허용하였다. 이처럼 919군사합의 주요내용들은 정전협정 기본정신에 기반하고 협정에 명시된 사항들에 부합하는 조치사항을 반영한 것이다.

셋째, 국방부 군비통제정책의 연장선에서 이루어졌다. 국방부는 역대 정부에서부터 대북정책의 일환으로 남북관계 개선을 위한 군사분야 지원계획을 지속적으로 발전시켜왔다. 노태우와 김영삼 정부 때 '군비통제기본계획'이 발간되었다. 김대중 정부에서 박근혜 정부를 거치면서 '군비통제기본계획'을 발전시키고 '남북군비통제추진계획'을 수립하였다. 역대 정부에서 발전시켜 온 것을 현재의 안보상황에 맞추어 실행 가능한 계획을 구체화시킨 것이다.

넷째, 합법적인 의사결정과정과 남북관계 법령의 범위 안에서 이루어졌다. 남북관계 관련 정책은 2006년에 제정된 '남북관계발전에 관한 법률'과 '시행령'에 근거하여 수립되고 추진되었다. 919군사합의는 국무회의에 상정하기 전에 법제처 심사를 거쳤다. 법령에 따라 남북 국방부 장관 혹은 동급이 서명한 합의서를 국무회의를 거쳐 대통령이 2018년 10월 23일에 비준하였다.

2) 919군사합의 주요내용과 평가

919군사합의는 크게 5개 분야이고 세부적으로 16개 항목이다. 이미 시행되고 있는 분야가 있으며, 진행 중이거나 추가 협의가 필요한 분야도 있다. 군사공동위를 구성하여 추가적으로 논의 후에 진행할 분야도 있다.

〈표2〉 919군사합의 주요내용

구분	합의사항	진행
① 상호 적대 행위 중지	- 지해공 적대행위 중지	'18.11.1일부
	- 지해공 작전수행절차 적용	'18.11.1일부
	- 상호 무력사용 및 적대행위 중지	군사공동위
② 비무장지대 평화지대화	- 상호 GP(감시초소) 철수	'18.11.1일부
	- 판문점 공동경비구역 자유왕래	협의 중
	- 남북공동유해발굴	일부 진행
	- 역사유적 공동조사·발굴 군사적 보장	추후협의
③ 서해 NLL일대 평화수역화	- 서해우발적 충돌방지 전면 복원·이행	지속이행
	- 평화수역 및 시범적 공동어로구역 설정	군사공동위
	- 남북 공동순찰방안 마련	군사공동위
④ 남북 교류협력 군사적 보장	- 남북관리구역 군사3통지원	군사공동위
	- 한강하구 공동이용	협의 중
	- 해주직항로·제주해협 통과 문제	군사공동위
	- 철도 · 도로 협력	추후협의
⑤ 군사적 신뢰구축	- 남북군사공동위구성 · 운영	추후협의
	- 남북군사당국자간 직통전화 설치	추후협의

출처 : 국방안포럼, 「2019국방정책 세미나 자료집(2019.6.12.)」

먼저 경계측면에서 군사적인 평가이다. 919군사합의 대부분이 남북이 군사대결상태에서 군의 경계태세에 영향을 미친다. 그 중에서도 '지상완충구역설정', '해상완충구역설정', '비행금지구역'은 경계태세에 직접적인 영향을 미친다. 영향을 미친다는 의미는 과거와 달라졌음을 의미한다. 일부 보수층에서는 '무장해제'라는 과격한 표현을 사용하면서 반대하고 있는 상황이다.

〈그림1〉 해상 및 지상완충구역

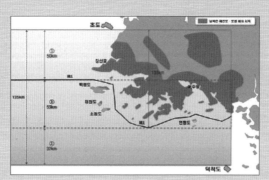

해상완충구역
• 완충구역 내 포사격 및 해상기동훈련 중지
• 해안포, 함포포구, 포신 덮개 설치 및 포문폐쇄 조치

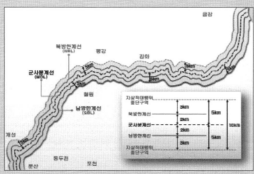

지상완충구역
• MDL 5km 이내 포병사격훈련 전면중지
• MDL 5km 이내 연대급 이상 야외기동훈련 전면중지

협상 결과가 정밀기계로 두 조각을 내듯이 양편 모두 만족시키기는 어렵다. 유리한 측도 협상목적이나 국민여론을 의식하여 불리하다고 주장할 수 있다. 유불리함은 언제나 존재하기 마련이다. 분명한 사실은 우리는 국방예산과 방위산업 생산능력 측면에서 과학화장비를 더 빨리, 더 많이 배치할 수 있다. 인력이 빠진 분야를 장비로 보완하는 측면에서는 우리가 더 유리하다. 정말 919군사합의가 우리에게 불리할까?

완충구역 설정은 남북한이 동시에 제한을 받는다. 비무장지대(DMZ)와 북방한계선(NLL)에서 일정구역으로 한정하고 있다. 모든 군사적 행동을 금지하는 것이 아니고 지정된 구역에서 일정 규모의 군사행동과 훈련을 제한하고 있다. 우리의 한미연합훈련을 금지한 것도 아니고, 북한이 후방에서 미사일발사 훈련을 금지한 것도 아니다. 일방이 합의를 위반하면 무효화할 수도 있다.

'비무장지대 내 상호 GP철수'는 정전협정을 준수하는 것으로써 뒤에 별도로 설명한다.

항공기는 속도가 빨라서 순식간에 월경할 수가 있다. 또한 상대방에게 위협을 가하여 오해를 불러올 수도 있다. 산불이나 인명구조 등 비군사적 항공은 상호 조치 하에 운항이 가능하다. 서해에서는 북방한계선 상에서 조업하는 중국어선을 단속하지 못하고 있다. 남북이 대치하는 상황에서 외국어선이 우리의 국가재산을 탈취하는 것을 속수무책으로 바라보는 것이 완벽한 안보가 아니다.

남북 대결과 긴장이 깊어질수록 북한은 비대칭전력과 핵무장의 유혹에 빠질 것이다. 군사합의를 통해서 상호간에 신뢰가 구축되어야 대화와 협상이 순조롭게 진행된다. 핵 협상이 진행되고 그 결과로써 비핵화가 되는 것이다. 북한이 핵을 포기하려면 이를 상쇄하는 이익과 신뢰가 형성되어야 한다. 적대국 간에 신뢰를 유지하는 제도적인 방법은 군비통제와 평화체제이다. 군비통제와 평화체제는 아무도 가보지 못한 전인미답(前人未踏)의 상태가 아니다. 소극적 평화는 지키는 것이라면 적극적인 평화는 만드는 것이다. 다른 나라에서 적대의 악순환 대신에 평화의 선순환을 만들었던 군비통제와 평화체제를 살펴보자.

3. 919군사합의와 군비통제 및 평화체제 사례

1) 군비통제

군비통제란 국가 간의 갈등, 전쟁의 도구 및 결과에 대하여 임의적으로 한계를 설정하려는 국가 간의 모든 합의행위를 말한다.[1] 군비통제는 운용적 군비통제와 구조적 군비통제로 구분한다. 이는 1973년 이래 유럽에서 진행된 재래식 군비통제 협상경험으로부터 도출된 것이다.[2] 유럽에서는 구조적 군비통제 협상이 먼저 시작되었지만 신뢰구축 부족으로 실패하였다. 운용적 군비통제를 통해서 신뢰를 구축한 이후에 구조적 군비

---

1 국방대학원, 「안보관계용어집」, p. 16.
2 이병록, 「한반도 군비통제에 관한 연구—유럽 군비통제사례의 적용가능성을 전제로」, (석사학위논문, 1987)을 요약

통제에 합의하였다. 세계 전쟁의 근원지였던 유럽에서 오늘날 전쟁의 공포가 사라진 것은 매우 시사하는 바가 크다.

〈표3〉 유럽 신뢰안보구축조치 과정

구분	헬싱키 최종합의서 (1975)	스톡홀름 협약 (1986)	비엔나 협약 (1992)
적용범위	유럽 (소련과 터키 영토 25km)	전 유럽과 소련 (터키 영토 250km)	전 유럽 (대서양에서 우랄 산맥까지)
구속력	선언적(자발적)	정치적(의무적)	정치적(의무적)
적용대상	군사작전과 이동	훈련과 이동	군사훈련, 이동, 군사정보교환, 훈련규모에 따라 연간 횟수 제한
통지기준	2만5천 명 이상 병력	지상군 1만3천 명 또는 전차 300대 이상 상륙낙하훈련 3천 명 이상 전투기 200회 이상 출격	지상군 9천 명, 전차 250대 이상 같음 같음

운용적 군비통제는 상호 간의 의사소통, 병력배치와 기동훈련의 사전통보, 군사정보 및 자료의 교환, 군사훈련 상호 참관 등과 같은 기능적 차원의 통제를 목적으로 한다. 기습공격과 전쟁발발의 위험을 감소시키거나 방지할 수 있다. 〈표3〉은 유럽의 신뢰안보 구축조치의 발전과정이다. 우리의 919군사합의는 유럽에 비하면 초보단계에 불과하다.

구조적 군비통제는 군사력의 구조, 즉 병력과 부대, 장비 등을 통제하는 것이다. 군사력을 순수한 방어전력으로써 낮은 수준에서 군사력 균형을 이룩하고 군사적 안정을 유지하는 조치이다. 사실상의 군비감축 또는 군축을 의미한다. 유럽의 재래식 군비통제 협정을 남북한에 적용하기는 매우 어렵다. 남북 간의 무기체계가 질과 양적으로 다르기 때문이다. 앞으로 우리가 고민해야 할 문제이다.

〈표4〉 재래식군비통제-1 협정의 NATO, WTO 보유상한선

구분	보유상한선	NATO 삭감(현 보유)	WTO 삭감(현 보유)
전차	20,000대	2,757	13,191
장갑차	30,000대	0 (28,197)	12,949
야포	20,000문	0 (18,404)	6,953
전투기	6,800기	0 (5,531)	1,572
공격용헬기	2,000기	0 (1,685)	0 (1,602)

2) 평화체제

평화체제는 평화조약 또는 평화협정을 토대로 유지되는 국제질서 또는 international regime을 말한다. 평화조약은 국가 간에 체결되는 종전합의서이며, 평화협정은 국가가 아닌 당사자가 참가하는 종전합의서이다. 통상적으로 평화조약(평화협정)에 종전선언 조항이 들어간다. 평화조약은 법규범이고 평화체제는 그 규범을 토대로 운영되는 질서를 말한다.

전 세계적으로 분쟁의 화약고이던 아랍과 이스라엘, 북아일랜드의 평화협정에 대해서 알아보자.

아일랜드는 1949년 영국 식민지에서 독립하면서 남부 26개주는 독립하고, 북부 6개주는 영국통치를 받으면서 내전이 잉태되었다. 식민 지배 결과로 북아일랜드는 종교가 구교와 신교로 갈라졌다. 북아일랜드공화군(IRA, Irish Republic Army)은 세계적으로 유명한 무장저항단체이다. 벨파스트는 개신교와 카톨릭 지역을 베를린처럼 분리할 정도로 증오와 유혈이 낭자한 곳이었다. 내전 결과로 1969년부터 1998년 사이에 인구 160만의 아일랜드에서 3,500명이 사망하였다. 저항하는 사람들은 평화를 굴복이라고 생각했다.[3]

1998년 4월에 북아일랜드에 공동정부를 구성하는 '성금요일협정'이 체결되었다. 아일랜드공화국과 영국, 북아일랜드 8개 정당이 참여한 다자협정이었다. 남북 아일랜드가 당장 통일을 하기 어려운 상황에서 모색된 낮은 단계의 국가연합방식이었다. 2005년 7월에 드디어 북아일랜드공화군 IRA가 비평화적인 무력사용을 포기하는 선언을 하였다. 이후 2007년 3월 공동정부를 구성하여 평화가 정착되었다.

아랍과 이스라엘은 1948년, 1956년, 1967년, 1973년에 전쟁을 네 번이나 겪었다. 그럼에도 이스라엘과 이집트, 요르단과 이스라엘은 평화협정을 맺었다. 이스라엘과 이집트는 1978년 9월 12일부터 17일까지 카터 대통령이 주관하여 '캠프데이비드 협정'을 맺었다. 주요내용은 평화조약

---

3 김연철, 「협상의 전략」 (2016, 휴머니스트) p.665.

의 기본 골격을 선언하고, 교섭 목표 시한 3개월에 서명할 수 있도록 성실히 교섭한다는 것이다. 목표시한을 몇 달 넘겼지만 1979년 3월 26일에 평화협정을 체결하였다. 평화협정에 들어 있는 종전선언 문구는 "이 조약의 비준서를 교환하는 때부터 전쟁상태가 종료되고, 평화가 확립된다" [4]이다

요르단과 이스라엘은 1994년 7월 25일에 워싱턴 선언을 통해서 종전선언[5]을 하면서 평화조약을 맺기로 약속을 하였다. 그리고 1994년 10월 26일에 평화협정을 맺었다. 평화협정 문구는 "이로서 이스라엘과 요르단 간에 평화가 확립되었고, 이 조약의 비준서를 교환하는 때부터 유효하다."이다. 이 평화협정은 이스라엘의 안보를 더욱 강화시켜주었다. 국경선이 안정되자 1982년에 과감히 레바논에 군사개입이 가능했던 것이다.[6]

이 사례에서 보는 나라들의 대결과 원한관계는 우리보다 훨씬 길고 복잡하다. 민족, 종교, 영토, 역사적인 문제가 얽혀 있다. 남북한은 오랫동안 역사와 문화를 공유했다. 분단 70년은 긴 역사 과정에서 짧은 시간일 뿐이다. 남북한 간에 919군사합의가 잘 지켜진다면 더 높은 단계의 군비통제와 평화협정을 기대해 볼 수 있을 것이다. 다음은 최근에 일어난 여러 가지 사건이 919군사합의와 어떤 관련이 있는지와 우리의 대비상태를 점검해 보자.

---

4 "The state of war between the Parties will be terminated and peace will be established between them upon the exchange of instruments of ratification of this Treaty."

5 "The long conflict between the two States is now coming to an end. In this spirit, the state of belligerency between Jordan and Israel has been terminated."

6 김연철, 앞의 책, p. 432.

4. 최근 안보관련 사건들

최근에 북한에서 미사일 발사를 자주하고 있다. 발사훈련을 하는 것은 두 가지 이유일 것이다. 첫째는 새로운 성능의 무기를 개발할 때이다. 동서고금을 통해 모든 군대는 항상 모순(창과 방패) 상태이다. 상대방이 창을 개발하면 방패를 보완하고, 다시 그 방패를 뚫는 창을 만드는 식이다. 우리는 우리의 정보판단과 국방기획 절차에 따라서 우리 전력을 보강하면 된다.

둘째는 정치외교적 의도이다. 한미연합훈련에 대한 반발을 표시하는 것일 수도 있다. 국내의 강경파를 다독거리거나 주민들에게 과시하는 내부 단합용일 수도 있다. 우리가 관심을 보이면 그들의 의도는 절반은 성공하는 것이다. 우리가 그들의 의도대로 정책이나 계획을 바꾸면 100% 성공하는 것이다. 우리는 목계처럼 진중하게 대처하면 된다.

우리는 전방위적이고 포괄적인 안보를 강화해야 한다. 영화 '주유소 습격사건'에 배우 유오성이 "나는 한 놈만 팬다."라는 대사가 있다. 지금까지의 한국 안보 상황이었다. 우리가 북한과 휴전선 및 서해 북방한계선에만 매몰돼 있으면 다변화된 위협과 미래의 위협을 등한시하는 경우가 생긴다. 그래서 919군사합의처럼 북한과 불필요하게 과도한 대결상태를 완화시키고 주변국과 자존심 경쟁을 하고, 포괄적인 안보와 동시다발적인 안보상황에 대응해야 한다.

이런 의미에서 러시아 군용기의 독도 영공침범은 미래안보를 가늠하게 해주는 좋은 사례이다. 향후 안보상황은 주변국과 전면적인 전쟁보다는 영해나 영공에서 신경전을 벌이고 자존심 싸움을 하는 경우가 많을 듯

하다. 주변국 함정이나 항공기가 출현하면 우리도 비슷한 전력의 현장 대응을 하면서 국민들 자존심도 세우고 국토도 지키는 것이다. 그 대표적 분쟁이 독도 상공에서 벌어진 일이다. 다음에는 이어도가 될 수도 있고, 배타적 경제수역과 방공식별구역 문제가 될 수도 있다.

동해 목선의 사례는 평범한 사건이 확대된 사건이다. 그물망보다 작은 고기는 그물에서 벗어난다. 소형 목선은 레이다에 안 잡힐 경우가 있다. 과거 북에서 은밀한 해상침투를 했었고, 우리는 작은 물고기를 잡는 그물망처럼 경비함정을 촘촘하게 세웠다. 해안에는 철조망을 치고, 매복 경비를 했었다. 이제는 북한 주민들의 탈북은 체제에 실패한 나라의 경제적 난민일 뿐이다.

경제적 난민이 밀입국하는 사례는 세계적으로 흔하다. 세계 최강 미국에 가장 밀입국자가 많을 것이다. 그래서 미국은 어느 국가 해군보다 강한 해안경비대를 유지한다. 멕시코와 국경에 콘크리트 장벽을 세우는 정쟁을 벌이고 있다. 우리가 대침투작전으로 돌아가면 목선 탐지율을 올릴 수 있다. 이는 과거의 소모전으로 회귀하는 것이다.

이에 대한 좋은 비유가 손자병법 허실편이다. 무소불비無所不備 무소불과無所不寡[7]라는 내용이다. 모든 성을 지키려면 모든 성이 약해지는 것과 같다. 긴장과 휴식이 조화된 상태에서 교육훈련 강화가 우리 군을 강군으로 만드는 것이다.

---

7 "아군이 진격할 곳을 적이 모르게 해야 한다. 그러면 방어할 곳이 많아진다. 방어할 곳이 많아지면 적의 병력이 줄어든다. 모든 곳을 지키려고 하면 모든 곳이 약해진다."

5. 맺음말 : 목계처럼 의연하자

북한의 미사일 발사훈련에 일희일비할 필요가 없다. 북한과는 모순관계를 유지하면서 필요한 능력만 갖추면 된다. 별도의 군비통제 합의가 없는 한, 자국 방위를 위해서 훈련하고 장비를 갖추는 것을 서로 비방하고 간섭할 필요도 없다. 전체의 전략과 의도를 읽지 못하고 단편적으로 대응하다 보면 그 결과는 싸울 수 없는 약한 군대를 만드는 것이다. 주변국에게 무서운 목계가 아니고 병아리가 되는 셈이다. 모순처럼 경쟁하되, 목계처럼 대응하자.

최근의 안보상황은 919군사합의와 상관없이 과거에도 있었던 사건이고, 미래에도 일어날 사건이다. 사건 하나하나에 일희일비할 필요가 없다. 사건 하나가 어쩔 수 없는 우발적인 사건이면 식별된 문제점을 고치면 된다. 조그만 사건이지만 하인리히 법칙8처럼 구조적으로 문제가 있다면 정밀 진단하여 개선하면 된다.

만일에 경계 실패에 의한 상황이 발생하면 책임과 권한을 따져 신상필벌하면 된다. 포클랜드 해전에서 아르헨티나 공군기에게 격침당한 영국 세필드함 함장은 장성으로 진급했다. 칸나전투에서 로마군은 8만 명중 6만 명을 잃고 패배를 당했다. 계속 지면서도 장수들을 갈아 치우지 않았다. 최후의 승리자는 자마전투에서 로마군이었다. 결과의 실패만을

---

8 1 : 29 : 300 법칙이다. 큰 사고가 1건 발생했다면 그전에 같은 원인으로 29번의 작은 사고가 발생했다. 또 운 좋게 사고는 피했지만 같은 원인으로 사고가 날 뻔한 사건이 300번 있었을 것이다.

가지고 처벌하지 않은 것이다.

　최근에 목선 등 조그만 사건을 두고 군 전체를 매도하거나, 919군사합의에 문제가 있다는 비난이 있다. 논어論語에 군군신신君君臣臣 부부자자父子子[9]라는 말이 있다. 장관이 초소를 걱정하고 초병이 국가정책을 걱정할 일이 아니다. 사단장은 사단장으로서, 대대장은 대대장으로서, 초병은 초병으로서 각자 맡은 바 임무에 충실하면 된다. '훈련은 실전처럼, 실전은 훈련처럼' 자대 교육훈련에 충실하면 된다. (합참지 2019년 가을호를 일부 수정)

9　제나라 경공이 공자께 정치에 관하여 묻자 "임금은 임금답고 신하는 신하답고 아버지는 아버지답고 아들은 아들다운 것이다."라고 대답하였다.

부대 개편에 관한 일화들

/

1. 여단이라는 부대명칭에 반대하는 일부 해군에 대한 반론

사람이든 조직이든 이름을 지을 때는 나름대로 원칙이 있다. 그리고 엉뚱하게 지은 이름도 다 이유가 있다. 고종을 집에서 부른 이름은 "개똥이"였다. 도요토미 히데요시의 첫 아들은 "버려진 아이(스테기미)", 둘째 아들은 "주워온 아이(히로이마루)"였다. 자식이 병에 걸리지 않고 오래 살기를 바라며 지은 이름이다.

모든 부대의 명칭을 짧은 지면에 언급할 수 없으니 '전단'으로만 한정하여 생각해 보기로 하겠다. 1986년 3분 개념의 부대개편 시 훈련단, 항공단 등 준장급 부대 명칭을 전단으로 통일시켰다. 그 당시 기준으로는 너무나 깔끔하게 정리한 작명이었을 것이다. 해군 준장급 부대의 표준명칭을 전단으로 정립한 것이다. 그러나 그 이후 이 표준 명칭체계를 바꾸기 위해서 엄청난 노력이 요구되었다.

3방어전단을 목포해역방어사령부로, 7기지전단을 진해기지사령부로 바꾸는 것이 그 당시 편제처장의 중요한 과제였다. 그 업무가 내가 국방부 조직관리과에 근무할 때 모두 이루어졌다. 거기에 추가하여 인천특해방어전단을 인천해역방어사령부로, 56전대를 특수전여단으로, 볼음도 전탐감시대를 서해합동작전지휘소로 바꾸는 등 많은 부대개편이 내가 국방부 실무자일 때 이루어졌다.

자군끼리는 비슷한 정서를 가지고 있고, 지휘계층상의 업무체계이기 때문에 왜가 아니고 어떻게의 고민이 이루어진다. 그러나 국방부 실무자는 전혀 정서가 다른 타군과 공무원을 상대해야 하기 때문에 왜라는 논리를 가지고 설득해야 한다. 부대의 중요성과 해군 및 지역 정서가 아닌 부대의 임무 기능과 편제를 가지고 따져야 한다.

당시에 열광했던 밀레니엄 사업으로 해군에서 계획했던 것이 56전대를 특수전 여단으로, 7기지전단을 진해기지사령부로 개편하는 것이었다. 선행 보고된 것도 아니었고, 중기와 연도에 기계획되었던 것도 아니었다. 순수하게 기본계획에 없이 이루어진 업무였다.

56전대장에게 "여단으로 올리면 가능성이 있을 것 같다."는 사전 협조가 있었기 때문에 작전사의 검토안은 특수전여단이었다. 그러나 해군본부의 검토 결과는 특수전전단이었다. '해군 준장급 부대의 표준명칭'이라는 것이다. 하나는 특수전전단이라는 전단이고, 다른 하나인 7기지전단은 사령부로써 전단이 아니라는 상반된 논리였다. 합참의 동의를 끌어내는 문제까지 언급하면 지면이 길어지므로 생략한다.

검토하면서 제일 먼저 고려해야 하는 것은 ①전단과 여단의 사전적 정의이다. 그 당시 국방부 도서관의 많은 사전을 검색해서 부대명칭을 정리하니, 전단은 '함정과 항공기로 구성된 부대'이고 여단은 '두 개 이상의 대대로 구성되고 단일부대로 임무를 수행하는 부대'였다.

두 번째로 ②육군의 공수특전여단, 공군의 방포여단, 정보사의 910여단 등 육공군의 모든 여단급 부대 편제를 확인했다. 사전적 의미와 동일하게 여단 하위부대는 모두 대대로 구성되어 있고, 특수전 부대인 육군 공수특전여단과 910정보여단은 56전대와 동일하게 팀(중대)-지역대(작전대)-대대 개념으로 편성되어 있으니 해군 특수전부대도 여단으로 바꾸자는 논리가 성립할 수 있었다.

당시에 해군에서는 장성으로 편성하려는 의도는 없었고 일단 여단으로 승격시켜 놓는 것이 목표로써 여단장을 대령으로 편성하는 것이다. 공군 방포여단을 확인하니 방포 장성 정원 관리상 3개 중 두 개 직위는 장성, 한 개 직위는 대령으로 편성되어 있었고 육군 기보여단도 대령으로 편성되어 있었다. 그래서 해군 특수전여단도 명칭은 여단으로 승격하되, 해군 장성 정원을 고려하여 ③일단 대령으로 편성해도 된다는 논리 전개가 가능했다.

위 세 가지는 공문상에 표면으로 들어난 논리이고, 숨겨진 논리가 몇 개 더 있다. 당시에 천신만고 끝에 12월 29일 장관 결재를 맡아서 해군에 내려 보내니 고위급 장성을 포함해서 "해군에 무슨 여단"이냐는 것이다. 그래서 공문에 포함된 논리와 포함되지 않는 논리를 포함해서 편지를 썼다. 공문에 표시 못한 논리는 위 ③번의 논리를 뒤집으면 ④전단장을 대령으로 편성할 수는 없다는 것이다. 그리고 그런 관례를 만들어서도 안 되겠다는 것이었다.

우리 해군에서 전단은 해군전력의 핵심 부대이다. 그러나 육군에서 여단은 그런 비중이 아니다. 대위시절 본부 작전과에 근무 시에 육군본부에 여단위치에 대해서 문의하였다. "육군본부에서 여단급 부대는 파악하고 있지 않다."라는 요지의 답변과 같이 비중이 없는 부대다. 실제로 보병여단은 당시에 3개밖에 없었으며, 공수특전여단은 육군보병들이 높게 인정해 주지 않는 부대인 것이다.

그런 정서에서 타군, 국방부, 합참에서 해군 전단 편제를 분석했을 때, 300명밖에 안 되는 8전단은 해군만의 부대이므로 비교를 할 수 없다. 특수전 전단은 육군과 유일하게 임무 및 기능, 편성에 대해 비교가 가능한 부대이며, 육군 보병들이 약간 무시하는 공수특전단여단의 1/3 규모이다. 증편을 해도 40%밖에 되지 않았다. 해군을 잘 모르는 사람들, 반대로 해군특수전을 잘 알며 교류가 많은 육군특전사 부대원들에게는 ⑤전단이 여단보다 작거나 유사한 부대로 오해할 가능성이 높다. 전단이 여단보다는 훨씬 가치가 큰 부대로 자리매김해야 할 것이다.

안자가 말하기를 "강남의 귤이 강북에서는 탱자가 된다."고 했다. 귤은 귤이고 탱자는 탱자의 기준을 가져야 한다. 우리의 특수전 부대를 하향평가해서가 아니고 해군에서는 함정과 항공기가 더 주력부대이기 때문에 필자는 전단을 귤, 여단을 탱자로 비유하고 싶다. 탱자(여단)를 귤(전단)이라고 불렀을 때 우리의 귤은 탱자가 되는 것이 아닐까? ⑥귤은 귤이고 탱자는 탱자인 국군의 보편성과 해군의 특수성이 조화된 해군 부대명칭 체계를 정립해야 할 것이다.

여담으로 고종은 비운의 왕이 되었으며, 토요토미 히데요시의 첫째 아들은 어려서 죽었고 둘째 아들은 도쿠가와 이에야스에게 권력을 빼앗겼다. 이왕 펜을 든 김에 부대개편에 관한 많은 에피소드를 쓰도록 하겠다.

2. 통상명칭에 관한 일화

20년도 훨씬 전에 진해에서 동기와 함께 해난구조대장과 식사를 할 기회가 있었다. 동기 왈 "우리 부대도 통상명칭이 있었으면 좋겠다."라고 하였다. 내 입에서 즉답으로 "그 부대 통상명칭은 ○○○○부대이다."라고 하였다. 왜냐하면 내가 그 통상명칭을 붙였기 때문이다.

그 당시 심정으로는 매우 잘 붙인 이름이다라고 생각했지만 조금 깊게 생각하면 그 부대 임무와 통상명칭이 연관될 수 있었기 때문에 명칭제정 목적상으로는 잘 붙여진 이름이라고 할 수 없다.

부대명칭은 편제표상의 명칭인 고유명칭과 보안상의 목적으로 제정된 1234부대와 같은 통상명칭, 청해부대와 같은 특별명칭의 세 가지로 분류할 수 있다. 통상명칭은 몇 개의 부대가 보안상의 목적으로 고유명칭 대신에 사용하고 있고, 과거에는 모든 부대가 대외적인 업무 시에는 통상명칭을 사용하였다.

과거 권위적이고 경직된 문화가 강했던 시기에 통상명칭을 잘못 사용했던 대표적인 사례를 소개하면 강릉–동해 간 도로에 서 있던 x3x5라는 통상명칭 입간판이다. 동해 시민 중 고유명칭인 1함대를 모르는 사람은 없었으니 고유명칭을 사용해야 한다. 규정 때문에 통상명칭을 사용함으로써 비문과 평문이 혼용된 것이다.

고유명칭은 각 군 명칭체계에 따라서 결정하고, 통상명칭은 편제과 담당이 국방부와 협조해서 타군이 사용하지 않는 숫자를 선정한다. 그래서 해군에는 내 군번이나 생년월일에서 따온 통상명칭이 있고, 그중 젊은 기분에 멋있게 지었다는 통상명칭이 ○○○○부대인 것이다.

해군에서 통상명칭 전체를 바꾸려는 시도가 두 번 있었는데 내가 그 업무선상에 있었다. 첫 번째는 1993년에 편제과 전투부대 담당으로 근무하던 시절이다. 어느 날 처장이 과장에게 통상명칭을 일목요연하게 변경하라고 지시했다(내가 구멍가게 논리라고 정의한 해군의 정리 및 범주화 방식). 즉 1함대는 1000, 2함대는 2000, 5전단은 5000……이런 방식이었다.

과장이 지시를 받고 나서 직접 국방부 조직과에 문의하니 국방부 담당자도 문제가 없다는 것이다. 처장이 지시했고 국방부도 문제가 없다고 했으니 나 같은 담당은 일사천리로 행정처리만 하면 되는 상황이었다.

그런데 내가 바꾸면 안 된다고 버티는 돌발상황이 발생했다. 첫째, 통상명칭은 보안 목적으로 제정하는 것이니까 무작위(랜덤)하게 작명해야 한다. 일목요연하게 정리하면 부대명칭 제정의 목적에 위반된다. 둘째, 지금까지 수십 년간 대외적으로 통상명칭을 사용했다. 갑자기 모두 바꾸면 어느 부대인지를 찾는 족보찾기 혼란이 발생할 것이라는 등 이유였다.

과장이 노발대발하는 것은 당연한 것, "국방부에서 된다는데 네가 안된다니 무슨 소리냐? 네가 편제박사냐? 처장 지시인데…… 등등." 통상명칭 변경은 유야무야되었다.

그런데 중령이 되어 국방부 조직관리과에 근무하고 있는데 또 통상명칭을 일괄 바꾸겠다는 것이다. 몇 개 부대의 통상명칭이 유출되어 보안상 취약하다는 국정원의 지적이 발단이 되었다. 해군에서 올라온 공문을 국장에게 보고했다. 내 의견은 꺼내지 않고 접수된 공문을 보고 드렸다. 국장 왈 "노출된 것만 바꾸면 되지 쓸데없는 행정낭비를 왜 하나?" 하는 식의 반응이었다. "국장님 저도 그렇게 생각합니다." 하고 몇 개 부대만 바꾸고 종결되었다. 해군본부에서 총장에게 보고한 것을 국방부 담당이 마음대로 고쳤다고 비난하는 후폭풍이 상당히 있었다.

3. 목포해역방어사령부

현재의 해군은 '86년 3분 개념 체제'라 할 수 있다. 전두환 대통령이 주역으로 등장한다. 당시 해군은 주력함정이 모두 진해에 있었고 해역사에는 초계함급 이하 몇 척만 예속되어 있었다. 진해에서 함정이 출동 나가는 진해가 모기지인 함대 체계였다. 지금 작전사가 함대사이고, 함대사는 해역사였다. 그 당시 해군들은 대부분 진해에서 생활했으며 다른 함정으로 발령이라는 것도 부두만 이동하여 배만 바꿔 타면 되었다.

1986년 2월 1일을 전후한 부대는 다음 표와 같다. 1에서 8전단, 나중에 9잠수함전단까지 일목요연하고 깔끔하게 숫자를 부여한 전단체계이다. 전에 보낸 편지에서 언급한 구멍가게식 정열이다. 이후 10년 이상을

이 일목요연한 전단명칭 체계를 바꾸기 위한 노력이 소요되었다. (구멍가게
라는 용어정의는 다음 편에 설명)

86년 이전	86년 2월 1일	이후 개편
1전단(전투함, 진해)	1전투전단(동해) 2전투전단(서해)	
3해역사령부(목포)	3기지전단→3방어전단	목포해역방어사령부
2전단(지원함, 진해)	5성분전단(1전단 일부 포함, 진해)	
함대 항공단	6항공전단	
통제부사령부	7기지전단	진해기지사령부
함대훈련단	8전비전단	

　　내가 소령으로 근무할 1993년 당시에도 부대명칭을 바꾸기 위한 건
의를 올렸다. 합참과 국방부에서 콧방귀도 뀌지 않았다. 1996년 전군 하
부구조(작전사급 부대 이하) 개선 시 다시 건의했으나 결과는 마찬가지였다.
후에 들은 이야기인데, 당시 편제과장인 30기 모대령의 고교 선배가 국방
부 조직인력관이었다. 사무실에 찾아가 "병력은 한 명도 안 늘릴 테이니
부대명칭만 바꾸어 달라."고 읍소까지 했으나 실패했다.

　　1998년에 국방부 조직관리과에 부임했다. 해군본부에 찾아갔더니 편
제처장 집무실 칠판에 3, 7전단 부대명칭 변경이라는 현안 과제가 큼직하
게 씌어 있었다. 조만간 부대명칭 변경을 추진한다는 것이 명약관화하였

다. 내가 국방대에서 전입자 교육을 받는 중이고 조직관리과장은 조직진단으로 부재 중에 3전단 명칭변경 건의 공문이 접수되었다. 국방부 동서남북도 아직 파악이 안 되었고, 교육부재 중에 사전 연락도 없이 받으니 눈앞이 캄캄하였다. 교육의 여유도 누리지 못하고 매일 야간에 사무실에 출근해서 3방어전단과 씨름을 했다.

조직과장이 조직진단 후에 복귀를 하였다. 일일 일과에 부대명칭을 검토한다는 내용을 올렸다. 과장도 이런 업무는 처음이었다. 그런데 오후에 갑자기 과장이 화를 냈다. 본인이 완전히 파악도 하기 전에 국장이 일일과업표를 보고는 과장에게 전화하여 부대명칭 검토를 하지 말라고 지시한 모양이다. 1996년 당시 거부한 국장의 후임이다.

이후에 과장에게 수차에 걸쳐 보고를 하였으나 한 발자국도 진도가 나가지 않았다. 본부에서 이병록이가 "십자가를 지지 않는다."라는 말까지 들려왔다. 내 혼자서는 힘이 부친다고 본부에 지원을 요청했다. 마침 정작부장이 천 장관에게 국방개혁에 관해서 보고를 드리면서 목포 지역 주민들이 방어전단을 해역사령부로 개편해달라는 민원을 보고했다. 고향이 목포인 장관의 긍정적인 반응이 천군만마 구원군이었다. 실무자로서 추진할 명분이 생긴 것이다.

그것은 내 사정이고 육군인 과장은 반응이 없다. 아예 보고를 받지 않았다. 그러던 중 동해안 침투사고 후속조치로 육군에서 68동원사단을 23상비사단으로 개편을 추진했다. 아직 실무자에게 공문도 오지 않았는데 황당하게도 육군 출신인 차관보실에 보고 일정이 벌써 잡혀 있었다. 그래서 "같은 부대명칭 검토인데 같이 보고해야 되지 않겠습니까"라고 과장을 설득하여 겨우 검토가 시작되었다.

돌방상황이 생겼다. TACC를 전술항공통제본부에서 전역항공통제본부로 바꾼다는 공군의 공문이 올라왔다. 공군 담당자가 공군인 국장에게 가서 차 한 잔 마시면서 보고를 드렸다. "당연하게 바꿔야지" 하면서 결재를 받아서 시달했다. 합참에서 동의 없이 부대명칭을 바꿨다는 항의가 들어왔다.

합참의 항의를 받고난 과장은 해군도 합참의 동의를 받아야 한다는 것이다. 해군본부에서는 합참에 다시 공문을 올릴 수 없다고 했다. 과장을 겨우 설득해서 국방부에서 합참에 공문을 보냈다. 노련한 합참부대기획과장이 "부대명칭이 작전에 미치는 영향이 없다."는 논리의 공문을 보냈다. 일단 합참 관문도 통과했다.

이제 가장 어려운 단계인 국장만 통과하면 되는데, 국장은 "나는 서명하는 기계가 아니다. 왜 부대명칭을 바꿔야 하는가? 나를 납득시켜라. 이 논리는 내가 이해할 수 없다." 하는 것이다. 그동안의 논리는 목포해역이 과거에 간첩침투가 가장 많았고, 지금도 섬이 많고 해역이 넓어 작전이 복잡하며, 미래에도 서남해역이 중요하다는 해군본부의 논리를 국방부 차원에서 조금 변형시킨 것이었다.

고민 끝에 만들어내서 육군과 공군을 납득시키는 논리는 예외로 간단했고, 석장으로 정리할 수 있었다. 전단은 "전력제공자(전비태세유지)"이고 함대는 "전력 운용자"이면서 "해역작전지휘자"이다. 방어사령부는 지휘통신 폭과 작전해역의 특수성을 감안한 작은 함대(-)이다. 간단한 것이 정답이라는 '오컴의 면도날' 원칙이 통한 것이다. 국장이 이해가 된다고 하면서 결재를 하였다.

또 장애물이 있었다. 목포 시민과 기관장은 '목포해역방어사령부'가 아니고 '목포해역사령부'로 알고 있고, 입간판도 해역사령부로 준비해 놓았다. 그리고 전단장은 진급심사에 들어갔고 전단 작전참모가 반대하는 상황이 발생한다. 죽은 해역사를 살리는 명분도 없고, 이제 와서 이름을 또 바꾼다고 보고를 다시 하는 것은 달리는 말을 바꿔 타는 어려운 일이다. 해군본부도 방어사령부로 밀고 나갔다.

이렇게 넉 달 이상을 고생하여 9월 말에 부대명칭 변경 건을 장관에게 승인받았다. 3해역사가 해체되고 12년 만인 '1998년 10월 1일에 목포 시민의 염원인 사령부가 탄생한 것이다. 그것도 특별참모실 설치, 작전기능보강 차원에서 증편까지 하였다. 지휘부의 암묵적인 동의가 없었으면 내 힘으로 불가능한 것이었지만, 업무절차를 모르는 사람들이 "위에서 다 해주기로 했던 것이야" 하고 무심하게 던지는 말에 상처를 받았던 당시의 심정을 숨기지 않겠다. 그때서야 육군 사단 부대명칭 검토가 시작되었다.

4. 인천해역방어사령부

인천해역방어사령부는 2함대 기지 이전과 연계하여 국방기획절차에 따라 중기계획에 예산과 병력 223명의 증편이 반영되어 있었다. 중기계획에 반영되어 있으므로 집행 1년 전에 해당 년도 부대계획으로 검토되어 시행되는 것이 부대계획 절차였다. 앞뒤에서 언급한(할) 부대들은 기획절차에 반영되어 있지 않고 수시 필요성에 의해서 이루어진 것으로 수시부대계획[10]이라고 호칭했다.

계획에 따라 집행되었으니 일화가 있을 것이 없을 것 같지만 여기에도 일화가 있다. 중기계획 사업명칭이 '인천특해방어전단'이었다. 연말에 해군본부에서 연도부대계획 건의 시 방어전단으로 승인 요청을 하였고, 합참에서도 방어전단으로 검토되어 국방부에 접수되었다. 이제 국방부의 최종 검토와 승인만 남아 있는 단계였다.

어느 날 본부 부대계획과장에게서 숨가쁜 전화가 왔다. 2함대 사령관인 박정성 제독님이 방어사령부로 하라는 호통이 있었던 모양이다. 목포를 방어사령부로 바꿨기 때문에 인천도 당연히 방어사령부로 검토되어야 하는데 해군본부와 합참에서 방어전단으로 결제한 상태로 업무가 진행되고 있었다.

해본 부대계획과장이 국방부와 합참에 공문을 다시 보내겠다고 했다. 그러면 합참에서도 정정 보고를 해야 하는 등 여러 가지 곤란한 상황에 처하게 될 것이었다. 해본 부대계획과장에게 "제가 알아서 조치하겠습니다. 공문 보낼 필요 없습니다."라고 하였다. 타초경사[11]할 필요가 없었다.

연도 부대계획은 책을 한 권 만드는 것이다. 한 부대당 약 두 장에 걸

---

10 해본 정작부장에게 인사드릴 기회가 있었는데 "육공군에서도 수시 부대계획이 많이 올라오지?" 하면서 질문을 하셨는데, "아니요 거의 안 올라옵니다."라고 답변을 드렸듯이 육공군은 안정적으로 부대계획 업무를 추진하였다.

11 국방부 결재과정에서 '합참 검토중'이라고 하면 뭔가 있는 것 같은 인상을 주거나 사건을 궁색하게 해명해야 하거나 혹시 '부동의'하면 일이 복잡하게 전개됨.

처, 정원/법령/예산/임무/편성 등을 검토한다. 인천해역방어사령부는 아마 네 장 이상이었을 것이다. 검토내용은 부대명칭 측면에서는 "특해방어전단은 해군 명칭체계가 정립되기 전의 사업명칭이고, 이후 목방사가 창설되는 등 해군 명칭체계가 바뀌었으니 인천도 방어사령부로 되어야 한다."는 논리였다.

편성병력 측면에서도 중기계획에 반영된 223명의 병력으로 편성하려니 목방사와 비교해서 계급이 너무 하향 편성토록 계획되어 있었고 병력도 부족했다. 중기계획에 반영할 당시에는 방어전대를 전단으로 승격시킨다는 전제에서 계급구조에 소홀히 했던 것 같다.

나중에 증편 건의가 올 것이 분명했다. 방어전대 작전참모인 김성태 중령이 함대에 보고서를 준비하면서 고생하고 있었다. 이후 함대에서 종합해서 건의할 것이고, 본부에서는 재검토하여 국방부와 합참에 건의하는 상황으로 연결될 것이 예견된 수순이었다. 그럼 잉크가 마르기도 전에 또 부대증편을 한다는 비난 대상이 된다. 223명 범위 내에서 계급을 상향하는 것은 국방부 실무자로서 어려운 일이 아니다.

병력을 초과시키려면 엄청난 노력이 필요하다. 223명 속에 들어 있던 화학대를 편성하지 않았다. 화학대는 '해군 화생방 기능보강'이라는 다른 부대계획 항목에 47명을 추가시켰다. 당시 화생방 능력 향상이 중요한 문제로 대두되어 육군에서도 화생방사령부가 창설되는 시기였다. 화생방 기능보강은 병력증편이 손쉬웠던 것이다. 결과적으로 인방사는 260여 명을 승인한 것이다.

그전 공군 국장은 실무자를 앉혀놓고 한 장 한 장을 같이 읽으면서 검토를 하였다. 이번 육군 국장은 휴일에 비상통제관 근무를 하면서 전 보고서를 다 읽었다. 인방사 검토 부분에 붉은 √ 표시 하나가 있는데, 인천특징 방어지역 합동작전 임무를 강조하면서 언급한 육군 사단명칭을 틀리게 표기한 것을 지적한 것이다. 하필 국장이 그 사단장 출신이었다. 이후 국장에게 전반적인 내용을 서면으로 정식 보고 드리고, 장관 결재 후에 연도부대계획이 시달되었다.

여기까지는 모든 것이 순조롭게 끝났다. 다시 합참의 고민이 시작되었다. 합참에서 검토한 내용과 국방부에서 검토한 차이점을 분석해서 지휘부에 보고를 해야 하기 때문이다. 합참에서 택한 방법은 '문제가 없다'고 보고하는 것이었다. 그래서 1998년 연말이 조용히 지나가고 1999년 7월 1일이 되어서 부대가 창설되는 시기가 도래하였다.

'1999년 6월쯤에 합참 전력발전부장이 뭔가 미심쩍어서 국방부 조직관리과장에게 전화를 하였다. 과장의 통화 소리가 들리더니 바로 나를 찾았다. "이중령! 인방사 건 검토 시 합참의 동의를 받았나요?"

"연도부대계획'은 '책 한 권의 분량인데 그중 인방사 4쪽 분량에서 부대명칭만 빼고는 합참의 동의를 받았다. 그래서 "보고를 받았고, 합참 문건은 파기되었다."고 보고 드렸다. 별 문제가 없는데도 합참의 몽니로 국방부—합참—해군본부가 갈등[12]하는 상황을 미연에 방지한 것이다."

---

12 '07년 말 ㅅ총장 재직 시 국방부와 해본에서 합참의 동의를 받지 않고 추진하여 합참본부장이 국방부 국장에게 공개적으로 항의하고 해군에 불만을 토로한 적이 있음. 1년여 후에 부대개편이 원상복구되었고 그때 내가 합참부대기획 과정이었다. 본부장이 승진 후 바뀌어서 잡음 없이 진행되었음.

5. 진해기지사령부

3편에 '구멍가게'라고 정의한 것을 먼저 설명하겠다. 네 가지 의미가 있다. 첫째, 소령 때 편제처에 근무하면서 느꼈다. 처음으로 편제업무를 시작하면서 육공군과 정원과 부대규모 등을 비교해 보니 육군은 기업형 대형 백화점이고, 공군은 수지맞는 슈퍼마켓이라면 해군은 구멍가게이다.

둘째, 구멍가게는 규모도 소규모이면서 웬만한 종류는 다 갖추고 있어야 한다. 우리 해군을 살펴보면 정원은 해군과 해병으로 분리되어 있다. 해군 내에서도 수중 관련 부대와 직별이 특수전여단(UDT/SEAL), 해난구조대(SSU), 정보여단(UDU) 세 종류에 대해서 각각 인력관리와 전력투자를 해야 한다.

셋째, 미안한 표현이지만 구멍가게는 동네 할아버지에서 코 묻은 꼬마 돈까지 상대해야 하며 새벽부터 밤늦게까지 문을 열어 놓듯이 야근이 일상이다. 소규모 다품종을 운영하다 보니 모든 것이 일목요연하게 한 눈에 들어오는 것에 익숙했다. 한 사람이 다 파악해야 하므로 업무체계나 절차를 개선할 필요를 못 느낀다. 소관대찰하지 못하고 나무만 보는 꼼꼼하고 세심한 것이 해군에서 가장중요한 덕목이 된다.

넷째, 구멍가게처럼 물건 몇 개만 들어오면 전체 배열을 바꿔야 한다. 육공군은 군 창설 이후 지금까지 부대명칭을 유지하는 부대가 많은데, 우리 해군은 부대명칭을 너무 자주 바꾸고 있다. 이 문제는 나중에 별도로 설명하겠다.

본론으로 들어가면 목방사 부대명칭으로 혼줄이 났고 운이 좋아서 해결했지만 다음 타자도 만만치 않은 진해기지사령부이다. 예측대로 진기사는 1999년 후반기에 해군 밀레니엄 사업으로 2000년 1월 1일부로 창설하겠다는 공문이 올라왔다. 동시에 특수전 전단을 창설한다는 혹을 하나 더 달았다. 1편에서 밝혔듯이 하나는 전단이 아니고 사령부이고, 하나는 준장급 부대는 해군 표준명칭체계상 전단이라는 논리가 동시에 올라왔다.

결론적으로 진기사령부는 쉽게 해결되었다. 왜냐하면 1998년 국민의 정부가 들어선 후에 각종 규제를 줄이고, 업무를 하급자에게 위임전결을 강화하라는 국정방향을 설정했기 때문이다. 국방부에서도 위임전결을 검토하게 된다. 나에게는 천재일우의 기회가 찾아왔다.

이제 목방사를 해결했으니 다음은 진기사이다. 장관과 중간급 전결의 차이는 하늘과 땅의 차이만큼이나 크다. 그래서 차관으로 낮추는 시도를 했다.

내가 주장했던 논리는 이렇다. "법령(부대령) 설치부대인 사단급 이상 부대의 주요변경 내용은 장관께 승인받는 것이 당연하다. 법령에 장관이 설치하도록 위임된 여단급(준장급) 부대창설과 해체는 장관에게 직접 보고하여야 한다. 이미 창설된 여단급 부대명칭 변경, 예를 들어 1여단에서 5여단으로 바꾸는 사소한 사항까지 장관의 승인받을 필요가 있겠는가?" 내 의견이 받아들여져서 국방부 위임전결규정에 여단급 부대명칭 변경은 차관 전결로 바뀌었다. 이렇게 준비하고 기다리고 있었다.

정말 운이 좋았던 것은 그동안 국방부가 두 번 개편되어 조직관리과

소속이 조직인력관실에서 인사국을 거쳐 기획조정관실로 바뀌었다. 목방사는 조직인력관 공군소장, 인천방어사는 인사국장 육군소장, 진기사와 특여단은 기획조정관 이사관이 결재를 하였다. 만약 조직개편이 없이 계속 한 국장이 있었다면 "너희 해군은 맨날 부대명칭만 바꾸냐?"며 비난을 받았을 것이다.

이리하여 1999년 연말에 진기사를 해결하였다. 나중에 총장까지 역임한 진기사 작전참모인 엄 중령이 "국방부 이병복에게는 기념품을 줘야 한다"면서 기념 모자를 보내왔다. 합참에서 근무하다 내려갔기 때문에 실정을 안 것이다.

나머지 시간은 특수전여단을 만들기 위한 숨가쁜 시간이었다. 이 과정은 다음 편에서 언급하겠다. 결론적으로 목방사는 국방부 앞뒤도 모르는 상태에서 고군분투하면서 헤매었다면, 인방사는 조용하고 전격적으로, 진기사는 전결규정을 하향시킨 사전 준비를 통해서, 특수전여단은 합참의 결제과정 예측, 논리 개발, 여단 아니면 안 된다는 뚝심과 노력으로 만들어낸 작품이었다.

현재의 진해기지는 작전사, 해군대학, 육군대학, 육군수송학부 등이 이전하고 지원소요가 많이 축소되었다. 모항으로서의 역할도 진해가 유일했었는데, 지금은 평택, 부산, 제주 등으로 늘어났다. 현재의 임무와 기능을 유지할 것인지, 바꿀 것이지 예를 들어 해군 전 기지 발전업무를 줄 것인지의 고민도 한 번은 필요한 시기가 아닌가 생각한다.

6. 특수전여단 창설

특수전여단은 1편과 5편에서 대강 밝혔기 때문에 업무추진 경과 위주로 기술하겠다. 당시 56전대장 이영곡 대령이 부대를 발전시키고자 국방부에 와서 문의하고 자료도 받아갔다. 나는 국방부에서 근무하면서 만약 대령으로 진급하면 합참 부대기획과장을 할 수 있겠다는 생각으로 육군과 공군의 편제표를 공부했다. 육공군 부대구조를 파악한 결과 여단으로 올리면 가능하다는 생각을 했다. 여담으로 해본 편제처 3개 과장은 역임했지만 처장은 하지 못했고, 합참 부대기획과장은 겨우 할 수 있었다.

해본에서 2000년 1월 1일부로 특수전전단 창설과 진해기지사령부 명칭 변경을 건의하였다. 부대 현황을 사전에 설명하면 좋겠다고 생각해서 56전대장과 편제처장에게 국방부에 와서 설명을 하면 좋겠다고 했다. 56전대장이 부대를 이탈할 근거가 없다는 것이다. 그래서 부대개편 토의라는 업무보고를 만들어 담당 전결로 출장 근거를 만들었다. 전대장이 특유의 차분한 목소리로 물골작전 등 부대의 어려운 사정을 얘기하는 좋은 기회였다.

가장 어려운 난관이 합참 동의를 구하는 것이다. 중장기 계획에 근거도 없이 갑자기 연대급 부대를 여단급 부대로 만드는 것이다. 육군으로 구성된 합참의 지휘계통상 통과가 쉽지 않고 거의 불가능하다. 2년 선배인 합참 실무자와 통과 전술을 논의하였다.

첫째, 증편병력은 숫자에 구애받지 말고 물골작전 소요가 있다고만 인정하면 된다. 둘째, 5전단에서 작전사 직할로 예속변경이 필요하다. 부대명칭은 당시 작전사 직할부대인 단(정보통신단)[13] 등으로 바꾸자고 하자. 합참 지휘부는 육군에서 단급이 연대급이므로 동의할 것이다. 합참에서는 추진할 근거만 만들어 주면 된다.

합참에서 예속변경이 필요하고 명칭은 특수전 '단', 약간의 증편이 필요하다는 결과를 얻어낼 수 있었다. 해본에서는 실망했지만 나의 생각대로 된 것이다. 합참에서 '부동의'하면 국방부에서 추진하기가 매우 어렵기 때문이다. 실제로 그 후에 목방사 군악대 창설[14] 때 이런 경우가 있었으며, 2009년에 부대기획과장으로 가니 이런 사건과 비슷한 사례로 합참 전략기획본부장이 국방부 국장과 해군본부에 대립각을 세운 사건이 있었다.

나의 논리는 "해군과 합참의 부대명칭 검토는 틀린 것이고, 국방부 실무자인 내 검토가 정확하다는 것으로 방향을 잡았다. 56전대는 작전사 직할부대로 예속 변경은 맞다. '단'이라는 명칭은 해군에서는 전투부대에 사용하지 않으니 합참이 틀렸고, 해군에서 건의한 '전단'도 틀렸다. 육군의 특전여단, 910정보여단과 임무/편제가 유사하니 '여단'이라는 명칭이 정확하다. 인원은 150명 정도가 필요하다. 그리고 지휘관 계급은 해군 장성 정원 범위 내 운용하면 된다. 육군 기보여단과 공군 방공여단도 정원 관리상 대령으로 편성하는 사례가 있다."였다.

---

13 지금은 ㅅ총장 시절에 단급 부대를 전대로 통일시켰음. 전대 명칭에 관한 일화도 있음.

14 군악대 창설 시 국방부에서 승인을 받아놓고 기다렸는데, 합참에서 부동의하여 과장이 "없던 것으로 하자" 했을 때 "과장님은 합참 의견을 우선합니까? 과장님 아랫사람 의견을 우선합니까?" 하고 과장과 다툰 적이 있음.

나름의 논리는 완벽하다고 여겼으나, '구슬이 서 말이라도 꿰어야 보배'라고 연말은 다가오고 과장은 결재를 안 해주었다. 계룡대와 진해에서 독촉과 문의 전화가 자주 오는 피를 말리는 기간이었다. 어떤 때는 녹차잔에 뜨거운 물을 붓기 위해 일어섰다가 화장실 소변기 앞에 잔을 들고 서 있는 나를 발견하고, 이래서 과학자가 시계를 달걀로 착각하고 뜨거운 물에 넣었었구나 하는 생각을 하면서 사무실로 돌아온 적도 있었다.

12월 20일경 아침에 과장이 불렀다. "이 중령! 병력은 해군이 요구한 대로 승인해 주겠다. 그런데 지휘관 계급은 안 바꾸겠다고 하나 부대가 여단급으로 상향되는 것이다. 그것은 안 되겠다. 해군본부와 상의하여 오늘 중으로 답을 달라."고 하는 것이었다. '단'으로 갈 수밖에 없는 상황이 되었다. 해군본부에서 총장에게 보고를 드렸고 "좋다! 1월 1일부로만 승인해 달라."는 답신이 돌아왔다.

오늘 중으로 답을 달라고 했으니 과장에게 "해군본부에서도 수용하겠습니다." 하고 보고만 드리면 되는데, 그동안 노력이 너무나 아쉬웠다. 왜냐하면 '단'으로 하면 대령급 부대 명칭변경이기 때문에 기획실장 전결사항이다. 어떤 담당자들은 실장결재도 못 해본 사람이 있겠지만, 나는 장차관 결재를 벌써 몇 건이나 했다. 실장 전결이면 진작 끝났을 일을 헛고생했다는 생각에 일과가 끝나도록 과장에게 보고하지 않았다. 그래도 과장이 퇴근하기 전에 보고 드려야 하겠지 하고 '위임전결규정'을 들고 일어서는 순간에 과장이 호출했다. "이 중령, 여단으로 갑시다." 아! 몇 초의 순간, 버팀의 승리였다.

'여단'이라는 방침이 결정되니 이제 보고서 내용만 다듬으면 된다. 당시에는 두 장짜리 보고서가 유행이었기에 3장으로 만들어 보고했다. 과장이 이해가 안 된다고 해서, 5장으로 풀어 놓으니 이해가 된다고 한다. 과장 결재를 받고 12월 24일 고향 가족행사에 갔다가 25일 돌아왔는데, 난리가 났다. 경남 지방지에 특수전여단이 창설된다는 내용이 기사로 나온 것이다.

밤을 세워 고민을 하였다. 아침에 출근하여 노발대발한 과장에게 "해군에서 언론플레이한 것 아닙니다. 안 해 주었을 때 언론플레이하지 해준다는데 누가 언론플레이하겠습니까?"라고 해명을 하였다. 편제처장도 전화로 해명을 하였으나, 과장이 화가 잔뜩 나서 특수전여단은 물 건너 간 상황이 되었다. "좁은 지역사회에서 해당부대원들이 회식하다 하는 얘기를 기자가 들을 수도 있지 않겠습니까?" 등등 겨우 과장을 설득하여 차관까지 결재를 받았다. 당시 의전과장이 나중에 총장을 역임한 김성찬 대령이었지만 연말이라 장관 결재 일정을 잡을 수가 없었다.

본부에 급박한 상황을 전하니 29(?)일에 총장이 장관에게 보고 일정이 잡혀 있으니 그 시간을 활용하라는 것이었다. 기획조정관, 조직관리과장과 해군총장, 인사부장이 함께 보고를 들어갔다. 결재를 받고 온 국장이 씩씩거리면서 나를 호출했다. '여단으로 만들되 지휘관은 대령으로 편성하겠다'는 보고를 마치자마자 해군에서 여단장을 장군으로 임명하겠다는 내년 장군인사계획을 보고 드린 것이다. 국장이 얼마나 무안했겠는가? 조용기 조직관리과장이 결단해 준 빚을 아직 잊지 못하고 있다.

7. 부대전통과 역사

1994년 해군대학 정규과정에 다닐 때이다. 교수부장 모 대령이 육군과 해병대 연대명칭이 사단명칭과 연관성이 없다면서 이해를 못했다. 해군의 상식으로는 육군이나 해병대 2사단의 연대는 21, 22, 23연대가 되고, 3사단의 연대는 31, 32, 33연대가 되어야 하는데 사단명칭과 독립적으로 연대명칭에 일련번호가 주어지기 때문이다.

1998년 이후 조직관리과에 근무할 때이다. 공군담당과 함께 조직인력관에게 부대개편을 보고하는 과정이었다. 당시는 전년도 연말에 연도계획을 승인했어도, 월별로 다시 검토하여 집행지시를 내렸다. 공군의 부대개편 내용은 예를 들어 어떤 비행대대를 2비행단에서 3비행단으로 예속을 변경시키면서 대대명칭을 200대대에서 300대대로 바꾼다는 내용이었다. 우리에게도 익숙한 모습이다.

조직인력관이 "예속이 변경되어도 대대의 임무가 바뀌지 않았는데 왜 부대명칭을 일부러 바꿔서 행정만 복잡하게 하느냐."고 질책을 하였다. 나는 그 이후부터 대대명칭이 바뀌지 않고 유지되는 줄 알았다. 그런데 작년에 확인하니 창군 이후로 부대명칭이 안 바뀐 비행대대가 많았다. 비행단과 비행대대가 독립적으로 일련번호가 주어지고 있었다. 업무추진 과정에서 부대명칭을 바꾸는 실무자와 안 바꾼 실무자가 혼재했던 것 같다. 지금은 안 바꾸는 것으로 정착되어 있다.

해군의 부대명칭과 부대의 전통을 보겠다. 함정은 약 30년 후에 퇴역한다. 그때의 ○○함과 그 이후의 ○○함은 다른 부대이다. 전통을 만들기 위해서 사관실에 그전 함정의 역대함장 패를 붙여놓은 함정도 있다. 육상부대를 보겠다. 1982년 이전과 이후의 11전대는 다른 전대이고, 1986년의 11전대는 전투전대이며, 그 이후에 다시 11구축함/호위함 전대가 된다. 301방어전대는 영도에 있었고 제주도가 307전대였는데 지금은 제주도가 301방어전대이다. 부대명칭은 같은데 다른 부대이다.

진해항만방어전대는 '통제부 경비전대사령부'로 창설되었다. 이후 '항만방어전대', '항만방어전대 사령부'로 바뀌었다 다시 '항만방어전대'가 된다. 그러다 1986년에 3분 개념으로 제7진해기지전단이 창설되면서 '701방어전대'로 바뀌게 된다. 2000년 1월 1일 진해기지사령부로 바뀌면서 전대도 '진해항만방어전대'로 바뀐다. 그 당시 국방부에 있으면서 해군에서 바꾸지 않았으면 좋겠다는 생각을 했었으나 해군 결정사항이라 어쩔 수 없었다. 2007년에 '진해기지전대'로 2010년에 '진해항만방어전대'로 바뀐다. 임무/기능의 변경없이 단순히 상급부대(부모)가 바뀌거나, 다른 근무지원부대의 명칭이 바뀌면서 따라서 바뀌게 된다.

육상부대는 그렇게 바뀌고 함정은 2~30년 주기로 퇴역하면서 바뀌니 부대계보, 부대전통이 없다. 선후배가 만나서 군대시절을 얘기해도 연결된 부대가 없다. 예를 들면 내가 1995년에 현 기지사인 7기지전단 작전과장으로 근무했다. 후배들 앞에서 그 시절 얘기를 하면 후배들은 현 7기동전단의 작전과장으로 착각할 것이다. 그런 사유로 7기동전단의 명칭이 논의될 때에 전력기획 관련자에게 11기동전단으로 하자고 의견을 제기한 적이 있었지만 수용될 것으로는 기대를 안 했다.

육군 부대명칭을 보면 대부분의 사단과 연대가 해방 후 혹은 6.25를 겪었던 그 부대명칭을 계속 유지하고 있다. 사단은 앞 번호가 상비사단, 중간번호가 향토사단, 뒤 번호가 동원 사단이다. 연대는 연대자체로 일련 번호를 갖는 부대명칭체계를 가지고 있다. 부대명칭에서 숫자가 바뀌는 경우는 임무가 변경될 때이다. 목방사에서 설명한 바와 같이 동원사단인 68사단을 23사단으로 변경하면서 173연대 일련번호가 57연대 일련번호로 바뀐 경우이다.

또 부대명칭을 바꿀 때는 분위기를 쇄신하기 위하여 해체하고 새로운 이름으로 창설하는 경우이다. 1사단의 13연대가 대표적인 사례로써 ○○사건이 일어나자 연대를 해체하고 다른 연대를 창설한 경우이다. 이후 육군에서 13연대는 사라진다. 예속 변경으로 번호를 바꾸지는 않는다. 건군 초기에 창설된 1연대도 1여단으로 승격되었다. 이후에 육군 연대에서 1이라는 숫자를 다시는 사용하지 않는다.

○○사단은 17, 31, 32연대로 편성되어 있는데, 17연대는 6.25전쟁을 겪은 역전의 부대이다. 만일에 ○○사단을 창설하면서 우리 해군 방식으로 21~23연대로 일목요연하게 부대명칭을 바꿨다고 가정하면, 후에 전사를 연구하면서 많은 혼란이 올 수 있다. 예를 들어 부대사, 전사 등을 편찬하면서 6.25때의 17연대가 있는데, 예속변경으로 부대명칭이 바뀌고 다른 연대가 17연대가 되었다고 하면 역사가 뒤죽박죽이 되는 것이다.

육군에서 대대 이하는 첫 번째 대대, 두 번째 대대의 의미밖에 없다. 부대기와 행정권(보병대대)도 없다. 1연대에도 1대대가 있고, 8연대에도 1대대가 있다. 대대에서 숫자는 고정되고 변하지 않는 고유명칭의 숫자가 아니고 단순히 아라비아 숫자의 일련번호이다. 미군은 알파, 부라보 등으로 번호를 부여하는 것을 영화를 통해 알 수가 있다. 그러나 해병대는 부대숫자가 적기 때문에 31, 32대대 등 고정된 번호를 쓴다.

공군 ○○비행단 예속대대는 120, 121, 123, 157대대이다. 120, 121, 122대대는 비행단이 창설되면서 연달아 창설된 것 같다. 이후 122대대는 다른 비행단에서 예속이 변경되면서도 122대대의 명칭을 가지고 간다. 157대대는 한참 후에 창설된 대대임을 알 수가 있다.[15] 우리 해군이라면 120, 121, 122, 123의 일련번호로 모두 바꾸었을 것이다. 우리는 역사성과 전통보다는 보기 좋게 배열하는데 관점을 두고 있기 때문이다.

내가 '구멍가게'라고 표현한 적이 있다. 부대만 개편하면 좁은 가게를 일목요연하게 정리하듯이 부대명칭이 바뀐다. 1~8전단으로 정리해 놓고 이후에 이를 바꾸기 위한 노력은 이미 언급했다. 교육사도 '학교'로 깔끔하게 명칭을 붙이다 보니 '기초군사학교[16]'라는 명칭이 나왔다. 신병훈련이 기초군사학이 되었던 것이다. 현재의 명칭인 기초군사교육단[17]이 정확한 표현이다.

우리 해군들에게 "우리도 부대명칭을 바꾸지 말자." 하면 한 눈에 정리가 안 되는 것을 우려한다. 함대에 전대나 편대가 몇 개밖에 없으니 전혀

---

15 120대대는 1969년, 123대대는 1975년, 157대대는 1990년에 창설
16 학교장을 마친 27기 ○대령이 잘못된 부대명칭이라고 바꾸자는 전화가 왔다. 그래서 "저도 인지하고 있으나 바꿀 동력이 없으니 복무결과소견서에 그 내용을 반영하면 검토하겠다."는 답을 드렸으나 소식이 없어서 추진하지 못했다. 후에 장성급 부대로 개편되면서 현 명칭으로 변경되었다. 늦었으나 다행이다.
17 공군의 '기본군사훈련단'도 정확한 부대명칭임

착각이나 혼란스러운 상황이 발생할 일이 없다. 더 많은 연대를 보유하고, 대대를 보유한 육공군은 아무 혼란을 겪고 있지 않다. 장기적으로 보면 부대사 혹은 전사를 정리하면서 해군이 겪을 혼란이 오히려 더 크다.

해군의 부대명칭은 육공군에 비해서 고유명칭을 바꾸지 않으면서도 임무 시에 일목요연하게 정리하여 사용할 수 있는 기동편성이 있다. 평상시에는 부대전통을 유지하는 유형/행정편성의 부대명칭을 유지하고 임무 시에는 1, 2, 3 혹은 11, 12편대/단대/분대/전대/전단 등 한눈에 파악하는 기동편성체계를 가지고 있으면서도 장점을 활용하지 못했다. 부대명칭에 대한 11편의 지루한 편지를 마친다. (이 책에서는 일부 생략)

8. 해난구조부대와 기동건설부대 편성

미군은 전 세계를 대상으로 병력을 투입해야 하므로 미군해안양륙군수체계(LOTS)라는 조립식 항만시설과 유류 등 군수지원시설이 필요하다. 우리는 한반도가 전구이므로 육상과 해상, 공중보급로를 이용하여 보급 및 수송을 하면 된다. 미군해안양륙군수운용체계는 한국 상황과 맞지도 않고 엄청난 예산이 소모된다. 갖추어 놓고 한 번도 사용하지 못하고 폐처리될 가능성이 매우 높다. 그런데 전역하기 직전에 국군수송사와 해군이 이 체계를 놓고 기 싸움을 하고 있다.

해군이 많은 예산을 들여서 확보한 다음에 반드시 수송사에서 가져가려고 할 것이다. 국군의무사령부에서 했던 사례이다. 해군에서 진해와 포항에 있는 해군병원을 특성에 맞도록 투자를 했었다. 특히 진해병원은 특수잠수의무 시설이다. 국군의무사에서 통합하고는 후방병원으로 등급을 매겨 낙후된 경험을 가지고 있다.

해군이나 국군수송사에서 누가 추진해도 상관없겠지만, 많은 예산을 확보하기 위한 노력과 거기에 투자하기 위해 놓쳐야 할 해군의 시급한 분야에 투자를 하지 못한다. 만일에 투자를 하려면 국군수송사에서 주관하여야 한다. 후에 수송사에 해군 관련 시설 비중이 높아지면 해군이 국군수송사에서 역할이 높아져서 사령관 직책도 순환할 명분이 생긴다.

해군에 이 기능을 설치하려면 해군 군수사 혹은 시설부대에 설치해야 한다. 함정이라고 분류하여 작전부대인 5전단에 편성하면 안 된다. 해군에서 인사와 군수, 정보통신 등 모든 기능은 해상작전을 기본으로 삼아야 한다. 해군 군수와 시설부대가 육상에서 할 수 있는 기능만 수행하고 해상에서 수행하는 기능을 작전사에 넘기면 해군을 위한 군수와 시설부대가 아니다.

만일에 5전단에 편성하려면 55해상군수전대에 편성해야 한다. 유조함으로 기동군수지원하는 것이나, 조립식 군수지원은 같은 군수지원 임무로 분류해야 하기 때문이다. 55전대에 이 기능을 편성하고 해난구조대를 독립시켜 해난구조전대로 편성해야 한다. 전역하면서 후배들에게 신신당부했다.

전역 후 예비군 강의가 이 부대에 할당되었다. 기동건설부대라고 하여서 시설단에 있는 부대로 착각하였다. 5전단 59기동건설전대라는 것이다. 해군성분작전에 수송과 건설기능까지 포함시킨 것이다. 해난구조대는 그대로 55전대에 편성해 놓았다. 얼마 전에 특수전여단과 합쳤다.

칼은 의사가 쓰는 칼이 있고, 무사가 쓰는 칼이 있다. 해난구조대(SSU)는 의사이고, 특수전여단(UDT/SEAL)은 무사이다. 수중에서 작전한다고 같은 부대가 아니다. 그런 논리라면 3군의 교육부대와 군수부대를 통합시키지 못할 이유가 없다. 더구나 2008년에 한 번 통합했다가 다시 분리한 사례가 있다. 임무와 기능을 분석하지 못하고, 과거 경험을 살리지 못한 부대편성이다.

F-35와 차기 항공기(KF-X) 사업 국산화는 동전의 양면이다

중요한 정책결정에 양자택일을 해야 할 때가 있다. 공군 항공기 기종 선택도 양자택일 문제이다. 최첨단 스텔스 F-35를 선택할 것인가, 차기 항공기 사업 기술을 이전받기 위하여 유로파이터를 선택할 것인가의 문제이다. 국방부에서 처음에 결정했던 F-15S[18]도 있지만 여기서 언급할 필요는 없겠다.

나에게 결정권이 있었다면 유로파이터를 결정했을 것이다. 차기 항공기사업 국산화를 통해서 항공기 제작 기술을 축적할 수 있기 때문이다. 자동차산업은 세계 5위이고, 선박건조는 세계 1위이다. 그러나 조선업은

---

18 F-15S는 현 F-15를 스텔스기로 개조하겠다는 계획상으로만 존재하는 항공기

해상호텔인 크루즈급 여객선 기술은 부족하고, 인건비 경쟁에서 후발주자를 이길 수 없다. 미래의 한국경제를 견인할 수 있는 것은 항공기와 무인항공기 등 항공산업일 것이다.

항공기 산업발전을 염두에 두고 유럽에서 기술을 이전받고, 차기 최첨단 전투기는 F-22로 넘어갈 수도 있다. F-22는 외국에 팔지 않고 있다는 반론이 있을 수 있다. 미국에서 지금은 팔지 않지만 우리가 한국형 전투기를 양산할 시점인 20년 후에는 사정이 달라질 수 있다. 미래에 한국형 전투기는 하위급(LOW)으로, F-15는 하위 혹은 중간급으로, 차후 미국에서 도입하는 첨단 전투기를 상위(HIGH)급으로 운용할 수 있다.

그러나 국방부는 F-35를 선정하였다. 첫째는 일본과 중국이 스텔스 항공기를 보유할 예정이기 때문이다. 우리가 주변국과 공중전을 할 경우는 없겠지만, 최소한 주변국을 견제하는 전력을 보유해야 하기 때문이다. 환태평양훈련에서 일본을 포함한 선진국은 5~6천톤 이상의 구축함을 보내는데 우리는 그들에 비해서 일엽편주 1,500톤의 호위함으로 국격의 차이가 크게 났던 적이 있다.

둘째는 북핵 등 비대칭 전력에 대응하는 문제이다. F-35는 북핵 위협에 대응하고, 도발 기도 시에는 원점을 타격할 수 있는 최첨단 무기체계이다. F-35를 도입하는 계획이 잉크가 마르기도 전에 사드가 언급되고 있다. 정찰기, 조기경보기, 스텔스기를 이용하여 북한의 핵위협을 원천차단할 수 있기 때문에 사드는 필요없다. 그렇지 않으면 굳이 비싼 F-35를 도입할 필요가 없다. 이미 장사정포 사정권에 위치하면서 몇 발의 탄도유도탄을 방어하기 위해서 세계 최첨단 공격과 방어무기를 이중으로 구입할 필요는 없기 때문이다.

　세째는 육해군과 달리 공군은 미군과 지휘소를 같이 쓰면서 연합작전을 하기 때문에 미군 무기체계를 운용한다. 미국, 유럽 등 도입선이 다양한 해군과는 달리 공군은 도입선이 단일화되어 있다. 이런 사유 등으로 F-35를 선정하면서 기술이전까지 받겠다는 것은 과욕인지, 무지 혹은 순진함인지 아니면 부처 간 엇박자인지, 언론에서 침소봉대한 것인지 영문을 모르겠다. F-35를 염두에 두고 있었더라도 유럽과 경쟁을 붙여서 미국으로부터 기술이전 협상을 해야 했다. 정무적 판단이라는 장관 말 한마디에 기종이 바뀐 것이야 말로 방산비리이다.

　네째는 북한의 어떤 무기이든 공격과 방어무기체계의 전력지수를 잘 고려하여 구입해야 한다. 그리고 F-4가 노후 도태할 시기가 되어 시급성이 대두되었다. 이때 하위급인 F-4의 대체전력으로 상위급인 F-35가 도입되는 것은 누구도 문제제기를 하지 않았다. 그리고 예산문제이다. 쉽게 설명하면 성능과 가격이 100인 무기체계를 한 대 구입할 것인가, 성능과 가격이 10인 무기체계를 10대 구입할 것인가의 문제이다. 기종은 최고급 F-35를 선택하면서, 수량은 F-15S를 구입할 대수를 산정하면 예산 소요가 너무 많다. 2005.10.9

GP 철수 반대 시위와
한일 해저 터널

퇴근길에 국방부 앞에서 GP철수를 반대하는 시위대를 만났다. 민주주의는 다양성을 존중하지만, 이들의 의견에는 많은 모순이 있다. 첫째가 GP는 남북 양측이 모두 철수하는 것이며, 상호 위반하고 있는 정전협정을 준수하는 것이다. 비정상을 정상으로 바꾸는 것이다. 이들은 계속 비정상을 유지하자고 한다. 둘째, 일의 앞뒤가 바뀌었다. 남북미 대결과 긴장 관계는 북한에게 핵무장의 유혹에 빠지게 한다. GP철수 등 신뢰가 구축되어야 핵 협상이 진행되고 그 결과로써 비핵화가 되는 것이다. 이들은 입구전략을 방해하면서 출구전략이 없다고 주장한다. 인과의 순리를 모른다. 세째는 내가 하면 사랑이고 남이 하면 불륜이다. 박근혜 대통령도 비무장지대 평화적 이용계획을 공약했다. 평화적으로 이용 출발점이 바로 GP문제 해결이다. 자기가 뽑은 대통령이 하면 되고, 다른 사람이 하면 안 된다는 것이다. 개인 선호도와 국가 정책을 구분하지 않는다. 넷째, 피아식별이 안 된다. GP에서 병력이 철수하면 우리는 무인화 경계 방안에 투입할 여력이 북한보다 많다. 체제경쟁에 진 북한은 남한에 대한 경계도 필요하지만 북한 군인과 주민이탈을 감시할 전방배치 GP가 더 필요하다. 이들은 본능적으로 싫어하는 북한을 편들고 있다,

다섯째, 부대를 관리하는 부대장이 힘들다. 전시에는 어차피 필요 없는 부대이다. 아군 병력과 장비를 볼모로 잡히고 있으며, 급한 전시상황에 후퇴시켜야 하는 복잡한 상황이 발생한다.

미소냉전 상징과 동족상잔 현장이었던 비무장지대는 다행히도 사람의 개발을 피하고 자연적으로 보존되었다. 철근 콘크리트와 사람만의 공간이 아니라 모든 식물과 동물이 공존하는 평화지대가 만들어져야 한다. 아프리카 세렝가 공원처럼, 백두산(시베리아)호랑이를 포함한 세계적인 자연공원으로 만들었으면 하는 것이 내 바람이다.

한일 간에 바다 속으로 굴을 뚫는 문제이다. 상식적으로 삼투압의 문제이다. 약한 쪽이 강한 쪽으로 흡수된다. 누가 경제적, 관광적 강국인가는 물어볼 필요가 없이 일본이다. 교통이 편리해지면서 중간도시가 서울 상권에 흡수된 것을 생각해 보면 일본에게 절대 유리하다.

둘째는 지정학적이다. 반도에서 대륙과 해양의 온갖 침략을 몸으로 막아낸 우리이다. 현대에는 소련과 공산권으로부터 동해가 적화되는 것을 우리가 막아줬다. 영토전쟁도 있지만 상시 경제전쟁 중이다. 지금은 지정학적 불리함이 지경학적 이익으로 남는다. 대륙과 연결되고 사람이

많을수록 경제에 보탬이 된다. 일본은 지정학적 섬이라는 이익을 봤다. 이제는 지경학적으로 대륙과 연결된다. 일본에게는 무조건 이익이다.

셋째는 문화적 요소이다. 과거에 김대중 대통령이 문화개방을 할 때 반대했었다. 일본문화에 우리문화가 흡수될 줄 알았다. 요즘 가요와 영화를 보면 우리가 강세이다. 질서 있고 체계적인 일본보다 끼와 흥, 신바람과 한의 문화가 강점인 것 같다. 그러나 우리의 강점인 문화는 굴(터널)과는 무관하다.

그럼에도 우리나라에서 찬성한 쪽이 있다면 토목업계일 것이다. 과거에 동독이 고속도로를 뚫을 때 서독에서 전액을 지원하였다. 궁극적으로 서독에게 이익이 되는 미래투자였던 것이다. 일본이 전액을 지원하고 우리업계가 투입되면 당장의 이익은 볼 것이나 장기적인 이익은 일본이 본다. 차라리 우리 토목업계는 북한 특수를 노려라. 서독도 경제보수(우파)는 동방정책을 지지하였다.

러시아군용기 무단 진입

10월 22일에 러시아 공군기 6대가 한국방공식별구역에 허가없이 진입하였다. 해상에서 항해는 오랜 역사를 가지고 있으므로 국제 해양법으로 잘 규정되어 있다. 강대국은 바다에서 항해의 자유를 누리고 싶어 한다. 약소국인 연안국에서는 자국 해안에 타국 함정이 접근하는 것이 반갑지 않다. 강대국 입장이 많이 반영된 것이 무행통항과 통과통항이다.

연안국에 해를 끼치지 않는 범위에서 영해에서 항해를 허용하는 것이 무해통항이다. 잠수함은 부상항해를 해야 한다. 항공모함은 항공기 이착륙을 할 수 없다. 그러나 연안국에서는 자국 법으로 규제를 한다. 우리 영해법에는 외국 함정이 영해를 진입할 때 3일 전에 통고를 하도록 규정하고 있다. 넓은 바다에서는 타국 영해에 들어가지 않고도 멀리 돌아가면 (우회하면) 된다. 다른 항로가 없는 국제해협은 무행통과와 유사한 개념의 통과통항을 허용한다. 쉽게 설명하면 국제해협에서는 무해통항의 조건으로 신속하게 통과하라는 의미이다.

비행기는 현대 과학의 산물로써 아직 국제적 규범이 정해져 있지 않다. IFR에 의해서 항로를 통보하고 관할국에서 안전 목적 등으로 관제를 한다. 그 구역은 방공식별구역과 비슷할 수 있다. 방공식별구역은 국제적으로 합의된 구역이 아니며 영공도 아니다. 세계적으로 20여 개국이 운용하고 있을 뿐이다. 우리는 전쟁 중인 1951년 3월에 선포했다. 일본은 1970년에 JADIZ를 중국은 2013년에 CADIZ를 선포했다. 러시아는 선포하지 않았기 때문에 의도적으로 무시할 수 있다. 우리는 최근에 확장해서 선포했기 때문에 중국, 일본과 구역이 중첩된다.

러시아 항공기가 한국과 일본 방공식별구역을 침범하지 않고 동해에서 서해로 진입할 수 없다. 러시아가 일본을 돌아서 멀리 비행하지는 않을 것이다. 남해상에서 방공식별구역을 무단 진입하는 것은 어느 정도 이해가 간다. 조그만 길목도 없기 때문에 통과할 수밖에 없는 상황이다. 이럴 경우라도 방공식별구역을 선포한 국가 혹은 우호적인 국가는 사전 통보를 할 것이다. 한국과 일본은 중첩지역을 제외하고는 서로 잘 지키는 편이다.

약소국을 신경 쓰지 않는 강대국, 그것도 방공식별구역 자체를 인정하지 않는 러시아는 과거부터 현재와 비슷한 수준으로 동해상에 진입해왔다. 서해는 중국을 의식해서인지는 모르지만 미국 항모가 들어오는 경우를 제외하고는 잘 들어오지 않았다. 서해상 비행은 약간 의례적이지만 전혀 없지 않았다.

○○일보의 '한미연합체제 이완' 때문이라는 기사는 문제가 있다. 러시

아가 일본과 중국 방공식별구역도 진입한 것은 어떻게 설명할 것인가? 과거부터 진입한 행위는 한미연합체제와 어떤 연관이 있는 것인지 이해할 수 없다. '유린당한 하늘'이라는 원색적인 기사 제목과 '한국만 봉'이라는 시민의 반응도 도움이 되지 않는다.

강대국은 국제법과 협정을 무시하는 경우가 많다. 규범이 없는 상황에서 주변 강대국의 선의를 기대하기 어렵다. 해양법처럼 국제규범으로 합의하기도 힘들다. 그렇다면 침입할 때마다 외교석으로 항의하고 우리 공군기가 출격하여 대응하는 방법밖에는 뾰족한 수단이 없다.

북한의 낡은 기종이 아닌 최신예 기종을 보유한 주변국 군사상황을 잘 주시해야 한다. 모든 군사상황을 북한과 한미 동맹만을 기준으로 판단하면 전방위 안보에 득이 될 것이 없다. 수십 년 전부터 있었던 것이고, 공군에서 늘상 대처해 왔다. 군의 작전을 당파적으로 해석하지 말고 군에게 맡기자.

사드, 바람이 불면 통장수가 돈을 번다

1. 바람이 불면 통장수가 돈을 번다.

사드논쟁에 대한 댓글 중에는 '사드를 배치하지 않으면 공산화된다.'라고 주장하는 분들이 많습니다. 이를 보면 "바람이 불면 통장수가 돈을 번다."라는 일본 속담이 생각납니다. 결론적으로 이 농담은 사소한 원인이 예상 밖의 결과로 나타나는 인과관계로 해석하는 사람도 있지만, 가능성이 낮은 인과관계를 억지로 갖다 붙이는 주장이나 이론을 비판하는 용도로 쓰이는 경우가 많다고 하겠습니다. 일본의 속담은 다음과 같습니다,

바람이 불면 흙먼지가 일어납니다. 흙먼지가 일어나면 눈병에 걸리고 결국 앞을 보지 못하는 사람이 많아집니다. 일본에서는 앞을 보지 못하는 사람들은 샤미센이라는 현악기를 연주하며 먹고 살아갑니다. 샤미센은 주로 고양이 가죽으로 만듭니다. 그러므로 고양이 수가 줄어들고

쥐가 늘어납니다. 쥐는 통(상자)들을 잘 갉아 먹으므로 통 주인들은 새 통을 사야 하고, 결국 바람이 불면 돈을 버는 사람들은 통장수들이라는 것입니다

한 가지만 짚고 넘어가겠습니다. 아마도 사드가 없으면 북한의 핵 공갈에 우리가 굴복해야 한다는 의미로 쓰고 있다고 판단됩니다. 그렇다면 한국은 벌써 공산화되었어야 합니다. 왜냐하면 북한은 화생방(ABC)중에서 화학 및 생불학 부기는 세계 제3위의 능력을 갖추고 있습니다. 신경·수포가스 등의 화학무기 16종 약 2,500~5천 톤을 보유하고 있고, 탄저균·콜레라·페스트 등의 생물학 무기도 1톤을 보유하고 있습니다(인터넷 자료). 1천 톤만 사용해도 남한 인구 4천만이 죽는다고 합니다.

화생무기는 탄도유도탄에 탑재할 필요가 없습니다. 물과 바람, 포탄, 소형 무인기 등 다양한 방법으로 살포할 수 있기 때문에 핵보다도 위협적일 것입니다. 따라서 우리는 핵무기가 아니라도 이미 북한의 볼모가 되어 있습니다. 그러한 비인도적인 무기들은 "너 죽고 나 죽자."는 상황 외에는 쉽게 쓰지 않는 무기들입니다. 그러한 상황을 만들지 않는 것이 바로 '유화책', 즉 '당근'이며 교류협력을 통하여 평화를 유지하는 방법입니다.

그러나 유화(당근)책만 가지고는 불안합니다. 우리를 잘못 건드리면 자기가 죽는다는 것을 알려주는 힘, 즉 '채찍'도 필요합니다. F-16, 15, 35 등 제공권을 장악하고 있습니다. 해상기반 탄도유도탄방어체계인 이지스함을 6척 보유합니다. K계열의 지상무기체계가 있습니다. 유도탄과 정밀유도무기도 있습니다. 이에 추가하여 방어무기인 한국형탄도유도방어체계(KAMD)도 배치합니다. 재래식 전력에서 절대적으로 우세하고, 감

시 및 탐지와 정밀 폭격이 가능합니다. 우리는 9년간 채찍만 사용해서 이 판사판의 상황으로 가고 있다는 것입니다. 국방부는 채찍 역할을 충실히 수행하고, 통일부는 당근 역할을 포기해서는 안 됩니다. 외교안보사령부는 종합적으로 판단하여 강온전략을 사용해야 합니다. 최근에 보면 청와대는 국방부 차원도 아닌 합참과 연합사의 군사(전술·작전)적 차원에서 외교안보정책을 결정하였으며, 통일부마저 가세하였습니다. 이제부터라도 강온 외교안보정책을 잘 활용해서 얽히고설킨 문제를 잘 해결하기 바랍니다. 2017.6.3

2. 일본 사드와 비교

홍길동은 아버지를 아버지라 부르지 못하고, 일본은 군대를 군대라 부르지 못한다. 역사적으로도 단 하루만 본토를 여몽 원정군에게 침략 당했다. 냉전이 끝나고 중국과 소련 공산당의 위협도 사라졌다. 강력한 적이 없는 군대는 국민의 지지를 받기가 어렵다. 일본 자위대는 주적논쟁을 하는 한국이 오히려 부러울 것이다. 적이 없는 군은 존재가치가 낮으니 적의 위협을 키우면 같이 커진다. 지금은 남의 땅을 통째로 먹겠다는 생각으로 일본 본토를 상륙할 군대는 없다. 북한 유도탄 개발은 울고 싶은 데 뺨 때리는 격이다. 자기에게 강력한 위협이니, 발사 때마다 방공경보가 울리고 대피훈련을 한다고 하는데 이해가 간다. 탄도유도탄방어(BMD) 논쟁 시 일본은 적극적으로 방공체계를 배치했다고 하시는 분이 계시니 일본과 한국을 비교해 보자.

첫째, 탐지레이다이다. 일본은 사드 레이더 2기가 있다. 이지스함을 8척 보유한다. 즉 육상형 사드와 해상형 이지스함 레이더 두 종류이다. 우리는 육상형 이스라엘제 그린파인 레이더 2기가 있다. 이지스함을 6척 보유할 예정이다. 사드가 배치되었으니 세 종류이다. 일본은 2가지, 한국은 3가지를 갖췄다.

둘째 요격유도탄(미사일)이다. 일본은 해상용 이지스함 SM-3와 육상형 패트리어트-3형의 고고도와 저고도의 두 가지 종류이다. 일본에는 사드체계 중에서 레이더만 설치하고 요격유도탄은 설치하지 않았다. 레이더와 요격유도탄 중에서 필요한 부분만 분리하여 도입할 수 있다는 것이다. 우리가 이지스함에 SM-3를 달지 않은 같은 이유일까? 신문에 의하면 일본이 새로운 유도탄을 도입할 예정이라고 한다. 일본 정부에서는 육상용 이지스체계인 이지스어쇼어를 검토하고, 방위청은 사드를 요구하고 있다. 비용까지 고려한 정부와 군사적 측면만 보는 방위청은 각자 자기 본분을 하고 있다. 정부의 다양한 의견이 토론을 통해서 결정될 때 강력한 외교안보정책이 될 것이다. 우리는 고가의 이지스함이 고고도 요격 능력이 없이 이동하는 레이더 역할만 하고 있다. SLBM 외협이 구체화되면 SM-3가 도입될 것이다. (1)SM-3, (2)사드, (3~4)KAMD(한국형탄도유도탄방어체계, L-SAM, M-SAM), 기타 도입되어 있는 (5)육상의 패트리어트-2형과 3형, (6)해상의 SM-2형과 6형 등 다품종 소량의 무기체계를 보유해야 한다. 다층방어체계가 필요하다는 사람들은 어떤 자료를 가지고 얘기를 하는지 모르겠다. 다품종 소량은 유지관리에 더 많은 노력이 들어간다.

1조 몇 천 억짜리 이지스함에 SM-2 유도탄(미사일)은 탱크에 새총을 단 것이나 마찬가지이다. 고고도 방어가 필요하다는 외교안보결정이 내려졌다면 SM-2(1차 이지스 3척), SM-6(2차 이지스 3척) 대신에 SM-3을 달아야 할 것이다.

일본은 사드와 SM-3 둘 중 하나를 선택하는 대체제로 생각하고 우리는 사드가 만병통치인 유일제로 여긴다. 한미동맹을 측정하는 지렛대이다. 사드와 SM-3의 두 종류 고고도 요격능력은 미국과 우리나라만 갖추게 된다. 완전한 사드형은 미국, 우리, UAE 등밖에 없다. 유럽도 이지스함과 육상배치 이지스어쇼어이다. 사드 외에는 대안이 없고, 사드 때문에 한미동맹이 깨진다고 하는데, 일본은 왜 자기가 필요한 것을 선택하여 배치할 수 있는가?

필요성과 대안 등 기본 검토없이 결정하고, 한두 사람이 절차없이 결정하였다. 미국의 요구를 조건없이 수용하고, 사드라는 무기 하나가 동맹을 결정한다고 생각한 외교안보담당자들의 잘못된 판단으로 댓가를 치뤄야 한다. 내가 고르지 않고 옷 가게 주인이 준 옷을 입어야 한다. 급하게 입으면서 단추도 잘못 끼웠다. 단추가 잘못 끼워진 상태로 계속 옷을 입어야 하는가, 벗었다(환경영향평가 등) 다시 입어야 하는가, 반납하고 내가 골라서 입을 것인가의 난제가 남겨져 있다. 사드 무기 하나가 미국에게 가치가 바뀌는 취약한 동맹은 아닐 것이다. 그냥 무기체계 설치가 아닌 외교안보전략 상황이 바뀌는 선택이다.

전술핵, 무엇을 파괴할 것인가?

1. 독일 전술핵

중앙일보 사설에 '좌파 슈미트, 왜 전술핵 결심했나'를 보고 몇 가지 의문이 일어난다. 같은 현상이지만 원인이 다르면 대책이 달라진다. 동서고금 사례에서 일반적인 결론을 도출하면 과학에서 환원주의라 불리는 오류가 있을 수 있다. 독일의 안보환경과 한국의 안보환경은 시대와 장소의 차이만큼이나 다르다. 당시는 동서냉전체제로써 북대서양조약기구와 바르샤바조약기구가 적대적으로 대치하는 상황이었다. 적이 분명하고 아군이 분명했다. 아직까지 남북한은 냉전체제가 유지되고 있지만, 한미중일은 상호간에 경제 등 문제가 얽히고설키어 있다. 협력과 갈등이 같이 이루어지는 시대이다. 당시 북대서양조약기구는 재래식 전력과 핵전력이 양적으로 뒤져 있었고 질적으로 우세하지 못했다. 서독이 선택할 수 있다면 핵의 불균형을 조금이나마 완화하는 것이었다. 프랑스와 영국이 핵무장 상태이고 동맹국으로써 핵무장에 반대할 필요도 없었을 것이다. 우리가 핵무장하면 일본도 핵무장하는 상태가 될 수 있다. 중국과 러시아는 우리의 적이 아니다. 당시 서독과 안보환경이 다르다. 서독이 무장을 강화한 상대방은 소련이었다. 동독과 대치하기 위해서 전력을 배치하는 상황이 아니었다. 지금 남한은 대치하는 북한에 비해 재래식 전력의 질적 우위에 있다. 현대전의 총아인 전투기를 비교하면 동일세대인 F-16이 160여대인 반면에 MIG-29는 40대 미만이다. 장비성능개선, 부속품 확보와 정비, 유류 부족으로 인한 훈련시간은 비교가 안 된다. 공군출신 합참의장이 적어도 3일 이내 공중우세권을 장악한다고 했다. 우리도 전술핵을 가질 수 있다고 공포하는 것은 비장의 카드가 될 수는 있다. 최소한 중국과 러시아는 동북아에서 핵 경쟁이 이루어지는 것을 원하지 않을 수 있기 때문이다. 슈미트 서독 수상과 문재인 대통령에게 같은 처방을 요구하지 말자. 운동이 과해서 일어난 병을 운동이 부족하다고 처방하면 안 된다. 물론 반대의 경우도 안 된다. 우리는 전쟁이라는 말이 너무 쉽게 돌아다니는 고온과열현상에 있다. 과열을 부추기지 말고 냉각수를 주문하자. 정부에서도 절대배치 불가라는 말보다는 전술핵은 고려하지 않고 있다는 완곡한 표현을 쓰는 것이 좋겠다. 절대라는 말은 수학에서 이론상으로 존재하는 단어이다. 배수진을 칠 필요는 없지 않은가?

2. 무엇을 파괴할 것인가.

핵은 상대방을 확실하게 파괴하겠다는 정책이다. 무엇을 파괴할까에 대한 의문점을 먼저 풀어야 할 것이다. 전쟁사를 살펴보자. 농경민족과 유목민족은 파괴방식이 다르다. 유목민족은 부족한 풀밭을 확보하기 위하여 상대방 부족을 몰살시킨다. 농경국가는 농부가 일손이므로 지배층만 살아치운다. 농민들도 어차피 내는 세금이니 누가 정권을 잡아도 상관없다.

산업화된 국가에서는 적의 산업시설을 파괴시킨다. 엄청난 양의 폭탄과 포탄이 필요하다. 공장이 파괴되어 무기와 탄약 공급이 부족한 군대는 패배한다. 핵무기는 수백회의 공습에 필요한 폭격기와 탄약문제를 한방에 해결한다. 그리고 미국과 소련, 중국은 엄청나게 넓은 나라이다. 재래식 무기로 파괴가 거의 불가능하다. 우리는 좁은 땅에 인구밀도가 높다.

북한이 자포자기로 너 죽고 나 죽는다는 심정으로 공격한다고 가정하자. 서울은 포탄사정거리이다. 생화학무기는 세계 3위로 1천 톤만 뿌리면 4천만이 죽는다고 한다. 장거리 미사일이 필요없이 바람, 물, 재래식 포탄으로 뿌릴 수 있다. 세계 제일의 밀접한 핵발전소지역을 포격하거나 해상에서 공격할 수 있다. 우리는 정밀유도무기를 가지고 있다. 스텔스인 F-35도 들어온다. 북한에는 파괴시킬 만한 산업시설이 없다. 주요 지휘시설과 지휘부만 쪽집게로 제거하면 되고, 능력이 있다. 핵을 가지고 있다가 반격작전으로 어느 장소에 투하시킬 것인지를 생각하면 군사적으로 쓸모가 없다. 단지 정치적인 무기일 뿐이다.

또한 심리적인 무기이다. 1991년도 비핵화 이전에 한국에 900여기의 핵폭탄이 있었다. 북한에게 공격하지 말라는 억제적인 목적으로 보유했다. 그때도 북한 위협을 걱정할 필요 없다는 얘기를 한 번도 들은 적이 없다. 그때도 안보가 지금보다도 심각했다. 그럼 핵폭탄 몇 발을 가져야 안심이 될까? 북한주민과 영토는 우리의 것이고, 김정은 주변의 지휘체계만 제거하면 된다. 김정은을 잡기 위해서 히로시마 10배의 핵폭탄을 평양에 떨어뜨릴 것인가? 기본적으로 SLAM-ER, 타우러스 등 정밀 재래식 무기가 더 유용할 것이다. 사드 등 어떤 MD도 심리적 물리적으로 지켜줄 수 없다. 핵무기를 가지고 중국, 러시아와 대응할 수도 없다. NPT를 탈퇴하고 미국과 각을 질 수도 없다. 핵무기 보유는 신중하게 생각하여야 한다.

안보딜레마를 어떻게 해결할까? 이처럼 군사력 증강을 통한 대북 억제는 물리적인 문제이지만 심리적인 문제가 깊숙하게 작용하고 있음을 알아야 한다. 핵무기와 사드에 대한 토론에서 하나의 비유를 들었다. 좁은 장소에서 권총사정거리에 있는 사람에게 굳이 수류탄을 쓸 필요가 없다고 설명하니 쉽게 이해를 한다. 수류탄이 없어도 상대방을 충분히 제압할 수 있고, 수류탄은 보관 문제가 따른다. '눈에는 눈'이라는 대북 군사전술 차원을 벗어나서 통일외교안보의 큰 틀에서 필요성 여부를 검토해야 될 것이다. 무기를 사용할 필요성이 없도록 만드는, 싸우지 않고도 이기는 외교안보통일전략이 필요하다.

전시작전통제권,
두려움에서 자신감으로

어렸을 때 외갓집에 자주 갔다. 외갓집은 벌교를 거쳐서 들어가는 산골마을이다. 동네 입구에 또래인 지적장애인이 살았다. 놀러 나갔다가 체구가 조금 큰 그 애만 보이면 두려워서 집으로 돌아왔다. 외갓집 사람들은 내가 그 애를 두려워하는 것을 이해하지 못했다. 지금 내가 그 사람을 만나면 두려워할 이유가 없다. 만일 두려워한다면 그가 육체적으로 강해서가 아니라 내가 심리적으로 약해서일 것이다,

북한 위협을 과도하게 두려워하는 사람들을 보면 그때의 내 모습이 연상된다. 그때는 두려웠으나 지금은 아니라는 의미이다. 재래식 전력의 양적인 열세는 질적 우위로 만회하고 있다. 북한 군부는 최신 무기체계의 열세를 핵무기로 만회한다는 생각에 집착할 것이다. 핵무기는 군사적인 무기이지만 국제정치에서 공갈 수단이다. 세계패권과 핵확산방지 차원

에서 미국의 역할이 크다.

전작권 전환은 한국군의 지휘체계에 별 변화가 없으면서도 반대로 큰 변화가 있는 상반적인 평가를 받을 수 있다.

첫째, 변화가 없다는 것은 연합사 체제가 유지되기 때문이다. 연합사는 한미공동기구이면서 한미 통수기구의 지휘를 받는다. 전시작전통제권을 가져와도 한미 연합작전체제에 큰 변화가 없다. 이 관점에서는 사령관과 부사령관의 직책이 바뀌는 인사명령 문제일 뿐이다.

노무현 정부 때 추진하던 정책에 비하면 크게 후퇴한 것이다. 그때에는 연합사령부가 없어지고 '미, 한국사령부'로 바뀌는 계획이었다. 한국합동참모본부나 혹은 합동사령부(신설)가 한국 통수기구의 지휘를 받는 것이었다. 한국군이 주도하고 미군은 지원하는 공동작전이었다. 양측 간에는 협조단이 편성되어 상호 교환근무를 하는 것이다. 일부에서 안보불안을 걱정했다.

둘째, 큰 변화가 있다면 '미래연합사령부'의 사령관을 현재의 부사령관인 한국군 대장이 맡는 것이다. 사령관인 미군 대장은 부사령관이 된다. 비록 참모부의 큰 변화가 없다고 하지만 한국군이 지휘관이 되는 변화이다. 외국군의 지휘를 받지 않는다는 미군이 양보한 것이다. 주권의 상징은 외교권과 국방권이다. 그동안 제한적이던 국방주권을 상당 수준 회복했다.

노무현 정부는 국방비를 증액하여 첨단무기를 구입해 주었다. 합참은 신청사를 짓고 전투지휘소까지 만들었다. 합참의 고급장교들은 한국군이 연합군을 지휘하는 연습을 시작했다. 연합사가 1부 연습을 마친 줄도 모르고 우리 합참에서는 밤새웠던 일화에 비하면 비약적인 발전이었다. 한국군의 지휘능력을 검증해서 시행하기 위한 만반의 준비가 이루어졌다.

이명박 정부는 전작권을 연기시켰다. 박근혜 정부는 핵을 핑계로 사실상 무산시켰다. 군 지휘권 문제를 '전작권 포기'라는 손쉬운 방법으로 해결하였다. 해난구조 총체적 문제를 '해경해체'로 푼 것과 비슷하다. 핵은 일반적인 작전수준을 벗어난 국제정치의 문제이다. 군의 전작권과는 별개로 대통령이 풀어야 할 고도의 외교안보문제이다. 미군이 사령관이면 북핵이 억제되고, 부사령관이면 억제할 수 없다는 문제가 아니다. 미국을 혈맹이라고 부르면서 핵우산은 못 믿겠다는 것도 논리적으로 맞지 않다.

일부에서는 변한 것이 없다고 한다. 일부에서는 안보가 불안하다고 한다. 조건에 기초한 전작권 전환을 주장한다. 최첨단 무기체계를 갖추어 완벽한 태세를 유지하는 것은 제한적이며 순간적이다. 진정한 조건은 한국군 대장이 작전을 지휘할 역량이 있는 문제일 것이다. 이제 변해야 하는 것은 한국군이다.

시험이라는 목표가 없는 학생은 공부에 매진하지 않을 것이다. 그동안 한국군은 공부는 하되 미군이 대리 시험을 쳐 주는 상황이었다. 전쟁을 업으로 삼는 군인이 남이 전쟁을 지휘해 준다면 평시 부대관리 업무에만 신경 쓸 것이다. 이제 한국군은 시험(전쟁)을 직접 치루고, 미군은 가정교사가 되는 체제로 바뀌어야 한다. 작전 전문가를 키워야 한다. 합참의장이 되는 꿈을 꾸고 있는 각 군 장교는 전쟁이라는 시험공부를 열심히 해야 한다.

전작권은 능력문제이기보다는 자신감의 문제이다. 해방 후에 신탁통치를 반대했던 자신감은 어디로 갔을까? 자기 운명은 자기가 결정해야 한다. 부모 형제는 어려울 때 도와주는 사람이지 인생을 살아주는 사람이 아니다. 두려움을 자신감으로 바꾸자.

주적, 소대장 주적과 대통령 주적

주적개념을 미국군의 계급장을 예로 들어 설명한다. 본래 미군 계급장은 부사관은 뿌리, 위관은 줄기, 영관은 잎을 상징한다. 어느 분이 전장을 살피는 능력으로 비유한 설명에 공감하면서 소개하면 다음과 같다.

소위와 중위는 막대기 하나이고 색깔만 다르다, 금은 소위이고, 더 높은 온도에서 정련되는 은 색깔은 중위이다. 대위는 은색 둘이다. 통나무 참호 수준에서 적을 본다. 소령 중령은 떡갈나무 잎이다. 나무 위에서 적진을 관찰한다. 대령은 독수리 모양으로써 창공에서 적을 관찰한다는 의미이다. 장군은 하늘에서 보는 별이다. 그런데 우리 대통령에게 미군 하위계급 수준을 요구한다?

김대중 대통령이 주적개념을 없앴다면서 비난하는 보수층이 있다. 잘 모르고 하는 소리이다. 과거에는 국방백서에 주적개념이 없었다. 1995년부터 2004년까지는 '북한은 주적'이 반영되었다. 이후 몇 년간 '직접적'이거나 '심각한' 위협으로 표기되었다. 여러 과정을 겪은 끝에 2010년부터 '북한 정권과 북한군은 우리의 적'이라고 명시되어 있다. 북한 주민을 포함한 북한 자체가 우리의 적이 아닌 것이다. 주적이란 단어와 개념이 없어졌다.

그런 표현이 있다고 치더라도 대통령의 임무를 가장 잘 표현하는 것은 선서문일 것이다. 대통령은 다음과 같이 선서한다. "나는 헌법을 준수하고 국가를 보위하며 조국의 평화적 통일과 국민의 자유와 복리의 증진 및 민족문화의 창달에 노력하여 대통령으로서의 직책을 성실히 수행할 것을 국민 앞에 엄숙히 선서합니다."

중소대장 수준의 초급지휘관이면 주적개념을 훈련과 경험이 부족한 신병들에게 교육시켜야 한다. 대통령 선서문이 상징하듯이 국가전체를 봐야 하는 대통령에게 주적개념을 들이미는 대통령 후보와 그 지지자는 수준이 낮은 것이다. 2017.4.20

방산비리에 대한 오해

해군은 최초에 프랑스제 ALT-3을 운용하였다. 후속기는 1차로 영국제 LYNX(링스)를, 2차로 영국제 SUPER LYNX(슈퍼 링스)를 도입하여 운용 중이다. 해군은 소량이 필요하기에 국산개발은 경제성이 없고, 해외구입 시에는 미국제를 상수로 놓지 않는다. 국내제작인 수리온을 개조하자는 의견도 있었으나 결국 해외 구매로 결정되어 3개사가 경합하였다. 미국 록히드마틴(체계통합)과 시코르스키사(기체)의 MH-60R(UH-60의 해상형) 시호크, 영국 아구스타웨스트랜드사와 이태리 합작 링스 와일드캣(Lynx Wildcat), 프랑스·독일·이탈리아·네덜란드 합작인 나토 호위함용 NH-90, 시라이온(Sea Lion)이다. 선호하는 기종이 다를 수 있다. 그러나 검찰은 대안을 놓고 결정한 정책을 탈락한 기종에 잣대를 맞추면 비리로 규정한다. 당신이 사업담당관으로서 기종을 결정한다고 가정하자. 가장 중요한 것은 가성비이다. 1대 가격이 미국 시호크는 787억, 영국 링스 와

일드캣은 534억, 유럽 시라이온은 668억원이다. 할당된 6천 억과 해군 요구 댓수 8대를 고려하면 당연히 링스 와일드캣이 1순위이다. 비행기 외에도 수리부속과 훈련 등 부가비용이 포함되기 때문이다. 성능과 한미연합작전 측면에서 록히드 마틴의 MH-60R이 탈락하자 아쉽다는 의견도 많았다. 미국 시호크로 기종이 결정되려면 예산이 증액되거나 댓수를 줄여야 한다. 이번에는 당신이 감사관이나 수사담당 검사라고 가정하자. 예산증액을 통해서 기종이 결정되었다면 특정업체 봐주기 사업이다. 댓수를 줄여서 사업이 진행되었다면 특정업체를 봐주기 위해서 목표전력을 확보하지 못한 권력형 방산비리이다. 의사결정과정에 개인친분이나 부정한 돈이 개입되지 않아도 방산비리이다. 정당한 절차를 거쳐 대안을 검토하여 선정했어도 사정기관의 생각은 다른 것이다

이런 비난도 있었다. "대잠 목적으로 전혀 적합하지 않은 육군용 헬기에 장비 대신 모래주머니를 채워 시험 비행을 했다. 또 와일드캣에 대한 평가 결과 최대 체공시간이 79분에 불과해 작전요구성능(ROC)에 현저히 떨어졌다. 무장 장착 능력도 부족했다."

첫째, 해상용과 육상용은 염분처리 등 문제로 별도 기종을 선택한다. 영국은 과거에 육상과 해상용을 별도로 만들었고, 해상용이 우리가 운용 중인 링스와 슈퍼링스이다. 이후 섬나라인 영국은 해상과 육상 겸용을 만들었고, 영국 해군에서 운용 중이다. 즉 우리가 운용 중인 해상용 슈퍼링스의 후속기이다.

둘째, 시험평가에 부정이 개입되었다는 문제이다. 어떤 종류의 헬기라도 우리가 만든 어뢰를 장착한다. 미국제이든 영국제이든 외국 헬기에

우리 어뢰를 외국에 반출해서 달 수가 없다. 그래서 우리 어뢰와 같은 무게의 모래주머니를 채워서 시험비행을 한 것이 비리가 되었다.

셋째는 작전체공시간이다. 미국은 수상과 수중 무기를 모두 달고 4시간쯤 작전할 수 있다. 영국제는 두 시간 작전을 위해서 수상과 수중 무기를 선택해서 달고 나간다. 이것은 대양해군과 연안해군의 작전양상이 다르기 때문이다. 미국은 대양에서 단독작전을 수행해야 하고, 함정도 크기 때문에 헬기 격납고 크기는 문제가 되지 않는다. 체공시간은 길면 좋지만 연안작전인 우리에게 필요충분조건은 아니다.

한국 해군은 연안에서 함정 무기체계의 일환으로 함정 속력이 늦은 것을 보완해 준다. 해군의 개념은 수상이나 수중 상황별 무기를 탑재하여 2시간 작전하는 것이었다. 상대적으로 조그만 함정에서 발진해야 하고, 미국형을 선택하면 기존 함정의 격납고를 개조해야 한다. 역으로 4시간 작전이 가능하다면 함정에 탑재할 필요없이 육지나 섬에서 발진하면 될 것이다.

해군 헬기는 이동하는 함정에 착륙하는 순간이 매우 중요하다. 흔들리는 함정에서 순식간에 헬기를 고정시켜야 하는데, 미국과 영국은 방식이 다르다. 우리는 지금까지 영국형을 운용하면서 경험이 축적되었다. 이 또한 함정을 개조해야 하는 문제가 생긴다.

다섯째, 한국최초로 디지털 레이더가 장착된 무기가 들어왔다. 대 수상함 용인 대함유도탄 사정거리도 미국이 8키로미터이고 영국은 24키로미터이다. 미국형이든 유럽형이든 이미 실전 배치되어 사용 중이다. 대안을 놓고 선택한 것이 비리가 되어서는 안 된다. 사적관계와 검은 돈이 개입되어 결정되었다면 당연히 엄벌에 처해야 할 것이다. 당시 우병우 수석이 관여했던 대부분이 무죄로 판정되는 무리한 기소가 많았다.

합동군과 통합군제도

대한민국 국군은 3군병립제에서 합동군제로 바뀌었다. 이제는 통합군제를 주장하는 군인들이 있다. 특히 육군 일부에서 통합군을 선호한다. 민주주의 국가 가운데 60만 규모의 군대를 보유하는 국가에서 통합군제를 유지하는 나라는 별로 없다. 그럼에도 통합군제가 만병통치약인 것처럼 주장한다.

국민들은 합동군, 통합군 하면은 무슨 얘긴지 모른다. 그리고 이 제도는 나쁘고 좋은 제도가 아니고 어떤 상황에 적합한 제도인가 하는 문제이다. 예를 들어서 비빔밥이 통합군이고 1식 3찬이 합동군이다. 비빔밥은 언제 먹는가? 반찬과 그릇이 없는 가난한 자취생이 먹을 것이다. 즉 병력이 몇 만 명 이하의 군대에서는 육해공군이 따로 필요 없다. 통합해서 운영하면 된다. 통합군이 적합하다. 캐나다에서 시도했던 사례이다. 우리는 60만 대군이다. 통합군제가 적합하지 않다.

다음은 큰 잔치를 하거나 밥을 먹을 시간이 부족한 경우이다. 절에서 야단법석할 때 비빔밥을 먹는다. 이스라엘같이 전쟁을 하고 있는 소규모 나라에서는 통합군이 적합하다. 그 외에 특이한 동네, 즉 공산권이나 비서구적 민주제도가 아닌 국가는 통합군제이다. 거기는 당에게 권력이 있고, 군인 1인에게 3군을 줘도 문제가 되지 않는다. 통합군을 해도 전혀 문제가 되지 않는다.

서구식 민주주의 제도를 가지고 있는 국가는 모두 합동군이다. 1식 3찬으로 육해공군이 따로 군대를 양성하고, 합참에서 필요한 분야만 뽑아서 쓴다. 각 군의 특수성과 전문성을 살리면서, 합동성을 모두 살리는 것이다. 반찬을 다 주고 필요한 것만 비벼서 먹는 방법이다. 일반 가정에서 하는 그런 통상적인 식사방법이다. 대한민국은 어느 경우가 맞겠는가?

당연히 합동군제가 적합하다. 대통령이 통수하고 장관이 대리(장리)한다. 민주주의 국가에서는 전쟁은 국민과 정치인이 하고, 군인은 전투를 하는 것이다. 1인에게 3군을 다 맡기지 않는다. 그런데도 현실을 잘 알지 못하거나, 밥그릇을 통차지하고 싶은 집단은 항상 통합군을 주장한다.

통합군제 주창자들이 주장하는 이스라엘형 통합군제는 다음과 같다. 합참의장이 3군을 통합해서 지휘한다. 합동군사령관은 이스라엘 전장 특성상 육군이 맡는다. 이스라엘 육군은 유사시에 10만에서 50만으로 확장한다. 그래서 육군은 동원사령부 성격의 부대가 있다.

이를 한국에 적용하면 합참이 있고, 육군사령부와 해군사령부, 공군사령부가 있다. 해공군은 참모총장이 작전까지 지휘하면 된다. 육군은 1, 2작전사령부와 동원사령부를 통합해야 한다. 육군의 부대를 먼저 통합하지 않고 해공군을 통합할 생각만 하고 있다.

국민이 알 수 있게 쉽게 설명하면 다음과 같다. 가정이 화목하자고 살림을 합친다. 직업이 다르고 생활방식이 달라서 한 가족으로 합쳐서 살수가 없다. 이런 가족을 합치면 더 사이가 나빠진다. 부모님(대통령)의 권위 아래 잘 사는 형이 동생을 보살피면 따로 살림을 살면서 우애가 깊어진다. 못 사는 동생 살림까지 욕심내서 살림을 통합하면 그 집안은 끝장이다.

칼을 뺏고 총을 주자는 기무사 개편

1. 보안청과 방사청

학생이 공부시간에 애먼 짓을 한다면 성적이 좋을 리 없다. 국가기관이 고유 업무를 벗어난 행위를 했다면 역시 고유 업무가 부실할 수밖에 없다. 혹시 고유 업무에 지장이 없었다면 불필요한 인원과 조직이 편성되어 있다는 반증이다. 문제가 있다면 바꿔야 하나, 어느 조직이든 제 살 깎기 자체개혁은 한계가 있다.

내부에서 할 수 없다면 외부에서 개혁의 칼을 대야 한다. 조광조나 신돈처럼 개혁을 하다가 목숨을 잃은 경우도 있다. 강력한 집단이나 기득권에 대한 개혁은 개혁가가 칼잡이를 쥐는 것이 아니라 칼날을 쥐는 것이기 때문이다. 군을 개조하겠다던 강력한 리더십의 이○○ 국방부 장관도 장관을 마치고 모 연구기관에서 기무사를 해체해야 한다는 글을 썼다. 그분도 현직에 계실 때는 손을 못 댄 것이다.

기무사 개혁이 국민과 여론의 관심사가 되었다. 이제는 고양이 목에 방울을 다는 문제가 아니라 어떤 방울을 달아야 할지, 즉 어떻게 바꿀 것인가를 고민하는 상황인 것 같다. 예를 들어 이빨이 아프다고 그냥 뽑아버리지 않는다. 좋은 의사는 살려서 치료를 하든지 대체방안인 임플란트를 심는다. 단순히 기무사 한 면만 보지 말고 전체를 봐야 한다.

언론에서 '보안청'을 만든다는 소식이 스물스물 새어 나온다. 보안본부를 만든다는 소식이 뭉글뭉글 피어오른다. 언론을 통해 기무사를 해체하고 '보안청'을 만든다는 소식이 들린다. 조직 전문가들의 해결 방식이 아마추어 같다는 생각이 든다. 조직개편은 조직진단을 해서 한방 의학식으로 강한 것은 약하게, 약한 것은 강하게 하며, 양방 의학식으로 썩은 세포는 도려내는 방법이다.

보안청은 정부조직법에 의한 정부기관이다. 기무사는 국군조직법에 의한 부대이다. 기무사는 인사와 진급, 예산, 감사 등을 국방부 장관이 지휘한다. 보안청도 형식상 장관의 지휘를 받지만 인사와 예산, 감사 등이 자체적으로 이루어진다. 국방부의 통제에서 더 벗어나는 것이다. 장관을 쳐다보는 것이 아니고 청와대를 쳐다볼 것이다. 칼을 빼앗고는 총을 쥐어주는 격이 된다. 보안청은 참여정부 때 만든 방사청을 표상(벤치마킹)으로 삼은 것 같다. 보안청은 방사청과 목표가 다르므로 처방과 진단이 달라야 한다. 기무사는 과다한 권력을 줄이고 적법한 임무를 수행하도록 국방부 통제를 강화시켜야 한다. 방사청을 만든 나름의 목표를 달성하였지만 아직도 역기능과 효율성 측면에서 방사청 폐지를 주장하는 사람이 많다. 나는 공정성 측면에서 방사청의 순기능과 존속을 주장한다. 각 군이 가진 칼을 빼앗아서 방사청에 주었다. 공평하게 하고자 각 군을 균등편성하였다. 객관성과 공정성을 강화하기 위하여 민간인 비율을 높이고 있다. 방사청장도 군인이 아니고 민간인이다.

국정원 직원들은 민간인 신분으로써 정치공작을 했다. 군인과 민간인 문제가 아닌 운용의 문제다. 보안청은 전투부대와 밀접하게 근무해야 한다. 과거 기무사 부대원들이 사복 입고 근무하면서 전투부대원에게 위화감을 조성하였다. 군인도 아닌 공무원인 보안청 직원들이 부대에서 업무를 수행해야 한다. 군 위상과 사기가 어떻게 될까? 군은 군복을 제외한 옷을 사복이라 부르는 집단이다. 군의 특성상 기무사를 존치시킨다면 군의 특성에 맞게 고쳐야 한다. 문민통제는 국방부 장관과 대통령이 민간인으로서 통제하는 것이다. 부대장과 기관장이 민간인이 되어야 한다는 의미가 아니다. 2018.7.27

2. 군사안보지원사

국방부가 '군사안보지원사령부'를 창설한다고 발표한다. 이름 지으려고 고생했구나 하는 생각이 든다. 편제처의 부대구조, 부대계획, 편제과 3개 과장을 했었고, 국방부 조직관리과 실무와 합참 부대기획과장도 했었다. 개편할 때마다 이름을 바꾼다. 기껏 바꾼 것이 '조직과'는 '관리'자가 붙어 '조직관리과', '인사과'는 '운영'자가 붙어서 '인사운영과'였다. 합참은

'인군본부'와 '지원본부' '군사지원본부'로 왔다 갔다 한다. 선택할 여지가 별로 없다.

　마땅한 이름도 없는데다가 어떤 단어를 피하려면 더욱 힘들다. 예를 들어 어렸을 적 동무와 링컨연설의 인민이라는 단어가 없어졌다. 북한에서 쓰기 때문이다. '유화정책'이라는 말도 히틀러 때문에 외교에서 사라졌다. CVID 대신에 PVID가 거론된다, '보안사'와 '기무사' 관련 단어를 피해야 한 것으로 추정된다. 고민 끝에 나온 것이 '군사안보+지원'이라는 이름일 것이다.

　첫째는 군사안보란 단어 정의이다. '군사', '안보', '국방', '지원'은 명확하다. 안보는 국방보다 상위 개념이다. '보안'은 한참 하위개념으로 비교할 수도 없다. 그래서 '안보' 앞에다 의미를 한정시키는 '군사'를 붙여서 '군사안보'가 된 것 같다. 포괄적 안보와 전통적 안보 중에서 전통적 안보는 국방이다. 국방을 다른 표현으로 군이 분류하면 '군사적 안보'가 아닐까? '군사안보'와 '국방'의 차이는 무엇인지 '군사안보'에 대한 개념 정의가 먼저 필요할 것 같다.

　둘째는 기무사는 부대를 확장하는 것이 아니다. 그런데 군사안보지원사령부는 부대이름만 보면 확장이다. '지원'이란 단어를 빼면 과거의 안기부나 북한식 보위부이다. 안기부도 중앙정보부의 잘못됨 때문에 이름을 안전기획부로 바꾸었다. 중정부와 국정원은 정보를 하는 부서라는 의미가 있다. 안전기획부는 혼자서 국가 안전보장을 다 한다는 의미로 확대된 의미였다. 과거에 민도가 낮았을 때 슬쩍 넘어갔던 것이 지금 또 되살아난다. 2018.8.6

일본이 한국안보를 도왔다고?

정치적으로 당이 다르면 같은 현상을 다르게 분석할 수 있다. 지지하는 정당의 잘못은 작게 보이고, 반대하는 정당의 잘못은 크게 보인다. 자기가 지지하는 정치가가 상대당에게서 공격을 받으면 싫다. 그러나 내우외환이 생기면 단결해서 극복해야 한다. 자국 대통령을 무조건 비난하고 상대국을 옹호하는 종교집단과 ○○부대 같은 사람들이 있다. 식견이 부족하겠거니 하면서 지나갈 수 있다.

전문가들까지 나서서 아전인수격으로 일본을 옹호하고 있다. 일부 극우(뉴라이트)는 일본이 우리를 근대화시켰다고 한다. 일본군 성노예는 그 당시 인권수준을 들먹이면서 무시한다. 민족 대신에 종족이라고 우리 민족주의를 비하한다. 임나일본부 시절부터 일본 식민지임을 자청한다. 이제는 일본이 우리 안보를 도와준 나라라고 주장한다. 한국과 일본의 지정학과 현대사를 돌이켜 보자.

일본과 영국 같은 섬나라는 지정학적 혜택을 톡톡히 봤다. 일본은 역사적으로 무풍지대였으며, 백제가 신라에 망하자 원정군을 파견했다. 전쟁에서 지자 공황에 빠지고 외곽에 성을 쌓으면서 방어준비를 하였다. 역사적으로 단 한 번 외국군의 침략을 받았다. 고려와 원나라의 여몽원정군이다. 하루 만에 신의 바람(신풍, 카미카제)인 태풍으로 여몽원정군이 거의 몰살했다. 지금도 "몽골군이 온다" 하면 울던 아이도 울음을 그친다고 한다.

대륙세력이 일본을 침략하려면 한반도가 징검다리가 된다. 반대로 일본이 대륙을 침략하려면 한반도가 디딤돌이 된다. 한반도가 어느 일방과 동맹을 맺으면 일본에게는 심장을 찌르는 비수가 되고, 중국에게는 뒷통수를 치는 망치가 된다. 우리땅이 임진왜란, 병자호란, 청일전쟁, 러일전쟁 등 국제전의 전쟁터가 되었다. 일본 입장에서 보면 한국이 우호적이고 안정적이어야 한다.

미국과 일본은 국운을 걸고 전쟁을 벌인 적대국이었다. 어제의 동맹인 소련이 적으로 바뀌면서 일본은 미국 동맹이 되었다. 소련 남하와 공산권 확대를 막는 것이 미국의 당면 전략이었다. 이 전략에서 한국은 일본의 방파제와 울타리였다. 휴전선은 한국과 미국에게 북한 침략을 막기 위한 방어선이었다. 미국과 일본에게는 소련 남하를 막는 일본 이익선이었다.

남한이 공산화되면 동해가 빨간 바다가 된다. 일본은 바로 안보위협에 노출된다. 그래서 한국 안보는 일본 안보에 선택이 아니라 필수였다. 미일 간 정상회담 후에는 항상 '한국 안보가 일본 안보에 ○○하다'라는 공동성명이 있었다. 힘이 약한 우리도 그 문구가 들어가야 안심을 했다. 휴전선을 지키기 위해서 우리는 총생산 6% 이상을 쓰고, 정부예산 30%를 사용했다.

우리가 폐허가 되고 피를 흘려서 공산권 확대를 막았다. 일본은 경제 대박의 전쟁 특수 이익으로 일어섰다. 우리가 일선에서 지켜준 덕분에 일본은 1% 미만의 국방비를 쓰고, 나머지 돈은 경제적으로 유용하게 사용하였다. 우리가 피를 흘려서, 국가 재정을 쏟아부으면서 일본을 지켜준 것이다. 전두환 대통령도 한국이 일본을 지켰다는 논리를 가지고 일본에게서 차관을 빌려서 경제난국을 타결했다.

어제 날짜 ○○일보에서는 일본이 우리 안보를 도와줬다고 한다. 1973년의 유엔군 해체와 1977년 주한미군 철수를 막았다는 주장이다. 북한의 전력을 몇 가지 뉴스만 가지고 확대 평가한다. 동맹인 미국이 한국을 지켜주지 않을 수도 있다고 국민을 불안하게 한다. 일본이 자기 논에 물을 대려고 우리 논두렁을 통과한 것이다. 그럼에도 한국의 안보를 지켜줬다는 논리는 지나친 아전인수이다.

한일 간에 선린우호관계가 지속된다면 덕담이나 외교상 수사로 얘기할 수는 있다. 지금은 생존이 걸린 무역전쟁 중이다. 전쟁은 흑백 이분법적인 싸움이다. 만일에 적군이 선한 군대라면 아군은 악한 군대가 되는 것이다. 전쟁 중에 나올 얘기가 아니다. 지성인이라면 확전을 방지하고 국지전에서 이기자든지, 상호 피해가 적은 수준에서 휴전을 하자고 주장해야 할 것이다.

<3장>

병사가 보낸
편지

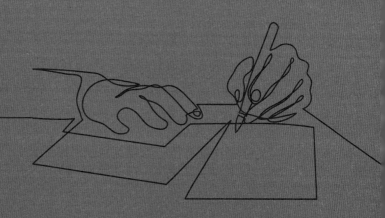

官軍
義兵

군 생활 중 언제 가장 힘들었습니까?

부산에서 예비군 안보강의를 마치고 대대 동원장교(대위)가 승용차로 버스 타는 곳까지 바래다준다. 그 장교가 개인적인 질문을 한다. "장군님! 군 생활 중에서 어떤 계급 시절에 가장 힘들었습니까?" 1~2초의 뜸을 들여서 생각했다. 먼 과거의 일이라는 증거이다. "군대 2년 차인 중위 때 흑산도 근무가 가장 힘들었다."고 대답했다.

부대규모는 전대(연대)급이었지만, 업무는 다른 해역사(사·여단급)보다 컸다. 구역이 부산의 2해역보다 컸고, 작전에 투입되는 함정도 많았다. 업무보다는 상급자들과의 인간관계가 더 컸다. 내 근무시간이 아닐 때 상황실에만 들어가면 머리가 터지도록 아팠다. 간첩신고가 들어왔을 때 상황실에 앉아 있지 않고 현장을 자원했다.

경찰이 주 병력이었지만, 나하고 경찰 최하위자가 선두에 서서 동굴을 수색하였다. 만약에 간첩이 동굴에 있었다면 제일 먼저 죽는다는 것을 의미한다. "내가 죽어서 여기를 벗어나면 살아서 나가는 것보다 더 빠르다"는 생각을 하면서 동굴에 들어갔다.

동원장교가 깜짝 놀라면서 "다시 군대생활을 선택할 수 있읍니까?" 하고 물어본다. "달리기를 못하고, 약간의 고소공포증 때문에 낙하산을 타기가 싫으니 육군은 안 된다. 허벅지와 목이 두꺼운 사람이 조종사에 적합하다고 하지만 나는 머리에 흉터가 있어서 공군 조종사도 안 된다. 그 당시는 해군이 최적이라고 생각했지만 멀미 때문에 해군도 못한다."

사관학교 4학년 원양실습 때 별명이 '롤링게이지'였다. 파도 높이에 따라서 내 얼굴 색깔이 달랐기 때문이다. 지금은 군함이 커서 괜찮겠지만 그때는 통을 놓고 토해 가면서 당직근무를 하기도 했다. 대령 때 울릉도 여객선에서 멀미하는 나를 보고 아내가 깜짝 놀랐다고 얘기해 줬다.

"그런 힘든 난관을 극복하고 장군이 되셨다니, 입지전적입니다." 하고 감탄한다. 아마도 그 젊은 장교가 군 생활에 어려움이 있어 고민하는 시기였던 것으로 추측한다. 힘든 일이 있었지만 내 얘기를 듣고 많은 용기를 얻었으리라 생각한다. 시계를 돌려서 과거로 돌아간다면 다시 직업군인을 택할까?

병사가 보낸 편지

2010년 기초군사교육단장(훈련소장)시절의 이야기이다. 신병들이 훈련을 마치기 하루 전쯤에 정신훈화를 한다. 여러 가지 주제를 얘기하는데 그중 하나가 최근 사고가 많았던 병영생활에 대한 내용이다.

"군대에서 병영생활 부조리를 근절하기 위해서 뼈를 깎는 고통으로 노력한 결과 부조리는 거의 뿌리 뽑혔다. 그러나 군대 속성상 사람이 계속 바뀌기 때문에 완전 근절은 시키지 못하는 문제를 안고 있다. 여러분이 자대에 배치되어 어려움이 있으면 혼자 고민하지 말고 보고를 해라. 정식 지휘계통도 있고, 내무반장이나 주임원사와 면담할 수도 있고, 소원수리함에 신고하는 방법도 있다. 아니면 휴가 가서 지휘관이나 주임원사에게 편지(이메일)를 쓰거나 전화해도 되고, 친구를 시켜서 신고하는 방법도 있다. 여러분이 보고만 하면 부대에서는 즉각 조치해 줄 것이다. 그렇게 하면 예를 들어 나무를 갉아먹는 나쁜 벌레를 조용히 집어낼 수 있다.

그런데 보고가 뒤늦게 이루어진다거나, 외부에 먼저 알려지면서 자체적으로 처리를 못하면 사건화되어 벌레를 잡기 위하여 나무까지 잘라내야 한다. 이도저도 방법이 없으면 나에게 편지를 써라. 내가 해결해 주겠다. 건강한 몸으로 가정과 사회로 복귀해라."

1년간 양성을 시켜서 내보낸 병사들이 100% 가정에 복귀하지는 못했다. 한 명이 망루초소에서 떨어져 자살을 했다는 소식을 들었다. 그리고 몇 명은 나에게 편지를 보냈고, 절차와 규정에 따라서 해결해 주려고 노력했다.

포항에 근무하는 한 수병에게서 편지가 왔다. 부임한 지 한두 달밖에 안 된 것 같은데 다른 곳으로 전출하고 싶다는 내용이다. 부대에 적응을 못한 단순한 사건으로 가볍게 생각하였는데, 이어서 여자 친구에게서 다음과 같은 편지가 왔다. 제목은 "꼭 읽어주세요"이다.

안녕하세요~저는 포항—화학대대 대형운전병으로 있는 569기—여자 친구입니다ㅠ.ㅠ 바쁘실 텐데 이런 메일 보내서 죄송하지만 제 남자친구가 얼마 전에 전화가 와서는 선임한테 맞았다구 그러더라구요. 선임이 공부를 시켰었는데 잠깐 동기랑 정말 잠깐 얘기했었는데 걸려서 혼나면서 배를 2번 맞았다는데…… 그 전에두 제 남자친구에게 괜히 시비두 걸구 그랬던 것 같아요.

정확히는 잘 모르겠지만…… 하지만 선임 후임 사이에서도 얼마든지 그랬다고 생각하지만 맞았다는 말 듣구 너무…… ㅜ.ㅜ

그래서 징계위원회까지 갈 것 같다고 그랬는데 아직 시작은 하지 않았다구 하는데, 너무 걱정이 되서요 ㅠ.ㅠ 이대로 시작도 안 하고 끝나버리면 이미 부대 안에서는 소문도 다 나버리구…… 그래서 눈치 보면서 힘들어 하더라구요.

　포항에서 있는 게 너무 힘들다구 그러구 자꾸 다른 부대에 발령났으면 좋겠다고 그러는데…… 이런 메일 보내서 남자친구한테 해가 되는 게 아닐까 해서 메일 보낼까말까 고민했었는데 그래도 안에서 힘들어하는데 모른 척 있을 수가 없더라고요. ㅠ.ㅠ 다른 부대에 발령 날 수 있게 어떻게 할 수 없을까요?? 정말 부탁드릴게요 ㅠㅠㅠㅠㅠㅠ…….

　해당 부대에서 정상적으로 징계절차를 취하고 있다. 가해자와 피해자의 근무시간을 분리시켜서 근무하고 있다. 참모를 시켜 "근무시간대 분리로는 문제해결이 안 되니 두 명 중에서 한 명을 타부서에 인사조치하라."고 해당부대에 전했다. 부대 규정을 들어서 안 된다는 답이 왔다. "가해자와 피해자를 분리시키는 것이 핵심조치인데, 안 된다면 내가 직접 나서겠다."고 하자 조치를 취하겠다고 한다. 다시 여자 친구에게서 편지가 왔다.

　답장이 너무 늦었네요 ㅠ.ㅠ 보내야지 하고서 깜빡 하구……
　남자친구한테서 전화 와서 너무 걱정하지 말라고 들었어요~

징계위원회도 했다구 그러구 인사발령 날 것 같다고도 하구

조금 안심이 되네요~~ 잘 부탁드려요 ㅠ0ㅠ

답장 주셔서 진짜진짜 감사합니다!!

제주도에 근무하는 한 수병에게서 편지가 왔다. 발령이 났는데 가기 싫다며 부대를 원망하는 내용이었다. 주임원사를 시켜서 해당 부대 주임 원사에게 면담을 해보라고 연락했다. 그 수병은 제주도의 바닷가 부대로 발령이 났는데, 전대장이 바닷가보다 더 취약하다고 생각되는 산에 있는 전탐감시소로 보냈다. 상급부대에서 검열이 와서 병력을 규정(편제)대로 운용하라는 지적을 받았다. 그 수병은 다시 바닷가로 보내야 하는 상황이 되었다. 해당 수병 입장에서는 겨우 적응한 부대를 떠난다. 처음부터 다시 부대에 적응할 생각에 앞이 캄캄하고 원망이 되었던 것이다. 규정대로 한다는데 어찌해 볼 도리가 없다. 그 부대에서 개인 면담을 통해 취지를 설명하는 방법밖에 없었다. 그 수병 입장에서는 고마웠던 모양이다. 오탈자 수정 없이 올리기로 한다.

필승! 인사가 조금 늦어 죄송합니다. 저는 2월 21일부로 해상 병 565기 ○○○수병으로 제주방어사령부 ○○○○전대 ○○기지대 에서 근무하다 전역을 하게 되었습니다. 제가 이병 때 전 부대로 가고 싶어 정말 힘들어하다 용기를 내어 메일을 쓰게 되었었는데

그때 저의 메일을 그냥 보시지 않고 신경 써주신 거에 대해 감사한 마음을 가지고 근무를 하다 전역을 하고서야 감사하다고 메일을 쓰게 되었습니다. 비록 그때의 사정으로 제가 원하던 부대에서 근무하진 못했지만 저에 대해 한 병사를 위해 신경 써 주셨다는 거에 정말 감사하다고 말씀드리고 싶습니다. 지금은 기초교가 아닌 다른 곳으로 가신 곳으로 알고 있습니다. 부디 앞으로도 좋은 일만 계셨으면 좋겠습니다. 감사합니다. 필승!

사실상 마지막 보직을 마치며
합참의장에게

이 편지는 합참에서 전출하면서 의장님께 드리고자 작성하였습니다. 작성한 후에 판단해 보니 의장님께 서면으로 드릴 내용이 아닌 것 같았습니다. 전출신고 후 환담시간에 구두로 전하면 훨씬 자연스럽게 전달할 수 있겠으나 해군만 해당되는 내용이 있어서 망설였습니다. 합참과 해군에서 안팎으로 추진하면 줄탁동시와 같은 효과가 좋을 것 같았고, 마침 신임 해군작전사 부사령관이 같이 있으니 일석이조의 효과가 있어서 환담시에 말씀을 드렸습니다. 그리고 내용을 일부 편집하여 여러분들과 '함께 생각하고 같이 행동'하자는 의미에서 보내드립니다.

첫째는 '경계태세 강화'에 관한 내용입니다. 몇 달 전 회의에서 의장님께 경계태세는 '비밀'이 아니고 '평문'으로 해야 한다고 건의 드린 바와 같이 제 생각은 다른 사람들과 약간 다른 면이 있습니다. 먼저 1988년을 회상하겠습니다. 88올림픽을 마치고 난 후 북한에서 세계 학생축전을 개최하였습니다. 합참에서는 경계태세를 강화하기 위하여 각 군 본부 작전참모부장을 소집하였습니다.

그때에 저는 대위로서 본부 작전과에 실무자로 근무하였기 때문에 경과를 알고 있습니다. 해군본부 작전부장(간용태 제독)께서 "아시안게임과 올림픽으로 피로가 누적되어 있기 때문에 더 이상의 경계강화는 무리다."라고 반대의견을 피력하였고, 합참에서는 이를 일부 수용하여 작전부대에 부담을 주지 않는 범위 내에서 경계를 강화하는 것으로 결정되었습니다.

즉 합참과 각 군 본부차원에서의 행정 경계강화이었던 것입니다. 매일 경계태세 강화 실적과 계획을 합참에 보고하는 저로서는 실제 경계강화보다 더 바빴던 일이 생각납니다. 80년대 상황에서는 북에서 행사를 치르므로 도발할 상황이 아니었음에도 불필요한 경계강화를 하였습니다.

2010년 11월 10일 제주도에서 고속정 295정의 해상충돌사고가 있었습니다. G-20경비 중, 파고 2.5미터의 나쁜 날씨 속에서 발생한 사고였습니다. 당시 이 사건을 대하는 입장은 각양각색이었겠지만 저는 사고를 접한 순간에 이런 의문이 떠올랐습니다.

"서울에서 행사를 하면 행사장 주변을 1, 2, 3선으로 둘러싸고 철통같은 경비가 펼쳐질 터인데, 저 멀리 있는 제주도에…… 저 큰 망망대해에 고속정 두 척이 어떤 역할을 한다고……? 아직도 고정관념에서 벗어나지 못하는 것 아닌가?"

작년에 작전사에서 훈련을 참관하고 떠나는 날 참모와 실무자들이 모여 있는 지휘통제실에서 이런 의견을 냈더니 당시 부사령관이 합참 조치

사항이라는 것입니다. 언제 건의를 드릴까 기회를 엿보다 신고 장소에서 의장님과 차장님 앞에서 말씀을 드렸습니다.

두 번째는 편제와 정원문제입니다. 이 문제는 저와 관련된 사소한 문제에서 발단되었습니다. 제가 해군에서 합참으로 소속이 바뀌면서 운전병이 해군에서 육군으로 바뀌었습니다. 이제 해군으로 돌아가니 또 운전병이 육군에서 해군으로 바뀝니다. 만일 이 상황이 공통 상황이었다면 아무 문제가 없습니다. 제가 육군이 아니기 때문에 생겨난 현상이라는 것입니다. 국방부 근지단에 운전병이 모두 육군으로만 편성되어 있기 때문입니다. 반드시 육군으로 편성해야 한다는 원칙은 없습니다. 복무기간이 더긴 해공군을 운전병으로 활용하면 숙련병 활용기간이 늘어나는 등 인력 운영의 효율성도 높아집니다.

근지단 등 합동부대의 편성조정 필요성이 대두됩니다. 단순히 편제만 바뀌면 일부 문제만 해결됩니다. 그러나 완전한 해결방안은 아닙니다. 정원조정이 동반되어야 소군인 해공군의 인력운영을 압박하지 않습니다. 근지단 운전병 몇 명 때문에 군간 정원을 조정할 필요성이 있는지 의문을 표시할 수도 있습니다. 그러나 그런 사례가 있습니다. 각 군 본부가 계룡대로 이전할 시 해공군에서 경계병력 각 1개 소대병력(1/25명으로 기억)을 육군으로 정원 전환한 사례가 있습니다. 그 당시 육군이 50명이 없어서 정원 전환을 받았겠습니까? 명분이 있으면 전환해야 하는 것입니다.

해군에서 쓰지도 못할 합동부대에 병력을 보낼 필요가 있겠느냐는 분도 있을 것입니다. 합동부대에 육군 병으로만 편성해 놓고는 해군은 거우

4만이라고 생각할 수도 있습니다. 실제로 병력 당 간부 비율, 장군 비율 등에서 해군에게 불리한 통계자료가 됩니다.

셋째는 군복 특히 전투복 착용 문제입니다. 해공군에서도 육상근무자는 필요시 전투복을 착용합니다. 문제는 함정근무자입니다. 함정은 근무복이 전투복이기 때문입니다. 그런데 장관님이나 의장님이 함정을 방문하실 때 전투복을 착용하시면, 영접하는 사령관과 참모들도 전투복을 착용합니다. 따라서 함정에서 영접하는 함장만 근무복이고 전투복에 포위된 사진을 국방일보에서 접하면서 씁쓸했습니다.

함정근무자는 대부분 계급이 낮은 장교들이고 부사관들입니다. 그러한 부하들 앞에서 상급자가 자신과 다른 군복을 입고 있다면 함정근무자의 자긍심은 높아지겠습니까? '상하동욕자승'이라면 상하급자가 계급장은 달라도 제복은 같아야 합니다. 과거에 작업복이라고 폄하하던 폐쇄적 해군문화를 주장하는 것이 아니라 함정근무자에게 상급자들과 같은 군복을 입고 있다는 자부심을 키워주자는 의미입니다. 이 말씀을 들으신 의장님이 그러면 근무복을 입고 갈까? 하고 응답하셨습니다.

환담에 참가하였던 어떤 분이 미 해군도 전투복을 입는다고 말씀하셨습니다. 본질을 벗어난 생각입니다. 미 해군은 어떤 복장이든 상하급자가 같은 군복을 입고 있는 것입니다. 공군 작전사령관은 연습 시 조종복을 착용합니다. 2년 전 진해에서 김○○ 총장님과 조찬간담회를 하면서도 건의 드린 바가 있습니다. 그때 총장님께서는 국방부, 합참의 눈치를 안 볼 수가 없다고 말씀하셨습니다. 그래서 제가 "그러면 작전사령관과 전단장들은 부하들과 같은 복장인 해군 근무복을 입어야 합니다." 하고 말씀 드렸더니 좋은 생각이라고 하신 일이 있습니다만 진행되지 못하여 아쉬웠습니다. 해군 근무복을 입고 있으면 군인답지 않습니까? 경계 태세를 강화하는 의미가 약해 보인다거나 하는 등 자군 군복을 폄하하고 있는 것 아닐까요?

넷째는 전대장의 해상전재입니다. 제가 2함대 백구함장 때에 함정도 출동 나가고, 전대장도 출동을 나갔습니다. 서로 일정이 다르다보니 몇 개월 동안 전대장을 서너 번밖에 못 만났습니다. 전대장의 기본임무가 전비태세 유지입니다. 즉 함장들을 교육 훈련시켜야 하는 것이 첫 번째 임무라는 것입니다. 그때 583함의 수류탄 분실사고, 591함의 좌초사고 등 수많은 사고 뒤처리하시던 전대장을 보고는 어린 생각에도 "함장 얼굴도 못 보는데, 무슨 교육훈련을 시키고 어떤 책임을 지는가?" 하는 생각을 했습니다. NCW가 구비되지 않았던 과거에는 현장지휘를 할 수 있는 분야가 있었습니다. 과거에 만들어 놓은 매트릭스를 바꾸지 못하고 경계등급이 상향되면 '전대장 해상전재'라는 구시대적 상황조치가 내려집니다.

다섯째는 이번 환담이 아니고 저번 경계태세 점검 후 의장님께 결과 보고 드렸던 내용입니다. 저번 편지를 쓸 때에 미처 생각지 못하고 이제야 생각이 납니다. 점검 시 확인하니 아직까지 훈련, 연습 시에 함정근무자를 차출하고 해병대는 6여단과 연평부대까지도 차출하고 있었습니다. 함정에서는 초계함 함부장, 부서장들이 차출되고 있었습니다.

연습은 전쟁상황이니 전투참모단을 편성하여 수행해야 합니다. 후방의 지원부대들은 감편이 되고 작전부대들은 완편이 되는 상황입니다. 편제에서는 전시완감편 대상부대를 다시 검토해야 하고, 인사에서는 감편

대상을 훈련증편으로 파견해야 합니다. 감편대상이 아니라도 상급부서에서 인력을 차출시켜줘야 합니다. 가장 많은 고급병력이 운용되고 있는 합참과 해군본부에서도 몇 개 부서는 눈코 뜰 새 없이 바쁘지만, 많은 부서는 사실상 사무실 대기 당직입니다. 이러한 부서를 전시에 감편하든지 전시에 우선 차출하여 증편병력으로 활용하는 계획을 수립해야 합니다. 합참과 해군본부 일부 부서가 첫 번째 감편 및 차출 부대가 되어야 할 것입니다.

출동임무 후 잠시 정비 및 교육훈련 중인 함정대원을 차출시켜서는 안 될 것입니다. 정박하면서 겨우 기본적인 일과를 집행하는데 함부장이나 부서장이 차출되어 비정상적으로 일과가 진행되거나, 쉬어야 할 때 쉬지 못하고 누적된 피로를 가지고 임무에 투입되는 전투요원들이 있어서는 안 될 것입니다. 함정근무자들을 육상상급부서에서 차출하는 것은 성곽의 돌을 빼서 자기 담장을 쌓는 것과 별반 다름없을 것입니다.

적응이 힘들었던 사관학교

1. 사관학교 문화

해군사관학교는 1학년 생도를 보텀$_{bottom}$이라고 부른다. 함정 밑바닥이 보텀이다. 육군사관학교는 땅개라고 부르고, 공군학교에서는 매추리라고 부른다. 매추리라고 부르는 이유는 날지 못하는 새이기 때문이다.

1학년 생활은 매우 힘든 시기이다. 아직 사관학교 문화에 적응하지 못했고, 층층시하의 상급생들로부터 지도를 받아야 하기 때문이다. 몇 백 명의 눈초리가 1학년의 일거수일투족을 주시하고 있는 것이다. 이는 각 군 사관학교의 공통점이다.

1학년 때 수업시간 중간에 몇 명이 모이면, 우리가 상급생이 되면 사관학교 문화를 바꾸자고 얘기하곤 했다. 나는 우리가 사관학교 문화를 바꿀 것으로 기대가 컸다. 그 기대는 2학년이 되자마자 무너졌다. 대화가 1학년 후배들 군기지도로 바뀌었기 때문이다.

다른 사관학교의 문화가 궁금했다. 육해공 사관학교의 문화는 자기 모군의 문화영향을 받은 것일까? 아니면 사관학교의 문화가 군대문화에 영향을 끼친 것인가? 닭과 달걀의 얘기이다. 아마도 서로 영향을 주고받았을 것이다. 그 궁금증은 다른 사관학교를 방문하면서 풀렸다.

3학년 때 육군과 공군사관학교 체험 교육을 했다. 전체적으로는 같고 세부적으로는 다른 것이 많다. 그런데 계단을 오르는 것을 보고 깜짝 놀랐다. 군의 상징성이 거기서 나타났기 때문이다. 3개 사관학교가 계단 앞까지는 3열 4오로 대형을 맞춰서 이동하는 것은 똑같다. 계단이 나오면 완전히 달라진다.

해사는 하급생은 두 계단씩 뛰어서 오르고, 상급생은 자유롭게 오른다. 육사는 계단에서도 대형을 맞춰서 이동한다. 공사는 계단 앞에서 해산하여 상하급생 구분없이 자유롭게 오른다. 해군은 위계적이다. 함장의 권위는 절대적이고 좁은 함정에서 위계질서 유지가 중요하다. 그래서 계단 오르는 것도 계급이 있다. 육군은 집단적이다. 로마 그리스 군대와 같이 진형을 유지하면서 전투를 하는 군이다. 공군은 개인적이다. 조종사 개인 기량이 전투력인 군이다. 계단에 군대 전통과 문화가 고스란히 담겨 있다.

2. 훈련 소대장에게 항의하다.

사관학교는 입교 전에 가입교 훈련을 치른다. 그때는 해사가 6주, 육사와 공사는 4주였다. 해사는 1월 16일부터 훈련이 시작되었다. 미 해군에서 animal코스, 미 육군에서 beast트레이닝이라고 부르는 것처럼 훈련이 강하다. 낮에는 훈련하고 밤에는 군가교육, 소양교육들을 받는다. 2층에 큰 방(홀)을 라운지라 부르고 자기 의자를 들고 집합한다. 시골 촌놈이라 라운지라는 말은 그때 처음으로 들었다.

어느 날, 라운지에서 이론 교육을 마치고 각자 자기 의자를 들고 중앙계단으로 걸어간다. 계단 아래 1층에서 동기 한 명이 훈련 소대장에게 얻어맞고 있다. 그 소대장은 목소리부터 쇠소리를 내며 악명을 떨치던 5소대장이다. 모두 중앙계단을 피하여 건물 끝 쪽 계단 쪽으로 몰려간다. 나는 맞고 있는 동기가 무엇인가를 잘못해서 기합을 받고 있는 것이라 생각했다. 나는 잘못한 것이 없으니 홀로 당당하게 중앙계단으로 내려갔다.

교육받은 대로 소대장에게 큰 목소리로 거수경례를 하고 지나가는 데 나를 불러 세운다. 아무 이유 없이 발로 차면서 때린다. 들고 있던 의자를 땅에 놓고 부동자세로 소대장에게 질문한다. "소대장님! 제가 무엇을 잘못했습니까? 맞는 이유를 알고 맞겠습니다." 소대장이 어!어! 하더니 그냥 가버린다. 군 생활을 하면서도 상관의 잘못된 행위에 대해서 항의를 했던 적이 몇 번 있었다.

사관학교를 중퇴하지 않고 졸업장을 받은 것이 기적 같은 일이다. 성적이나 적성을 모두 포기하고 오로지 졸업만을 목표로 삼았다. 4학년이되어서 여유를 찾았지만 이미 지나가 버린 세월이다. 지금 생각해도 그 기간은 인생에서 공백기이다. 졸업식 및 임관식 날에 오신 어머니께서 "병록아! 너처럼 동작이 둔하고 잠이 많은 애가 어떻게 마쳤냐?"고 대견해 하신다. 사관학교 때 동작 둔하고 잠이 많았던 인상을 동기생에게 지우기 위해서 몇 배의 시간이 걸리고 노력이 들었다.

3. 연병장을 12번 돌았던 사연

사관학교에서는 수업을 받으러 가는 것을 교육출장이라고 부른다. 전 학년이 아침에 연병장에 모여서 신고를 하고 전공 교반별로 행진을 해서 교실에 들어간다. 낮 수업시간은 학년 전공별로 교반을 형성하고, 그 외 내무시간에는 전 학년으로 구성된 중대생활을 한다.

오전 수업을 마치고 점심을 먹기 위해서 교반별로 대열을 유지하며 식당으로 이동한다. 어느 해 여름날에 우리 2학년은 3열 12오로 대열을 맞추어 식당으로 행진을 하였다. 4학년 당직사관이 대열 행진상태가 불량하다고 연병장에서 선착순을 시킨다. 빨리 들어오는 사람 3명은 해산시켜 주고 또 선착순, 선착순을 했다. 나는 최후의 12바퀴를 다 뛰면서 땀깨나 흘렸다.

군에서는 연대책임을 물을 때가 많다. 한 명이 잘못해도 집단 전체가 기합을 받는 것이다. 일부에서는 집단생활을 위해서 필수불가결하다고 주장한다. 그리스 로마군은 대열을 유지하는 것이 전투력이었다. 1차 대전 때 기관총이 발명되기 전에는 돌격 앞으로 하면 횡대를 맞추어서 전진하는 것이 전투력이었다. 일견 타당성이 있다.

나는 반대로 집단의 단결을 해치는 것으로 생각한다. 잘못한 사람만 처벌하면 된다. 잘못이 없는 다수가 연대책임을 지면 불량생 때문에 모범생도 피해를 보면서 단결에 틈이 생기고 하향 평준화된다. 가장 불필요한 것이 선착순이다. 체력이 강한 사람에게만 유리한 제도이다. 그리고 현대전에서 이런 집단행동은 별 의미가 없다. 따라서 나는 군에서 근무하면서 아랫사람에게 연대책임을 묻지 않았다. 잘못한 개인만 신상 필벌했다.

남자인 나도 이렇게 체력문제로 힘들게 생활하면서 공부나 성적에는 관심 쏠 여력이 없었다. 그런데 요즈음 여자 사관생도가 1등을 한다. 기준을 다르게 적용한다고 하지만 나로서는 이해가 안 된다. 지금 사관학교 교육제도라면 우수한 성적으로 졸업을 할 것만 같다.

좌충우돌 위관장교

1. 광주함 사통관과 포술장

1982년 첫 보직은 미국에서 만들었던 구축함인 광주함이었다. 당시로는 측적관이라 불린 사격통제관이었다. 직속상관은 소령인 포술장이다. 어느 결혼식에서 첫 번째 포술장이셨던 6년 송형○선배님을 만났다. 나를 보고 선착순을 시켜서 미안하다고 하신다. 내가 잘못했으니 전혀 미안할 일이 아니다.

아침 총기상과 저녁을 먹고 일몰쯤에 두 차례의 전투배치훈련이 있다. 저녁을 먹고 나서 잠시 잠을 잤다. 잠이 깊이 들어서 전투배치 경보를 못 들었다. 전투배치를 하면 사통관이 배치와 준비상태를 포술장에게 보고하고 포요원을 지휘하는 역할이다. 포를 지휘하는데 가장 중요한 사통관이 빠진 것이다.

훈련이 끝나고 포술장에게 불려 올라갔다. 초시계를 재면서 내가 배치 붙어야 할 함정의 맨 꼭데기 37디렉터로 가라고 하신다. 올라가서 보고하면 맨 밑에 있는 1A 컴퓨터로 가라고 하신다. 나는 계속 같은 속도로 움직였는데, "갈수록 빨라지고 있어" 하시면서 몇 번 반복을 시켰다.

그것을 말씀하신 것인데, 사실 내가 기억하고 있는 더 중요한 사실이 있다. 포술장과 사통관은 같은 방에서 1, 2층 침대를 쓰는 관계이다. 그분이 당시로는 아주 늦은 결혼을 하셨다. 장교들 회식을 하는데 길에서 포술장 부부를 만났다. "제가 포술장님과 같은 방을 쓰고 있는 사통관입니다." 하고 인사를 드렸다. 사모님이 "아! 방을 지저분하게 쓰신다는 그분이군요." 하신다.

중반에 포술장이 5년 위 김기○ 소령으로 바뀌었다. 전역 후에 뵙지를 못했다. 몇 달 전에 '제왕학개론'이란 책을 출간하셨다. 동문회에서 내 주소를 알아보시고는 연락을 하셨다. 몇 번의 문자를 주고받은 후에 전화를 주시고는 나를 칭찬하신다. "소위가 얼마나 똑똑하다고 칭찬을 하십니까?"라고 답했다. "자네는 상황판단이 빠르고 핵심을 짚는 능력이 뛰어났다."고 극찬을 하신다. 이후 통화를 하는데 해군 생활을 하면서 겪었던 가장 뛰어난 후배라고 또 칭찬을 해주신다.

2. 죽어서 나가면 살아서 나간 것보다 6달 빨리 나간다.

흑산도에서 6달째이다. 비번에도 출입통제를 받고, 독신자숙소에서 빈둥거린다. 비번이 보장되지 않고 수시로 상황실에 불려간다. 수시로 상황실에 전화를 하면서 숙소에서 휴식을 취한다. 그날도 상황실에 전화를 하니 곧 비상이 걸린다고 한다. 미리 알아서 상황실에 올라갔다. 초등학생이 수상한 사람을 보았다는 신고를 했다. 수상한 사람이 해안가에서 맴돌다 동굴로 사라졌다. 돌을 두들겨서 이상한 신호를 보냈다는 것이다. 영락없이 간첩이 침투한 상황이다. 내 근무시간이 아닌데 상황실에 앉아 있으면 머리가 깨질 듯이 아프다. 부지휘관이며 작전참모격인 작전대장이 현장으로 간다고 해서 자원해서 따라 나섰다. 도서방어 1차 책임인 경찰지서에 가서 무장 경찰과 함께 트럭을 타고 현장으로 투입되었다.

영화에서 끓는 피를 가지고 보았던 전장터로 투입되는 그 장면이 나에게 현실이 되었다. 혹시 마지막 유품이 무엇일까 생각하니 얼마 전에 깃대봉에 올라갔다 오면서 찍은 사진들이다. 해안에서 실탄을 장전하고 동굴 수색을 시작한다. 군인 말단인 나와 경찰 말단이 함께 선두에 서서 동굴로 들어간다. 안에 무장간첩이 있으면 내가 제일 먼저 죽을 것이다. "내가 죽어서 이 섬을 나가면 살아서 나간 것보다 6달 빨리 나갈 수 있다." 라는 생각을 하니 죽음이 두렵지 않다. 선두에서 주저 없이 동굴에 발을 내디디고 수색을 시작했다. 다행히도 간첩상황이 아니어서 지금 이 글을 쓰고 있다.

1983년에는 야간작전 능력 향상이 많이 거론되었다. 그래서 '전제대 동시야간훈련'이란 훈련 종목이 있었다. 전 부대를 두 개 조로 나눠서 24시간 훈련 및 근무를 하고, 하루 휴식을 취하는 내용이다. 총원이 참석하되, 3직제로 근무하는 상황근무자는 제외되어야 하는데 우리 부대만 상황실 근무자가 참가한다. 훈련이 시작되어, 야간상황근무를 마치고 나서 훈련에 편입되어 또 날밤을 세운다. 훈련 조는 다음 날 휴식을 취하는데 나는 주간당직 근무로 이어진다. 이런 식으로 2직제 훈련 근무와 3직제의 상황실 근무가 뒤섞여서 엉망이 된다. 결국은 상황 근무에 충실하기 위하여 훈련 조에 불참하였다.

상황실 근무 중에 밤이 되면 수병이 "당직사관님! 야식은 어떻게 합니까?" 내 대답은 "최씨 가게에서 내 이름 달고 라면을 사와라." 이렇게 근무자들 야식까지 챙겨야 했다. 드디어 발령이 났다. 전대장이 부두에서 낮술을 사주었다. 여객선 선미에서 "흑산도 탈출이다"라고 만세를 불렀다.

3. 함대에 2대 나온 VTR을 우리 배가 탔던 일화

1986년 초급 대위로서 네 번째 보직은 유도탄고속함(PGM/백구-351) 포술장이다. 포술장 부가직무는 '겸임안전관'이다. 1년 후배인 작전관이 보안감사로 업무가 벅차다고 한다. 작전관이 맡던 '정훈보좌관' 업무를 맡았다. 그 당시 주요 검열(책임장교)이 훈련(작전관)과 포술(포술장), 정비안전(기관장, 포술장), 행정(부함장), 정신전력(정훈보좌관) 검열이다.

정신전력 검열단장인 작전사 정훈참모(정훈공보실장)는 당시 깐깐한 박찬○ 중령이었다. 검열을 마치고 검열단장이 함장실로 불러서 갔다. 검열단장이 함장님에게 이렇게 얘기한다. "포술장을 포상하십시오. 이렇게 검열준비를 철저히 한 장교를 본 적이 없습니다." 그러면서 나에게 자기가 도와줄 것이 무엇인지 물어본다. 그래서 VTR(비디오테이프 레코더) 한 대를 달라고 했다.

그 당시 가장 인기가 좋은 것이 VTR이었다. 우리 배도 함장실에 겨우 한 대가 있었다. 장병들이 보기 위하여 함장실에 들어가서 장비를 가져와야 한다. 구축함 같은 큰 함정은 몇 개가 있어야 한다. 검열단장은 작전사에 여분이 없기 때문에 연말에 위문품 나오면 최우선으로 주겠다고 약속을 했다.

우리 함정은 12월 1일부로 작전사 5전단(진해)에서 1함대로 소속이 바뀌어 동해로 올라갔다. 연말에 1함대 전체에 VTR이 두 대가 할당되었다. 한 대는 백구-351함으로 지정이 되고, 나머지 한 대는 함대에서 필요한 부대에 주라는 작전사 지시가 내려왔다. VTR을 목 빠지게 기다리던 구축함에서 함대에 항의를 하고 난리가 났지만, 상급부대인 작전사에서 지시한 사항이라 바꿀 수가 없었다.

몇 년 뒤에 내가 2함대 2전단에서 유도탄고속함 함장을 하고 있었다. 그때 함장님이 전단 참모장으로 오셨다. 나는 해군대학에 입교를 마음먹고 있었는데, 6개월 기간이 빈다. 전비전대에 가고 싶다고 말씀드렸더니, "너 같이 똑똑한 장교는 해군본부나 국방부로 가야 한다."고 강조하신다.

해군본부 편제처로 발령이 나서 인사과에 부임인사를 드렸다. 해군본부 인사과장이 "박종ㅇ 대령을 어떻게 아느냐?"고 물어본다. 과거에 함장님으로 모셨다고 했더니, "너희 함장이 너 인사발령으로 목을 매더라. 그분이 그렇게 하는 경우는 처음 봤다."라고 말씀하신다. 이때 편제처에 근무한 경력으로 국방부 조직과, 해군본부 편제처 3개 과장, 합참 부대기획 과장으로 근무할 수 있었다. 고급장교 때 핵심경력이 되고 오늘에 이른 것이다.

소신 있게 근무한 소령

1. 누구나 쓸모가 있다

　유도탄고속함 함장은 모두가 꺼리는 힘든 직책이다. 기관장비가 함공기 가스터빈을 6개로 연결하였다. 6개의 기관에서 나오는 출력을 조정해서 설계된 속력으로 올리기가 매우 힘들다. 특히 서해에서는 섬에 전개하여 임무수행하는 날짜가 살인적이다. 함장 계급이 중령에서 소령으로 낮추어졌다. 인사에서는 본래부터 소령이 함장인 함정과 같은 급으로 판단하여 모든 장교 계급이 하향되었다. 결과적으로 동기 두 명이 사고가 발생하여 함장에서 보직 해임되었다.

　당시에는 경제가 호황이어서 부사관들이 전역을 많이 하였다. 함장으로 부임하니 기관사 한 명을 빼놓고는 모두가 전역을 지원한 상태였다. 충원을 요청하니 함대에서는 유도탄고속함으로 발령을 내면 부사관들이 전역을 하겠다고 하여 인사조치가 힘들다고 한다. 신경성 위장염에 걸린 함장도 생겼다. 나는 목이 10개라고 마음을 먹고 통 크게 함장을 수행하였다.

진해에서 정비를 마치면 가장 큰 걱정이 전속 시운전을 통과하는 것이다. 정비창 책임이지만 정신적으로는 함장 책임이다. 시운전 하루 전에 직별장들인 부사관을 격려하였다. "내일 B구역에서 시운전을 성공적으로 마치자."고 건배를 하였다. 계급이 중사인 전탐장(레이더 담당 최고 부사관)이 "함장님 B구역이 어디입니까?" 하고 묻는다. 진해항 바로 앞에 있는 거제도 입구인 시운전 구역 이름조차 모르는 것이다.

전탐장은 2함대(서해)에서 섬에 있는 전탐기지만 근무를 하여 진해항 현황을 모른다. 섬 근무는 해군을 돌팔이로 만든다. 그 전탐장은 인천에 입항하면 다음 날 전역을 한다. 출항일이 며칠 늦춰졌다. 인천까지 1박2일 전탐(레이더) 항해를 하는데 전탐장이 없이 항해할 수는 없다. 그 전탐장은 고맙게도 전역을 늦추고 인천까지 항해를 했다.

몇 달이 지나서 또 진해에서 정비를 마쳤다. 토요일 아침에 B구역에서 시운전을 한다. 기관에 이상이 생겨서 표류를 했는데 가변피치 스크류는 계속 돌아간다. 순간적으로 옆을 보니 등대가 보인다. 암초구역에 들어온 것이다. 얼마 전에 동기가 함장을 하는 동급 함정이 좌초사고를 당했던 장소이다. 장교와 항해 관련 부사관들에게 신신당부를 했는데도, 기관에 정신이 팔린 함장에게 이 사실을 아무도 알려주지 않았다.

스크류를 보호하기 위하여 기관을 정지시키고 비상투묘를 하였다. 토요일 12시쯤에 모두들 퇴근하는 시간이다. 정비창 시운전 담당 군무원이 오더니, "함장님 얼마 전에 ○○함이 암초에 부딪힌 장소입니다." 한다. 다행히도 그 사고함정과 차이가 두 개 있다. 그때는 저조였고, 지금은 만조다. 수심이 몇 미터 차이가 있어서 안심이라는 의미이다. 그 사고함정은 고속으로 항해했고, 나는 표류하면서 스크류를 정지시켜서 보호를 했다. 안심할 상황이지만 통신장에게 "작전사에 긴급구조 요청을 해라."고 지시했다. 토요일 퇴근 시간에 전 해군에 비상이 걸릴 큰 사건이 된 것이다.

시간이 흘러서 지나가는 보조정에게 요청해서 안전한 구역으로 끌려나왔다. 기관이 정상으로 작동된다. 통신사에게 구조 요청한 내용에 대한 진도를 물었다. 통신장은 2함대(서해) 도서 기지에서 병으로 근무하다가 하사로 임관하였다. 지난번 전탐장처럼 진해항 작전현황을 더 모른다. 바로 옆에 있는 진해기지 초소에 중계를 요청하지 않았다. '통신지시서'에 나오는 대로 부산에 있는 3함대를 지금까지 호출하고 있었다. 전 해군 뉴스거리가 될 만한 사건이 유야무야 끝났다. 나중에 들어보니 내 후임함장이 그 통신장을 자격이 부족하다고 강제 전역을 시켰다.

1년 동안 3개월 정도만 가족생활을 하고 9개월은 함장실에서 잠을 잤었다. 발령이 나고 마지막 날은 집에 가지 않고 정들었던 함장실에서 잠을 잤다.

2. 잊지 못할 1994년

1993년 편제처에 근무할 때 교육처에서 해군대학 정규과정 정책을 바꿨다. 소령 때 의무적으로 정규과정을 마쳐야 한다. 정규과정을 나온 장교에게만 이후 합참과 국방부 정규과정 자격을 부여한다. 내년에 중령 진급대상자로서 반신반의했다. 해군본부에 근무하면 절대적으로 진급에 유리하다. 그런데 본부정책을 안 믿을 수 없다. 과감하게 교육 내신을 냈다.

결과적으로 중령심사에 떨어졌다. 그때 본부에서 진급한 동기들은 중령을 달고 해군대학에 입교했다. 한 부서에서 자기 부서 입장만 생각하고 정책을 결정한 결과이다. 정부부처도 마찬가지이다. 교육과 진급, 보직 등 모든 계획이 연계되어야 한다.

아내의 반대를 무릅쓰고 진해로 내려왔다. 애들도 자연적인 계룡대를 좋아했다. 진해 관사는 아직도 연탄보일러이다. 그럼에도 기다리지 않고 관사에 입주했다는 것은 행운이다. 사관학교 때 공부를 하지 않은 것을 후회했다. 따라서 매우 열심히 공부를 했다.

첫 성적이 발표되었다. 내 생각에는 내가 1등이어야 한다. 내 바로 뒤 번호가 1등을 했고, 나는 중간이다. 평가실을 찾아가서 성적 조회를 했다. 평가실장이 얼굴이 노래지면서 내가 1등이라고 한다. 공식적으로 정정할 것인지, 성적만 수정해 주면 되는지 물어온다. 공식적으로 정정을 해야 했다. 1등이라는 선입관이 붙으면 매우 유리하기 때문이다. 바보같이 성적만 고쳐놓으라고 한 첫 번째 단추가 잘못되었다.

대부분 학생장교들은 앞에 졸업한 몇 개 기수의 보고서를 가지고 있다. 한 과목이 끝나면 보고서를 작성한다. 오래 근무했던 군무원 교관들은 내 보고서가 참신하다는 것을 인정하고 매우 높은 점수를 준다. 현역

교관들의 점수가 높지 않다. 1~2년 근무하기 때문에 앞 기수 보고서와 구분을 못한다.

또 운도 없다. 내가 전쟁연습에서 청군 사령관을 하면 작전참모에게 좋은 점수를 주는 교관을 만난다. 두 개 분단을 나누어 사령관이 되는 경우는 모든 학생장교에게서 인정을 받았다는 것이다. 과거 여러 기수가 같이 공부할 때는 기수가 높은 사령관은 존재만 했다. 아래 기수인 작전참모가 열심히 했다. 우리 기수는 모두 동기생 급이다. 사령관으로 추천도 받았지만 열심히 해야 한다.

점수를 잘 받는 학생장교들을 분석하니 앞 기수 자료를 가지고 있다. 서론을 쓰고 담당 교관에게 지도를 받는다. 중간쯤 다시 가서 지도를 받는다. 몇 번 찾아와서 지도를 받는 것이 공부를 열심히 하는 것으로 비쳐졌을 것이다. 자신이 지도했던 보고서에 낮은 점수를 주지는 않을 것이다. 보고서 모양에도 신경을 쓴다.

1년을 마쳤을 때 쓰는 졸업논문에서는 4등을 했다. 전체 성적은 1/3 수준에 그쳤다. 졸업논문 성적이 내 등수쯤일 것으로 자체 평가한다. 진급도 떨어지고, 해외연수도 떨어지고, 모든 것이 엉망진창인 1994년이다.

3. 소신 있게 근무했던 기지전단 작전과장

1995년에 7진해기지전단 작전과장으로 근무했다. 준장급 전단 작전과장이지만 진해특정경비지역 작전과장(중장급)으로서 진해에 주둔하는 모든 육해공 모든 부대를 작전 통제한다. 나는 모든 것이 논리적으로 일치해야 한다. 대표적인 것이 함정근무할 때와 육상근무할 때의 이율배반적인 행동이다.

함장은 야간에 어선 무리에 5천 야드 이상 접근하지 말 것을 지시한다. 그런데 그분이 육상 지휘부로 가면 어선을 100% 검색하라고 지시를 내린다. 검색하려면 밤새 전투배치 상황에서 어선과 계류해야 한다. 함정에 근무할 때 육상근무자를 욕하던 사람이 육상에 근무하면 자신이 함정근무자 때 욕을 했던 행동을 그대로 한다. 함정에서든 육상에서든 언행이 일치해야 한다.

기지방어 훈련을 하면 함정도 육상근무자와 똑같이 해야 한다. 내일 작전을 나가는 함정도, 해상에서 작전을 마치고 갓 들어온 함정도 일체 예외가 없다. 함정과 육상의 근무형태가 다를 뿐 아니라, 기지방어는 육상에서 제공되어야 한다. 함정은 전 해상의 방어를 책임지고 모항에 들어오면 기지에서 제공되는 휴식이 보장되어야 한다. 단, 안전한 모항이라도 자체방어는 해야 한다.

기지방어훈련 계획에 함정은 함장의 책임 하에 자체 방어 임무만 부여하였다. 경계를 평시보다 강화하되, 자체 방어에 자신 있는 함정은 퇴근을 통제하지 않는다는 뜻이었다. 그 의미를 전화로 문의를 한 함정에서 퇴근해도 된다는 내용이 전파되었다. 한참 훈련 중인 밤 10시경에 위병소에는 퇴근하는 함정근무자가 몰려들어 북새통을 이루었다.

그때 내 의견을 거부하지 않고 수용해 주신 소신 있는 작전참모가 있어서 가능했다. 참모와 과장이 죽이 잘 맞았던 것이다. 참모할 때는 제가

다 알아서 하니 당신은 간섭하지 말라고 불평을 한다. 지휘관이 되어서는 참모가 보고를 안 한다고 불평을 해서는 안 된다. 해육상 자리가 바뀌었다고 자신의 입장을 바꿔서는 안 된다. 민간단체도 마찬가지이다. 정당도 마찬가지이다.

또 한 번은 태풍이 온다는 경보가 발령이 된 상태이다. 병과학교 교장인 대령이 전화를 한다. 피교육자들 외박을 어떻게 할지 문의한다. 외박 문제는 학교장이 결정할 문제이다. 이 상태에서 모두들 책임을 회피할 것이다. 나는 자신 있게 대답했다. "교장님! 태풍 때 피교육생이 해야 할 임무가 있습니까?" 교장이 없다고 대답하자, "그러면 외박을 내보내도 문제 없지 않습니까?" 나중에 확인하니 피교육생들이 모두 외박을 나갔다고 한다. 자신감이 넘치는 소령이었다.

개성이 나타난 중령

1. 너는 진국이다.

1995년에 강원함 부함장으로 발령이 났다. 한때 '시체 배'라는 소문이
돌 정도로 잦은 사고가 있었다. 휴일 날 '대화퇴' 사건으로 긴급출항을 하
면서 승조원이 다수 승조하지 못한 상태로 작전에 나갔던 일이 있었다.
미국에서 20년을 운항하다가 퇴역했던 군함을 다시 우리 해군에서 20년
을 운항하여 장비가 노후되어 있었다. 사관실에서 장교들 사기가 죽어 있
고 자기 업무에 자신감이 없이 고급장교가 사무를 다 처리하고 있었다.

일단 부함장의 권위부터 찾아야 했다. 장병들 휴가와 외박까지 일일
이 함장에게 서면 보고하고 있었다. 내무생활은 부함장의 전결사항이므
로 함장에게는 구두보고로 대체했다. 부서장들이 요청하는 휴가와 외박
을 모두 수용하여 부서장의 권위를 살렸다. 소위들의 부가업무인 '체육

및 복지장교' 등의 문서를 내가 만들어 주면서 소위 자신의 이름으로 함
장에게 보고하게 하였다. 병사들의 애로 및 건의사항은 규정에 문제가 없
는 것은 다 들어주었다. 아래 편지는 강원함 수병(병사)이 중령 진급을 축
하한 편지이다.

    규정에는 한 시간 간격으로 안전당직자가 순찰을 한다. 일과 중에는
문제없지만 야간에 모두들 자고 있는데, 화재 등 안전이 취약하다. 중간

에 현문당직자가 순찰하는 제도를 만들어 30분 간격으로 순찰하게 하였다. 정박 중에는 매일 소화방수 훈련을 지시하였다. ○○함에서 화재사고가 났다. 감찰에서 강원함도 확인점검을 나왔는데, 잘하고 있다고 칭찬을 받았다. 함정 일과집행 책임자가 부함장인 것이다. 그래서 미국에서는 부함장을 XO(executive officer)라고 부른다.

봄이 되면 전투력 검열부터 검열이 시작된다. 출동기간에 준비할 것을 몇 번이나 작전관에게 지시했지만 준비를 하지 않았다. 토요일 아침에 입항하니 월요일에 전투력 검열 일정이 나왔다. 작전관 얼굴이 노래지면서 퇴근을 시키지 않고 준비하겠다고 나에게 보고한다. 토요일 오전에 내가 직접 지휘하여 특수임무분담표에 따른 배치를 확인하였다. 토요일 12시에 정상퇴근을 시켰다. 월요일 전대장이 승함하여 전투력 검열을 받았다. 전대장이 승조원이 밝고 자신 있다고 칭찬하였다.

그 전대장은 내가 유도탄고속함 포술장으로서 모셨던 분으로 나를 매우 높게 평가하는 분이시다. 내가 옆에서 보좌하고 있는데 "똑똑한 부장이 기가 죽어 있다."고 지나가는 소리로 말씀하신다. 함장과 부함장이 성격이 맞지 않는다는 것을 평가하신 것이다. 사실 몇 개월 후에 어느 식당에서 종업원이 "당신이 강원함 부함장이냐?"고 놀라워 했다. 함장이 다른 함장과 단골식당에서 식사하면서 내 흉을 자주 본 것이다.

부함장으로 근무한 지 6달이 넘어가면서 강원함이 바뀌고 있는 것이 나타나기 시작했다. 병사들이 발령이 나면 취소해 달라는 건의가 들어온다. 어떤 수병은 제주도로 갔다가 몇 달 후에 다시 복귀했다. 안전과 군기에 관한 사건 사고가 거의 없어졌다. 사관실과 CPO실(부사관 중에서 선임자

상사와 원사들 공간) 분위기도 달라졌다. 수병이 쓴 편지는 앞에서 소개했다.

함장이 나에게 "부장! 알고 보니 너는 진국이다. 오래 근무하지 않는 사람들에게 오해를 받지 않도록 조금만 조심해라."라고 칭찬을 한다. 나의 진면목을 파악한 것이다. 오해를 받지 않고도 잘 할 수 있을 것인데, 타고난 성격을 어찌 할 수 없는 것 같다.

2. 작전사령관과 함정 식사 무산

1996년 안양함 함장 시절이다. 동기생인 작전사령관 비서실장에게서 전화가 왔다. 내일 점심시간에 우리 배에 밥 먹으러 오면서 한명을 데리고 오겠다고 한다. 퇴근시간이 되니 누구랑 오는지가 궁금해서 전화를 했다. 작전사령관이 전투부대 현장을 확인하는 계획인데, 내 상급자인 전단과 전대에서 다른 함정을 지정했다는 것이다. 그냥 그렇게 끝날 일이었다.

출근 때 함장 2명이 한 차를 이용한다. 동기인 ○○함장이 나를 보자마자 불평을 한다. 오늘 재박훈련이 있어 엄청 바쁜 날인데 어제 밤새 준비를 했다는 것이다. 다른 배에서 귀찮아서 떠넘겼다는 소리로 들렸다. 바뀐 과정을 얘기하면서 나도 즐거운 기분은 아니라고 변명을 했다. 행사가 잘 끝나고 그 함장이 전대장에게 보고하면서 내가 섭섭하게 생각한다고 보고를 하였다.

동기 함장이 나를 곤경에 몰아넣자고 한 것은 아니었다. 전대장이 불러서 섭섭하냐고 물어본다. 거짓말에 서투른 나는 섭섭했다고 답했다. 내 대답이 전대장을 불편하게 만든 모양이다. 쓸데없는 변명이 구설수가 되어 나만 바보가 되었다.

27년이 지나서 당시 비서실장과 지난 일들을 얘기하다 그 얘기가 나왔다. 사령관은 있는 그대로 보고 싶었는데, 너무 준비가 완벽하여 역효과가 있었다고 한다. 그때 새삼스레 깨달은 것이 있다. 아! 비서실장은 있는 그대로 보여줄 사람을 찾았고, 전단장과 전대장은 밤을 세워서 완벽하게 준비를 해줄 사람을 선택했구나.

정말 그렇다고 민낯을 그냥 보여줄 수는 없고 손님맞이 청소쯤은 안 했겠는가만은…… 우리는 아직도 의전에 메어 있다. 세월호 때도 안행부 장관이 격려 악수 한 번 하려고 구조하러가는 해경정을 붙잡아 놓았다. 왜 있는 그대로 자연스럽게 하지 않을까? 연극을 잘하는 지도자가 유능한 지도자인가?

3. 독도방어훈련

독도에 대한 일본의 침범은 여러 가지 상황이 있다. 첫째는 현재진행형으로 일반적으로 이루어지는 정치외교와 국제법적인 상황이다. 독도에 대한 역사적, 지리적 및 실효적 지배를 무시하고 자기 것이라고 주장한다. 반면에 조어도(센카꾸 열도)를 두고는 중국과는 정반대의 논리로 다투고 있다. 자기가 실효적인 지배를 하고 있는 것이다. 국제와 국내정치를 염두에 두고 하는 행위이다. 우리가 예민하게 반응하면 분쟁지역이 되어 일본에게 말려든다.

두 번째 상황은 국가기관 해상보안청(우리의 해경) 선박이 독도 주변 12 마일 이내를 항해하여 주권을 침해하는 신경전이다. 영해 12마일은 우리 영토이다. 지금도 주기적으로 일본 해상보안청 선박이 독도 근해에 접근 하지만 영해인 12마일 이내로 들어오지는 않는다. 그들도 외교적 분쟁으 로 비화하는 것을 경계하면서 적당한 신경전을 전개한다.

내가 강원함 부함장(중령)일 때 두 번째 상황을 가정한 독도방어훈련 을 하였다. 독도에 접근하는 일본 보안청 선박에게 접근하지 말라는 경고 를 하고, 접근하여 차단하는 훈련이다. 가적이 한 척이니 우리도 한 척뿐 이다. 그런데 실제로 해상보안청 선박이 나타났다. 가상이 아니고 실제인 돌발상황이 발생한 것이다. 다만 12마일은 침범하지 않았다. 이런 상황 에 대한 군인의 반응은 두 가지로 나타날 것이다. 계획대로 훈련을 하는 것과 훈련을 취소하는 것이다.

부함장은 전투배치 때 전투상황실 평가관이다. 즉 종합상황실장 임무 를 수행한다. 나는 장병에게 절차를 숙달시키는 훈련은 계속하되, 일본을 자극하지 않기로 하였다. 훈련계획대로 상선공통망으로 경고를 하였다 면 법을 위반하지 않는 일본 선박을 자극하는 것이다. 내부 통신기를 사 용하여 일본선박에게 일본어로 경고하는 절차훈련을 하였다. 계획된 훈 련을 마치고 독도 경비임무를 수행하고 있었다.

몇 시간 뒤에 함대사령부에서 외교적 분쟁 발발 가능 상황을 심각하 게 우려한 것 같다. 일본해상보안청 선박에게 직접 일본어 경고를 하였 는지 문의가 빗발친다. 장병들에게는 계획된 절차 훈련을 시켰고, 일본과

외교적 마찰 꼬투리를 제공하지 않았던 내 조치가 맞은 것이다. 중견장교
는 자기 행동이 국익에 미칠 영향을 염두에 두어야 한다.

소신껏 보낸 장병들 휴가

해군 동원예비군 안보교육장에서 나하고 근무했다는 부사관 출신이 있어서 나에 대한 선입견을 물었다. "엄청 휴가에 관대하셨던 함장님이셨습니다."라고 답한다. 짠물에서 활동하는 해군은 휴가에 대해서 짜다. 육공사는 사관학교 여름 휴가가 3주인데, 해사는 수영훈련 때문에 2주였다. 졸업식이 제일 늦어서 임관 휴가도 그만큼 짧았다. 해병대 초등군사반을 육군에서 받기 때문이다. 해군만이라도 육공군과 같은 기간을 준다는 생각이 전혀 없었다.

소위 때 함장이 "교육과정에서 1등을 하면 휴가를 주겠다."고 했다. 단기교육과정에서 1등을 했다. "장교가 무슨 휴가냐."고 거절하는 부함장에게 함장 지시라고 우겨서 휴가를 갔다. 여동생 결혼식에는 휴가를 내지 못했다. 남동생 결혼식은 내 휴가가 가능한 날짜에 맞춰서 두 번이나 바뀌었지만 못 갈 뻔했다. 역시 부함장에게 우겨서 휴가를 갔다.

울릉도에서 전대장으로 근무할 때 육지로 휴가를 한 번도 가지 않았다. 상관에게 부담을 주기 싫었기 때문이다. 내가 책임지는 부하 장교들은 분기에 한 번 육지로 휴가를 보냈다. 울릉도 북쪽 기지는 오지 중에서 오지이다. 다시 버스를 타고 한 시간을 더 가야 하기 때문이다. 그곳 기지에서 조그만 사고가 몇 번 일어났다. 기지장이 미안한 마음으로 나에게 보고한다. "전대장님! 휴가를 반납하고 부대에서 자숙하겠습니다." 가족이 인천에 사는 신혼 초 대위이다. 아마도 다른 사람들은 그렇게 하라고 했을 것이다. 나는 즉석에서 "무슨 소리야? 휴가 다녀와. 네가 휴가를 못 가고 부대에 남아 있으면 부대 분위기가 어떻게 되겠어?" 했다. 자기 부대장이 휴가를 못 가고 부대 입구에 있는 관사에 남아 있으면 부대 분위기는 최악이다. 차석들이 부대원을 꾸짖고 닦달할 것이기 때문이다.

울릉도에서 포항으로 나가는 배는 오후에 있다. 포항에서 울릉도에 들어오면 낮 12시쯤 된다. 배를 타고 이동하고, 전라도 지역은 다음 날 버스를 타야 하는 등 이동하는 시간이 엄청 걸린다. 부대에서 점심을 먹고 나가며, 입항하는 즉시 부대에 복귀하는 조건으로 하루를 휴가 기간에서 제외시켜 주었다. 더 주고 싶지만 지속 가능한 계획이 되어야 한다. 후임 전대장에게 부담을 주면 안 되기 때문이다.

기초군사교육단장을 할 때에 연평도 포격 사건으로 장병 등 휴가를 제한하라는 지시가 내려왔다. 해군본부 지시는 제한이지만 현장에서는 금지와 마찬가지이다. 신병들 교육을 강화하기 위하여 부대에 있는 병을 조교로 투입하였다. 조건은 신병이 수료하면 며칠 특박을 주기로 하였다. 특박을 보내지 않으면 지휘관의 권위가 땅에 떨어진다. 휴가를 보내고 사령부에 휴가인원을 보고하지 않았다.

휴가권이 있는 야전교육대장이 지나가는 말투로 보고를 한다. "누나가 결혼하는 수병이 있는데, 가지 말라고 하였습니다." 깜짝 놀라면서 "무슨 소리야? 인륜지대사인데, 사복 입혀서 내보내."라고 지시하였다. 임관하는 장교와 부사관의 휴가도 보내지 않는다는 방침이 떨어졌다. 본부에 올라가서 교육처장에게 "우리가 잘못해서 일어난 일도 아니고, 육공군은 휴가 금지가 없다. 휴가를 보내야 한다."고 신신당부하였다. 임관 전날 밤 12시가 넘어서 최종적으로 휴가를 안 보내는 것으로 결정되었다.

직접 지휘하는 부사관 교육대는 부모들에게 "휴가가 없으니 먹을 것을 충분히 사오라."고 연락을 하였다. 간접 지휘하는 장교 교육대 부모들은 외국에서 온 부모도 있었는데, 당일 임관 후에 그 사실을 알았다. 부사관 교육대는 아무 항의가 없이 조용히 끝났지만, 장교 교육대는 부대 면회를 밤 12시까지 연장하는 등 시끄러웠다. 장교들 임관 휴가를 연말 외박으로 대체하는 것으로 결정되었다.

사령부 주간회의에 갔는데, 사령관 자리에 보고서가 있다. 연말 외박을 금요일에 보낸다는 내용을 보고는 깜짝 놀랐다. 회의 중에 사령관에게 "수업 일정을 조정해서라도 아침에 보내면 좋겠다."고 보고했다. 병과학교장들이 임관 휴가 없이 교육했기 때문에 교육일정에 지장이 없다고 답한다. 사령관이 금요일 오전에 보내자고 결심한다.

금요일 아침에 보낼 것이면 목요일 밤에 보내자고 다시 건의했다. 병과학교장들이 통상 외박을 금요일 밤에 보내므로 밤에 보내는 것이 문제가 없다고 답한다. 나의 두 번에 걸친 건의로 신임 학사장교들이 연말 휴가 하루를 벌었다.

○○병과 장교 일부는 연말 직전에 목포에 있는 병과 교육부대로 갔다. 장교 한 명의 복장이 불량해서 모두 연말 외박이 금지되었다는 말을 들었다. 나 같으면 복장만 정정하고 보내면 될 것 같은데 그 부대에서 과도한 조치를 하였다. 친구들과 약속을 못 지키고 부대에서 보내야 할 젊은 청춘들의 모습이 눈에 아른거린다. 장군까지 달고서도 아직 순수함이 남아 있는 것인지, 아니면 너무 감성적인지 나도 판단이 안 선다. 부대장에게 전화를 해서 연말 외박은 임관휴가를 대체한 것이라고 설명을 했다. 부대장이 당황하면서 조치를 취하겠다고 한다. 며칠 후에 모두들 휴가를 갔다고 한다.

합참 전력발전본부 편성 일화

김종대 의원의 '서해교전'에 이런 내용이 나온다. "'합동전력발전본부'는 2008년 이상희 국방부 장관이 미래 전력발전의 심장으로 '전력발전본부'의 창설을 공언하여 창설된 기관이다. 이 역시 군에서 반발을 샀다."(183쪽) 바로 이 '전력발전본부' 편성 일화다.

2008년 합참부대기획과장으로서 전작권 전환에 대비하여 연합사를 해체하고 합참의 기능을 보강하는 편제를 검토하였다. 합참 직제 변화를 돌이켜보면 '작전본부'와 '전략기획본부'는 임무와 기능이 명확한데, 한 참모본부가 '인사군수본부' 혹은 '지원본부' 등 역할밖에 하지를 못했다.

그렇게 맥을 이어왔고 그냥 그렇게 돼도 될 '인군본부'를 겁도 없이 손을 댔다. 상관의 지시를 받은 것이 아니었다. 합동성 TF단장인 김장군에게서 미합동전력사령부에서 하는 합동성과 미래 발전업무를 추진할 기관(콘트롤 타워)이 우리에게도 필요하다는 말을 들었던 것이다.

편한 길을 가지 않고, 새롭고 힘든 '합동전력발전본부'를 바보스럽게 추진하였다. 처음에는 고개를 갸우뚱거리던 차장, 부장, 본부장이 수긍하기 시작한다. 합동참모대학(당시 총장은 준장, 전역예정자)에서 합동성 선도 및 통제를 하고 있다, 합참에서 본부장급(중장)이 통제(콘트롤 타워)를 해야 한다는 나의 주장이 일리가 있는 것이다.

합참 과장 이상 총원 앞에서 개편안을 발표했다. 세심하기로 유명한 김태영 합참의장이 꼬치꼬치 질문을 하는데 나도 세부내용은 잘 모른다. 개념과 방향만 잡아놓고 미합동전력사령부에서 현황자료를 받아서 발전시키면 되는데, 합참의장이 썩 내켜하지 않는다. 그냥 '군사지원본부'로 하자고 유야무야되었다. 나하고 실무자만 고생했다.

얼마 후에 합참의장이 미국을 방문하여 미합동전력사령부에서 현황 보고를 받고는 깜짝 놀랐다. 그래! 저런 조직이 우리 군에는 왜 없는 것이야? 부대기획과장 생각이 옳아…… 이렇게 힘을 얻어 의장 결제를 받고 이상희 장관에게도 보고했다.

그런데 2년 후에 미국에서 예산 감축을 위해서 전력사령부를 없앴다. 우리도 따라서 없앴다. 미국은 합동성이 기반에 올랐고, 별도의 사령부 유지비가 들어가며, 없애도 어느 조직에서 통제업무를 할 것이다. 우리는 시작 단계이고, 기존 조직인 지원본부에 추가인력 없이 기능을 부여한 것이다.

업무가 미진하였다면 본부장이 천안함 폭침 현장파견을 나갔던 특수한 상황이었다. 소 팔러 가는 데 개 팔러 따라 가듯이 없애 버렸다. 도로 '지원본부'이다. 내가 정답이란 것은 아니다. 몇 년을 더 운용하고 나서 심사분석을 해보고 없앨 일이라는 것이다.

장군 달고 인사 분야에 첫발을 디딤

학군단 후보생들이 퇴교하여 임관 인원을 못 맞추는 상황이 발생하니, 손실이 예상되는 인원을 가산하여 후보생을 더 뽑자는 얘기가 들려온다. 학기 초에는 정원을 초과하는 문제가 있기는 하다. 아주 좋은 의견이라는 생각이 들었다. 학교는 취업률이 올라가서 좋고, 군은 인력수급의 안정성을 올리는 일거양득의 방안이다. 실무자에게 검토를 지시하니 교육처 소관이라고 한다. 교육처에 얘기하니 인력처 소관이라고 한다. 그래서 인력처 실무자에게 "내가 책임질 테니 지금까지 손실률을 계산해서 더 선발하라."는 지시를 하였다. 월간 참모회의할 때 피피티 한 줄로 보고를 드려서 실무자들이 보고서 만드는 야근은 시키지 않았다.

참모총장은 "표창은 공정하고 권위가 있어야 한다."고 수시로 말씀하셨다. 미담 대상자에게 항상 편지를 보냈다. 어느 날 총장께서 "내가 편지를 보낸 대상자들을 표창하라."고 지시하였다.

인력기획과장이 표창계획을 상신한다. 인력기획처장인 나는 지시대로 수행하면 표창의 권위가 손상되고 아랫사람들의 웃음거리가 될 수 있다고 판단하였다. 과장은 총장 지시사항이니 실행해야 된다고 주장한다.

예를 들어 헌혈을 많이 해서 보건복지부 장관 표창을 받았다. 총장이 자랑스럽다는 격려 편지를 보냈다. 그 편지를 받았다고 다시 총장상을 주면 안 된다는 것이 내 판단인 것이다. 상급자인 인사부장이 알고 있어야 할 것 같아서 보고를 했다. 그리고 과장에게 "내가 책임질 테니 보류해 놓아라."고 말했다. 그 후에 그것을 따지는 사람이 한 명도 없었다. 지시대로 집행되었다면 하급부대에서 얼마나 술렁거렸을까?

상급자의 말을 따르지 말고 정신을 따르고, 개인을 따르지 말고 조직의 목표를 따라야 한다. 일의 목표는 상급자가 아니고 조직의 목표이다. 고위급일수록 자기 조직을 넘어서 국가목표까지 보아야 한다. 잘 보이고 출세하기 위하여 과잉충성을 하고는 상관이나 다른 사람에게 책임을 전가하는 경우를 본다. 불법적으로 일을 처리하고, 법정에서 '지시'인가 '자발적'인가 문제로 다투는 경우를 본다. 적법하지 않다면 상관에게 바른말을 해야 한다. 일이 복잡하여 절차가 위배되었다면 자신이 바로잡든지, 결과에 대해서 책임을 져야 한다.

준사관 진급심사위원장이다. 인사처장이 총장 표창을 받은 사람을 우선 고려해 달라고 한다. 육군과 공군은 바로 준사관으로 임관하는 경우도 있다. 해군은 수십 년을 해당 분야에서 근무를 해야 진급한다. 전문 분야는 소령 정도의 비중 있는 자리에서 근무하는 경우가 있는 매우 권위 있는 계급이다.

계급사회에서 상급자의 의도는 명령으로 인식된다. 특히 인사권자인 총장의 권위는 절대적이다. 무시할 수 없는 요인이지만 문제는 진급을 시킬 서열에 접근한 사람이 없다. 예를 들어 병과 공석이 10개인데 서열이 11~12등이면 고민할 텐데, 그런 사람이 딱 한 명뿐이다.

헌병병과 준위 공석이 하나가 나왔는데, 서열 2등이 표창을 받았다. 1등을 떨어뜨리고 2등을 시키면 뒷말이 나올 것이다. 떨어진 사람은 나를 비난할 것이다. 더 큰 문제는 진급전체의 권위가 떨어지고 그 누는 총장에게로 간다.

두 명을 시키는 것이 진급심사의 공정성을 살리고, 총장 권위도 세워 드리는 것이다. 인력처장과 헌병 병과장에게 확인하였다. 인력운영과 병과관리에 문제가 없다고 답한다. 그래서 모두 서열대로 시키고 헌병 병과 한 명을 추가시켰다. 총장께 사실대로 결과 보고를 했다.

총장께 결과 보고를 드릴 때 관심을 가지고 물어 오신다. 주저하지 않고 당당하게 보고를 드렸다. 아쉬워하시면서도 공정한 심사에 만족하셨다. 장담하건데 심사결과에 불만을 가진 대상자가 한 명도 없었을 것이다. 사실은 한 명이 있었고, 인사소청위원회에 억울하다고 소청을 하였다. 다음 이야기이다.

훈련조교는 진급우선의 특전이 있다. 1년 이상 조교를 하면 우선적으로 특진을 시키는 것이다. 그런데 그 훈련조교를 진급심사위원장으로서 하사에서 중사로의 진급에서 떨어뜨렸다. 그것도 기초군사훈련단장으로서 내 밑의 사람을 떨어뜨린 것이다. (특진이지만 진급 공석 내에서 이루어지니 대신에 다른 사람이 한 명 떨어진다.)

해당 하사가 전역(제대)을 신청해 놓은 상태이다. 진급을 시키면 바로 몇 달 후에 전역을 한다. 심사위원들이 그 점을 지적한다. "진급이란 다음 계급에서 일하기 위한 사람을 선발하는 것인데, 이 대상자는 바로 전역을 하니 진급시키면 문제가 있습니다." 부대에도 직접 확인을 하니 전역을 취소할 계획이 없다. 진급담당 처장에게 자문하니 위원회에 전권이 있다고 답을 한다.

그 대상자를 진급에서 누락시켰다. 본인으로서는 억울해하는 것이 당연하다. 본부에 인사소청을 신청하니 행정 실무자들이 "단장님이 위원장을 하신 결과인데, 어떻게 지휘관이 잘못했다는 소청을 올릴 수 있나?" 하면서 차단해 버렸다. 그 사실을 알게 된 나는 인사소청제도가 억울한 개인을 구하기 위한 제도이니 올리라고 얘기했다. 내 결제를 받고 본부에 소청서가 올라갔다.

지금 생각하니 인간적으로 매우 미안하다. 중사로 진급을 하기 위해서 훈련조교가 되었는데, 내가 그 꿈을 막아 버렸다. 진급규정에 특진하도록 되어 있으니 그냥 진급시켜도 아무 문제가 없다. 공정하고 책임감 있게 한다면서 다른 사람의 마음을 아프게 하였다. 군 생활을 마치면서 다른 사람에게 아픔을 준 것들이 생각난다.

수영훈련 강화와 교육개혁

1. 수영훈련 강화

인터넷에서 세월호 사건 대책 일환으로 학교에서 수영을 가르쳐야 한다는 대책이 나왔다. 이를 비웃는 풍자가 뒤따른다. 풍자 내용대로 수영을 못 해서 죽은 것은 아니고 배에 갇혀서 죽은 것이다. 이왕 체육시간이 있다면 수영을 가르쳐서 유사시에 생명을 구할 수도 있을 것이다. 몇 년 전 해군에서 수영훈련 등 훈련을 강화시킨 일이 생각난다.

해군 신병 훈련 책임자로 부임했다. 부사관은 10주 훈련에 1주(5일)가 훈련이다. 합격제가 아니고 수료제이다. 7분 이상 물에 떠 있어야 한다는 기준을 세우고 훈련을 합격제로 바꿨다. 수영실력별로 조를 나누어 맞춤형 교육을 시켰다. 처음부터 실력이 좋은 부후생은 바로 조교로 활용하였다. 불합격자는 전투구보시간과 휴일을 이용해서 연습을 시켰다. 운동신경이 안 되는 1~2명을 제외하고는 합격하였다. 최소한 내가 재임한 이후로는 수영을 못 하는 해군 부사관은 없어졌다.

그런데 수병이 문제이다. 4주 동안 수영만 할 수도 없다. 국방부 교육 강화 방침에 따라 훈련 기간을 1주 늘린 5주로 하면서 수영훈련 기간을 2일에서 4일로 늘렸지만 어림없다. 교육사령관이 수병도 총원 합격시킬 방안이 없냐고 하문한다. 5주 후에 병과학교로 소속이 바뀌는데, 저녁 시간에 배속을 시켜 주면 할 수 있다. 국방부 등 대외부서로 가는 수병을 제외하고는 대부분 합격을 시켰다.

여기에 추가하여 조교들에게 자유형이 아닌 평형을 가르쳐야 물속에서 오래 견딜 수 있다고 수영방법을 바꿀 것을 지시했다. 수영연맹 규칙, 민간인 수영 교습소에서도 자유형을 먼저 가르치고, 초보자는 자유형을 숙달하기가 더 쉽다고 한다. 1개 기수를 선별하여 비교를 시켰더니 초보자는 자유형을 더 빨리 배운다. 그래서 조교의 의견을 인정하고 자유형을 합격하는 훈련생은 남은 시간에 평형을 가르쳤다.

밀어 붙이지 않고 수영조교들이 스스로 납득해 가면서 바꾸는데 몇 개월이 소요되었다. 조교를 보강해 주거나 수영실력이 뛰어난 훈련생들을 조교로 활용하였고, 포상휴가 등 특전을 부여하였다. 장관이 바뀌면서 전투형 군대 육성을 구호로 부임하였다. 우리 부대에도 훈련을 강화하라는 지시가 시달되었다. "우리 부대는 특전용사를 양성하는 것이 아니다. 더 이상 훈련을 강화할 것이 없다."고 사령부 참모들과 역으로 부딪혔다.

얼마 전에 국방일보 부후생 모집요강에 오래달리기를 강화한다는 기사가 나온다. 나는 달리기를 강화하는 것에 부정적이다. 해군은 달리기가 전투력이 아니다. 이지스체계 등 첨단체계를 다루는 기술군이다. 달리기를 강화하는 것이 아니고 이론 시험을 강화해야 할 것이다. 내 경험으로 달리기는 그 당시 기준으로도 충분했다.

2. 교육개혁

해군 안에서의 마지막 보직이 교육사 부사령관 4개월이었다. 그때 김관진 장관이 추진하던 교육개혁을 벼르던 중에 합참 상부지휘구조 TF에 차출되었다. 그 후 교육개혁의 결과를 확인하기가 겁이 나는 이유는 무엇일까?

먼저 사례1이다. 베트남전에서 한 장군이 밀림을 시찰하다가 간이 공군 비행장과 육군 부대가 주둔하고 있는 것을 발견하였다. 왜 여기에 부대가 주둔하고 있는지를 확인한다. 육군 부대장이 "공군 비행장을 경계하고 있습니다." 한다. 공군에게 비행장이 왜 필요한지 물어보니 "저기 있는 육군의 보급지원을 위해서 필요합니다." 하였다고 한다. 우리 하고는 상관이 없는 과거의 먼 나라 이야기이다?

사례2이다. 내가 교육사부사령관으로 가기 전에 들은 얘기이다. 부사관 교육을 담당하는 '병과 학교장'과 실무에서 부사관의 능력을 평가하는 '전비 전대장'이 동기로서, 사석에서 천문항해(별자리를 보고 항해하는 항해술)가 지금도 필요한가에 대해서 얘기를 나누었다고 한다.

병과 학교장이 교관들에게 물어보니 "작전사에서 평가를 하니 교육을 시켜야 합니다."라고 했다. 전비 전대장이 평가관들에게 물어보니 "교육사에서 교육을 시키니 평가를 해야 합니다."라고 했다. 그리고 내가 교육사 기초군사교육단장을 마치고 교육사 부사령관으로 부임했다.

사관학교 때 어렵게 배웠던 천문항해를 실무에서 한 번도 운용한 적이 없다. 레이더 항해, 전파 항해에서 전자해도, GPS 시대로 발전하고 있는데 아직도 천문항해를 하고 있느냐는 식으로 교육사 참모들과 학교장들에게 질문을 던졌다.

교관들은 해 뜨는 시간 산출을 위해서 천문항해가 필요하다고 한다. 인터넷에 확인이 되는 해 뜨는 시간 산출 하나를 위해서 수십 시간을 교육해야 한다는 것이다. 교관들과 일문일답이 시작된다.

"하사가 몇 달 교육을 받으면 앞에 받는 과목은 시험 끝나면 잊어버린다. 그리고 실무에 나가서 선임자들에게서 도제식 교육이 다시 시작된다. 그리고 장기복무가 되는 확률이 00%이다. 교육사에서 교육시키다가 끝날 일이 아니다." 하니 교관들이 머쓱해한다.

"부사관의 소양으로써 배워야 된다면 실무 업무를 경험하고 나중에 장기복무가 확정되고 난 이후의 교육과정인 중급반이나 고급반에서 시키면 된다. 예를 들어 초급반은 운전만 하는 것이고, 분해정비와 복잡한 이론은 중급반 이후에 교육시키는 개념을 잡아라." 하고 방향을 지시하다가 발령이 난 것이다.

그러는 와중에 GPS교란에 대한 초빙강의가 끝나자 교육사 핵심참모가 "그러면 천문 항해가 필요하겠네?" 한다. 물론 농담이라고 생각하지만 GPS가 안 되면 정밀무기가 돌덩어리가 되는 문제이지 항해의 문제가 아닌 것이다.

조타병들에게 불빛으로 모르스부호를 보내는 국영문 발광신호 교육을 시키고 있다. 영문 발광 교육시간이 거의 1주일이다. 국문은 가르쳐야 하지만 영문신호가 왜 필요하냐고 물어보니 소형함정에서는 "병들이 당직을 선다. 외국 군함을 만나면 영문 발광신호를 해야 한다."는 것이다.

지금은 보안이 되는 위성통신에 문자로 모든 정보가 교환이 되고 있다. 발광신호는 "안전항해를 기원한다." "함장님 수고하십니다." 이런 사적인 신호수단으로 떨어진 지 오래다. 그리고 외국함정을 만나면 경험 많은 조타 부사관이 집행하면 되는 것이다.

장관, 총장, 교육사령관이 바뀔 때마다 교육개혁을 하고, 그 당시에도 앞에 해놓은 교육개혁의 일환으로 바뀐 교재가 아직도 발간 중에 있다고 아우성이다. 예를 들어 개혁을 방(거실)을 치우는 것이라고 비유하면, 이 옷장에 있는 옷을 저 옷장에 옮기고, 옷장 간 위치를 바꾸고 하는 개혁을 하고 있는 것이다.

유행이 지난 오래된 옷을 치우고, 안 입는 옷을 과감히 버려서 옷장을 없앤다거나 옷장을 비우고 새 옷을 채워야 하는데, 아까워서 버리지 못하는 아내처럼 교육개혁의 집행자가 교관이었던 것이다. 상급부서 지휘관, 참모가 확실한 철학과 방침을 가지고 개혁을 하지 못했던 것이다. 위에서 내려오는 지시를 전달하고, 아래에서 보고하는 교육개혁안을 종합해서 보고만 했던 것이다.

지휘관 교대식 풍속도

전역과 동시에 부산에 자리 잡은 지 1년 6개월이다. 그동안 부대 행사에 한 번도 참석하지 않았다. 자의반 타의반인 것이 주소를 알려주지도 않았고, 그래서 초청장도 오지 않았다. 한동안 잊고 지냈다.

오늘 처음으로 작전사 전대장 교대식에 참석했다. 취임하는 전대장은 내가 12전대장 시절에 원주함 함장이었고, 이임하는 전대장은 본부 인력기획처장 시절에 과장이었다. 가족들도 잘 알고 있고, 이제는 부대행사에 관심을 보일 때도 되었다. 나중에 두 명 다 장성진급을 하였다.

내가 현역에 있을 때에 후배들에게 교대식에서 3가지 꼴불견을 이야기했던 시절이 떠오른다. 첫 번째가 종교색채를 들어내지 말아달라는 것이다. 자신의 종교는 소중한 것이지만, 부하들의 종교는 각자 다르다는 것을 잊지 말아야한다. 군종장교가 식장과 소연회장에 참석한 것까지만 허용하고, 식순에 집어넣어서 마이크를 잡는 일이 없도록 해야 할 것이다.

둘째, 이임사를 하면서 자기 가족이 고생했고 사랑한다는 얘기를 하면 안 된다. 그런 이야기는 집에서 가족끼리 하든지, 식 끝나고 백화점에서 선물을 사 주면서 혹은 외식하면서 하는 것이다. 손님들 앞에서 자기 가족사 이야기하지 말고 장병들과 그 가족들에게 수고했다는 얘기를 해야 한다. 전역사에는 들어가도 된다.

셋째, 이임사는 석별의 아쉬움이 있으니 조금 길어도 된다. 그런데 취임사를 하면서 정세가 어떻고, 나의 복무방침이 어떻고 하는 긴 소리를 해서는 안 된다. 열심히 잘하겠습니다, 지켜봐 주십시오 하고 끝내고, 복무방침은 취임 후에 지휘서신을 쓰든지, 회의를 열어 자기들끼리 하면 된다.

우리말 쓰기도 어느 정도 정착이 된 것 같다. 축하 떡 커팅이라 안 하고 절단으로 하는 것만 해도 발전되었다. 그냥 떡 자르기로 하면 더욱 좋다. 샴페인도 터뜨리기라고 하면 된다. 샴페인 개봉이니 오픈이니 하는 어색한 말을 쓰지 말자.

<4장>

의병의
생각

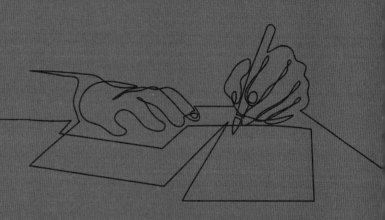

官軍
義兵

중도수렴 정치

통계에서 정규분포는 평균근처에 데이터의 분포가 많고 평균에서 멀어질수록 데이터가 감소하여 그래프가 종 모양으로 나타난다. 평균이 가장 많고(최빈값), 가운데 위치하여(중위값) 평균을 중심으로 대칭을 이루는 통상적인 분포를 말한다.

붓다, 공자, 아리스토텔레스는 이런 모습을 중도, 중용이라는 말로 표현했다. 불교에서는 선과 악, 괴로움과 즐거움, 너와 나의 양변(양쪽 끝변)이 둘이 아니며 서로 통하는 것으로 본다. 양극단의 단순한 중앙보다는 진리에 가장 가깝게 도달한 상태인 적중을 말한다. 중도를 바로 깨친 이가 붓다이다.

이와 유사한 중용은 '중간에 서서 한편에 치우침이 없다'는 뜻으로써 극단 혹은 충돌하는 모든 결정에 있어서 중간의 도(道)를 택하는 현명한 행동의 도로써 신중한 실행이나 실천을 뜻한다. 아리스토텔레스는 마땅

한 정도를 초과하거나 미달하는 것은 악덕이며, 그 중간을 찾는 것을 참다운 덕으로 파악하였다. 개인의 행복을 추구하는 것에 머물지 않고, 국가의 중용적 삶을 위한 통치전략적 태도로 이어진다.

미국에서 민주당 클린턴 대통령과 르윈스키와의 부적절한 행위에 대한 소문을 들은 힐러리 여사는 처음에는 이를 믿지 않았다고 한다. 공화당 강경파에서 대통령을 흔드는 음모라고 생각했다. 한국 정당에서 '아니면 말고 식'으로 상대방 헐뜯기가 미국에서도 이루어진다.

세계에서 미국만 유일하게 거리를 마일로 표시한다. 토머스 제퍼슨 대통령 때에 미터제를 추진했지만 반대세력은 비미국적, 비애국적, 반역적, 혁명적이라는 이유로 반대했다. 이후 수차례 도입 시도는 무신론적이며 반동적이라는 반대론에 밀렸다. 포드 대통령이 미터제 도입을 시도했을 때에도 미터제가 공산주의적, 비미국적임을 내세운 반대에 부딪혔다. 로널드 레이건 대통령이 미터제 도입을 폐기했다. 어떤 사안만 발생하면, 수구꼴통이니 종북좌파이니 하면서 상대방을 공격하는 우리의 모습과 너무 유사하다.

애국가가 음이 높아서 학생들이 부르기가 어려워 '3도 낮춘 애국가'를 부르는 것을 권장한 적이 있다. 이를 두고 보수 측에서는 애국가를 힘 빠진 장송곡으로 만들기 위하여 음계를 변조했다고 생각했다. 전교조의 잘못된 교육철학과 진보교육감에 대한 비난이 쏟아지기 시작했다. 그러나 이를 시행한 교육감이 보수인 전 교육감 지시라는 사실이 밝혀지자 잠잠해졌다. 내가 하면 사랑이고, 남이 하면 불륜이라는 이중 잣대가 적용되는 대표적 사례의 하나다.

세월호 사건이 일어나자 한쪽에서는 대통령 탄핵을 주장하고, 다른 쪽에서는 유가족이 시체장사를 한다면서 유가족을 비난한다. 한쪽에서는 단식을 하고, 한쪽에서는 폭식시위를 한다. 한쪽에서는 잠수함과 충돌했다는 등 유언비어를 날조한다. 더 이상 대형사고가 일어나지 않도록 철저히 조사해서 대비책을 세우는 것에 국민 중지를 모아야 할 때 양측이 대립하면서 힘을 낭비한다.

이런 이분법적 논쟁을 방지하기 위하여 옛 성현들은 극단에 치우치지 말고 중도에 서라는 얘기를 하였다. 그런데 현실 문제에 접어들면 좌우, 보혁 등 극단(양변)에서 목소리 큰 사람이 상황을 주도하고, 정치권은 이를 확대재생산하여 자파에 유리하게 이용한다. 목소리가 크다는 것은 본인이 중도에서 멀리 떨어져 있다는 것이다. 소통에는 관심 없이 국민화합을 깨뜨리고 진영논리로 편을 가르는 행위이다.

화이부동 정신으로 중심에서 좌우를 보는 균형된 시각을 갖도록 해야 한다. 정치권에서는 쟁점을 당리당략에 활용하지 말고 중도수렴으로 이끄는 정치를 하였으면 좋겠다.

헌법 개정과 지방분권

부산분권혁신운동본부에서 주관하는 포럼에 참석하여 김선택 헌법학 교수의 강연을 들었다. 그 내용을 소개하면 첫째가 헌법을 개정할 때 '내용'에서 '절차'로, 다시 '국민참여의 확대'의 방법으로 하여야 한다는 것이다.

1919년 상해 건국헌법과 1948년 재건국헌법은 3.1운동과 광복이라는 혁명적 사건을 계기로 제정되었다. 현재 헌법은 1987년 6월 시민항쟁과 같은 혁명적 사건을 계기로 개정절차를 밟았다. 그러나 여야 세력 간 협약의 성질을 가졌다. 이제 우리가 다시 만들어 가야 할 헌법은 혁명적이기보다는 평화 시의 '진화적'인 발전을 하여야 할 것이다. 이는 국민들 간의 합의 내지는 계약이 되어야 한다.

남아공화국은 만델라 대통령이 국민이 참여한 헌법을 제정하였다. 아이슬란드에서도 국민들이 주도적으로 참여하여 품격, 평등, 정의, 존중의

4개의 핵심가치와 9개의 주제를 선정하여 헌법안을 만들었다. 그동안 국민이 헌법에 참여한 것은 정치세력이 만들어 놓은 안에 대하여 찬성 혹은 반대냐는 형식적인 고무도장 역할을 하는 행위에 그쳤다. 실제로 찬성을 위한 거수기와 절차상의 과정이었을 뿐이다. 국민의 희생을 배경으로 헌법을 만들었지만 국민에 의한 헌법으로 이어진 적은 한 차례도 없었다.

현재의 논의도 대통령 중임제, 분권형 대통령, 의원내각제 등의 권력자들의 권력 배분만 논의하고 있다. 심지어는 국가의 주인인 국민에게 물어보지도 않고, 정치가들끼리만 할 것인지 말 것인지를 다투고 있다. 물론 대통령 리더십의 누수효과, 대통령과 국회 임기불일치 등 많은 문제가 있음을 이해한다.

새로운 헌법은 밖으로는 통일을 위한 초석으로, 안으로는 분권과 협치를 위한 정신을 담은 헌법을 만들어야 할 것이다. 권력배분은 독점방지와 분산을 위한 양원제와 일당독식을 방지하는 선거제로 개편되어야 한다. 이제는 국가의 주인인 국민들이 방관자가 아닌 적극참여자가 되어 헌법 개정에 참여하여야 할 것이다.

개헌의 핵심은 권력배분이다. 가장 중요한 것은 정치권력이 가진 권력을 국민에게 돌려주는 것이다. 직접민주주의를 해야 하고 대의민주주의제도에서는 선거제도를 바꿔야 한다. 두 번째는 중앙권력을 지방과 나눠 갖는 것이다, 세 번째는 공수처 같은 기관을 만들어 권력기관끼리 견제와 균형, 집중과 분산 등이 이루어져야 한다.

지방분권에 대한 얘기이다. 돌이켜보면 지난 탄핵정국에서 대통령 권한이 정지되어 있음에도 먹고 자고 싸는 시민의 일상은 평상시와 같았다. 세계적인 집회가 열린 광화문에서도 시민들이 불편을 느끼지 않았다. 미흡하나마 지방자치와 분권제도 때문이다. 박원순 서울시장과 여타 지방자치단체장에게 권한과 책임이 있었기 때문이다.

시민 생활 속의 지방과 달리 중앙권력은 이념과 당파에 매몰되어 있다. 국정교과서 과거회귀, 통일의 징검다리인 개성공단을 입주자도 모르도록 전격적 폐쇄, 탄도유도탄 방어체계, 정파와 선거 쟁점화 등이 대표적 사례다. 이처럼 중앙권력은 시민의 일상과는 아무런 연관이 없는 일에 국가예산과 인력과 홍보수단을 동원하고 국민을 분열시킨다.

지방자치는 김대중 씨 단식투쟁과 노태우, 김영삼 대통령의 정책으로 시작하였다. 그러나 국회가 세목과 세율을 사실상 결정하고, 지방재정은 국가에 의존하는 종속체제이다. 재정자립도가 40%대로써 주민들을 근접 지원하는 지자체는 빚을 내서 운영해야 하는 실정이다. 민족국가시대에 영토를 지키거나 빼앗길 위기일 때는 국가 단위 권력집중이 최고의 체제였다. 이제는 외교와 국방을 제외한 시민밀착형 주민자치를 해야 하는 지방분권시대인 것이다.

노무현 정부 때 잠시 지역균형발전을 추구했다. 지방기초단체장과 기초의원의 공천을 없앤다던 구)새누리당은 집권 후에 입장을 바꿨다. 이처럼 철학이 없는 공약은 공념불로 끝난다. 이제 공을 진보정권에게 넘겨보자. 지방인재가 중앙으로만 몰려가지 않고, 지방재정이 중앙에 의존하지 않는 지방분권시대를 만들어보자. 2017.4.17

대통령과 지도자의 리더십

1. 군주가 나무를 좋아하면

군주가 나무를 좋아하면 산에 나무가 남아나지 않고, 고기를 좋아하면 냇가에 고기 씨가 말린다는 말이 있다. 권위주의 체제에서 계급이 높은 사람은 호불호를 함부로 표시하면 안 된다는 의미이다. 권위주의 시절인 박정희 대통령 때 새로 난 길에 대통령이 지나가는 계획이 있었다고 한다. 미처 나무를 심지 못했기 때문에 산에서 나무를 베어서 길에다 꽂았다. 대통령이 시킨 것이 아니라 아랫사람들이 알아서 했다.

중국에서 수천만 명이 굶어죽은 집단농장은 어떠했을까? 부풀려서 생산량을 보고하고, 다음 해는 더 높은 생산량이 할당되었다. 서류상으로 할당량을 채웠고 다음에는 더 높게 할당되었다. 흉년까지 들어서 농민들 4천만이 굶어죽었는데도, 공산당 장부에는 쌀이 남아돌았다. 해군에서도 명중률 목표를 상향시킨 참모총장이 있었다. 첫해에는 다수가 합격을 못했다. 몇 년 후에는 거의가 합격했다.

최근에 어느 조직에서 종이를 아끼기 위해서 이면지를 사용하라는 지시를 하였다. 모든 부서가 이면지를 활용한 보고서를 만들었다. 어느 부서에서는 이면지가 없자 일부러 이면지를 만들어서 사용했다. 일부러 이면지 만들려니 하급 간부들의 잡무가 증가하였다. 이게 계급사회이고 권위주의 사회에서 나타난 지시와 집행이라는 정책과 행정의 결과이다.

2015년 부채비율이 석유공사가 453%, 광물공사가 6,905%라는 논설을 보았다. 신의 직장이라는 잘 나가던 공사가 인력을 20~30%씩 자르고, 임금도 최대 30%까지 줄인다는 소식이다. 대통령은 '대통령의 시간'에서 자원외교는 장기적인 사업으로 "우물가에서 숭늉을 찾는 격"이라고 항변하였다고 한다. 논설위원은 그렇게 긴 안목으로 추진돼야 할 사업을 왜 5년 임기 내 사업으로 진행한 것인가 하는 의문을 제시한다. 결국 우물가에서 숭늉을 찾은 대통령의 리더십에 문제가 있다는 논지이다.

대통령이 돈을 낭비하라고 지시하지 않았고 자원을 확보하는 것이 애국이라고 했을 것이다. 대통령이 자원외교에 관심이 있자 비서관과 장관이 사업실적을 평가하였고 독려를 하였을 것이다. 기재부 장관은 '에너지·자원개발률'을 목표로 잡아놓고, 기관장의 업무평가에 적용하였다고 한다. 독려가 없었다고 해도 이는 수단과 방법을 가리지 않고 수행해야 할 대통령의 관심사항이다.

공사 사장이나 장관들은 상관의 의도를 명령으로 삼고, 그 조직에서 동료들과의 경쟁에서 승리한 사람들이다. 상명하복, 책임완수, 입신양명,

무한경쟁, 무조건 충성 등을 신조로 평생을 살아온 사람들이다. 윗선의
눈에 들기 위해서 경쟁적으로 자원외교를 할 수밖에 없는 상황이다. 시간
에 쫓기고 실적을 높이느라 철저한 검증을 못했을 것이다. 상대방과 줄다
리기 협상을 할 정신적 여유가 없었을 것이고 외국회사에서는 이를 알아
챘을 것이다.

명령체계에 오랜 경험을 가지고 있고 행정부서의 근무경력이 있다고
리더십이 뛰어난 것이 아니다. 국가지도자는 숲과 나무를 모두 보는 소관
대찰의 지혜가 필요하다. 역사의식과 시대적 과제를 읽어내며 미래를 준
비하는 통찰력이 필요하다. 남들이 보지 못하는 반대 면을 보면서 반대의
견까지 수용하는 포용력, 업무를 다그치는 것이 아니고 우선순위를 정리
해 주는 리더십이 필요하다. 지도자의 자질은 지도자만의 몫은 아니다.
사람을 알아보고 선출해 주는 유권자와 잘잘못을 가려주는 시민사회가
한몫을 담당해 줘야 할 것이다.

2. 지도자가 사회를 읽는 맥락

나는 대인 관계에서도 눈치가 둔하고 상대방을 파악하는 능력이 부족
하다는 지적을 아내에게서 자주 받는다. 인간관계와 교류를 선한 의도로
대하기 때문에 상대방의 숨은 의도를 잘 알아차리지 못한다고 한다. 반면
에 연속극이나 영화에서는 다음 장면과 끝 장면을 거의 알아차리는 능력
은 아내도 인정한다. 개인적으로 속에 숨긴 야욕은 알아채지 못하지만 객

관적인 전체 구도에 대한 맥락을 파악하는 능력은 뛰어나다는 것이다.

'대통령의 자격' 저자 윤여준 씨가 방송에 나와서 박근혜 대통령과 반기문 유엔사무총장의 맥락에 대해서 평가한다. "두 분은 우리 사회에 대한 맥락이 부족해서 대통령이 될 자격이 없다. 박근혜 대통령은 비극의 가정사를 겪고 사회와 20년간 두절해서 맥락이 없다. 반기문 씨도 다년간 외국에 근무한 외교관으로서 우리 사회를 이해하는 맥락이 부족하다. 그런 분들은 대통령이 되어서 안 된다." 최근 귀국 후에 반기문 씨의 언행들을 '맥락'이란 차원에서 보면 이해가 될 것이다.

대인관계에서 남의 감정, 연민, 배려 등 공감하는 품성이 필요하다. 세월호 가족의 슬픔을 공감하지 못하고, 30여 년 전의 단순하고 통제가능한 사회라고 착각한 리더십을 겪었다. 다양한 인간관계와 문화를 인정하지 않고 적아의 이분법으로 구분하였고, 정책을 OX형으로 결정하였다. 윤여준 씨는 책에서 대통령이 지녀야 할 스테이트크래프트 4가지를 설명한다.

"첫째, 객관적이고 냉철한 현실 인식 위에 선 '전체에 대한 통찰력'을 핵심으로 하되, 보편적 관점을 도출해내는 소통과 통합능력, 둘째는 구체적이고 현실적인 측면, 특히 상황적 맥락, 셋째는 직면하게 되는 각종 선택을 기본적으로 딜레마적인 것으로 양면성 혹은 다면성을 충분히 고려하되, 무엇보다 선택에 따른 위험을 무릅쓰고 적시에 과감한 결정을 내리고 이에 대한 책임, 넷째는 시공간상의 환경"이다.

"지도자의 비전이라는 것은 어떤 정책 프로그램 발표나 책자가 전부가 아니다. 그보다는 후보의 경력을 포함한 전 생애를 통해 구현된 가치 자체가 비전인 것이다. 그런 점에서 어떤 화려한 경력을 쌓았는가 보다 어떤 가치를 추구해왔는가, 그리고 이를 통해 어떤 능력을 보여주었는가가 보다 중요한 판단 기준이 되어야 한다. 여기에서는 후보 개인뿐만 아니라 그가 소속해 있는 정당 혹은 함께 정치를 하는 팀 전체가 평가의 대상이 되어야 할 것이다." 2017.1.18

세종대왕의 외교안보정책

세종대왕은 조세제도를 시행하는 과정에서 '17년간 (1427~1444)의 긴 토론'을 거쳤다. 3단계의 과정을 거치면서 반대자들까지도 그 제도의 필요성을 인정한 상태에서 시행하였다. ① 1430년, 고위관료로부터 농민에 이르기까지 17만여 명을 대상으로 공법에 대한 찬반 여론조사 ② 여론조사를 놓고 전국의 사대부들 찬반 이유를 보고 ③ 최종적으로 전·현직 고위관료들이 참석한 어전회의에서 격렬한 토론을 거쳐 최종 합의안을 도출한다.

동문회에서 이런 얘기를 꺼내자 반론이 나온다. "장기집권체제에서나 가능한 일이다. 임기 5년 가지고는 어림도 없다." 한 방을 맞았다.

평화리더십 과정에서 '대통령의 자격'을 쓰신 윤여준 씨가 박정희 대통령의 공과에 대해서 말씀을 하신다. 내가 질문을 했다. "대통령 18년이면 단순 임기만 고려해도 4명이 할 일을 했다. 임기 초기 장악력과 말기의 누수현상, 야당의 견제, 여론과 국민에 대한 설득을 고려하면 몇 명의 임기를 하신 것이다. 나누기 4 이상을 해야 되는 것 아닙니까?" 윤여준 씨도 동의를 했다. 공은 나누기를 하면 된다. 그럼 과(잘못)도 나누기를 해야 할까?

다시 세종대왕의 얘기로 돌아가자. 파저강 여진 토벌에서 승리의 요인은 두 가지이다. ① 숙의의 정치이다. 다양한 경로로 정보를 수집하는 한편 불확실성을 최소화해서 반대자들을 설득하고, 군대 출동을 반대하던 최윤덕을 총사령관에 앉혔다. 동시에 불리한 상황을 최소화하는 전략을 내세워 그를 설득하는 리더십을 발휘했다. ② 온정 온천에 휴양하는 행사를 함으로써 적에게 고도의 기만책을 구사하는 군사전략을 펼쳤다. 최근 두 정부의 외교안보정책 과정을 세종대왕과 비교해서 살펴보자

노무현 정부이다. 송민순 장관은 대통령에게 보고하기 전에 책임장관으로서 소신을 가지고 '북 인권 결의안'에 찬성하듯이 책임정치를 하였다. 그리고 입장이 다른 통일부 장관과 난상토론을 벌였다. 대통령에게 찾아가서 결정 번복을 건의하였다. 정부는 결정의 영향을 받을 북한 반응을 확인하면서 상대방 담당자의 체면을 세워주었다. 대북 정보기관의 능력을 활용하였다.

박근혜 정부이다. 사드 결정 이틀 전에 한민구 국방부 장관이 몰랐다. 발표할 때는 담당인 외교부 장관이 몰랐다. 이틀 전에 방문한 중국특사 등소평 딸에게는 거짓말을 했다. 명색이 G2인 시진핑의 체면이 완전

히 구겨지도록 뒤통수를 때린 외교적 결례를 하였다. 찬반토론은커녕 대면보고조차 없었다. 장관과 수석은 조선시대 사관, 학생처럼 받아 적기에 바빴다.

이라크 파병 문제이다. 노무현 대통령은 개인 이념과 지지자 반대를 뒤로 하고 외교안보적인 현실을 우선하여 파병을 결정하였다. 국익을 기준으로 검토하면서 한미동맹 관계를 고려하였다. 편성과 임무를 전투가 아닌 평화재건으로, 전투가 치열하지 않는 지역으로 하였다. 이라크 반군의 테러를 고려하여 미군의 직접지휘를 받지 않도록 하였다, 파병목적도 경제적 실익으로 포장하지 않고 동맹관계임을 정직하게 공포하였다.

사드 도입 문제이다. 외교안보정책 결정과 배치를 국민을 속이면서 비밀작전처럼 추진하였다. 동맹관계를 위하여 도입이 불가피하다고 국민을 정직하게 설득하지도 않았다. 미국에서 중국을 설득하도록 사전 정지도 하지 않았다. 중국과의 경제 마찰이 없다고 무시하면서 대책도 수립하지 않았다. 중국과의 마찰을 무릅쓰고 미국을 돕는다고 하였으면 우리가 미국에게 갑이 되었다. 중국에게 북한 핑계를 대고 사전에 통지하고 협상하였다면 칼자루를 잡았을 것이다. FTA와 방위비분담금 협상에서 우리는 을이 되고 칼날을 잡았다.

한미동맹이 우리에게 상수 같은 역할을 하는 중요한 변수임에는 틀림없다. 그러나 동맹 자체가 국익이 아니고, 동맹은 국익을 위한 수단이다. 변수를 잘 처리하는 것이 서희와 같은 외교전문가의 역할이다.

미국에게 '아니요' 하면 동맹이 파기된다고 생각하면 전문가와 비전문가의 차이가 없다. 자기 돈으로 자기 부대에 배치한다더니. 배치가 끝나기 전에 돈 애기가 나왔다. 국격에 맞는, 국익을 추구하는 외교안보정책을 추진하자. 세종 큰 임금님이 그리워진다. 2017.4.27

1%가 의미하는 세상

최근 1%란 수치를 자주 접한다. 최근 첫 번 만남은 2016 말에 토마 피케티의 경제적 관점이다. 2011년에 세계 경제의 심장부에서 '월가 점령운동'이 일어났다. 제프리 색스 컬럼비아대 교수는 시위군중 앞에서 "1980년 최상위 1%가 가계소득의 9%를 가져갔습니다. 지금은 23%를 가져갑니다. 그들은 하위 90%보다 더 많은 부를 소유하고 있습니다."라는 취지의 연설을 했다.

양극화 수치로써 상위 0.1%, 1%, 10%가 차지하고 있는 부가 불평등의 지수가 된다. 한국은 2012년 기준으로 상위 1%가 12.41%를, 상위 10%가 46%의 부를 점유한다. 선진국들 중 불평등도가 중간 수준인 일본과 프랑스를 추월하고 미국을 추격하고 있다. 대표적인 복지평등 국가인 스칸디나비아 국가들은 부가 70%나 급상승했다지만 점유율은 7~8% 수준에 머물고 있다.

두 번째 만남은 대통령 변호인단 변론의 법적 측면이다. '최순실 국정 농단은 업무량의 1%밖에 되지 않는다'는 논리다. 통계학자가 아닌 법률가들이 법조문 대신에 퍼센트 용어를 사용하였다. 정량적으로 계산했다면 대통령이 수행한 업무가 99개라면, 최순실이 1을 했다. 대통령이 부지런히 9천 900개를 수행했다면 최순실이 100개나 수행했다는 의미이다. 연말에 공무원들이 성과금 책정을 위하여 생산한 공문들을 정량화하는 방식으로 했을까? 만일 이것이 정성적인 수치라면 인문학자가 아닌 법률가들이 모호하고도 추상적인 수치를 인용한 것이다.

　　위안부 합의는 한일 간 미래를 위해서 이제는 넘고 가자는 논리와 과거 비극사를 적당히 묻고 지나간다는 부정적인 의미가 상반된다. 개성공단 폐쇄는 남북관계를 노태우 대통령 이전으로 복귀시킨 것이다. 탄도유도탄 상층방어를 특정무기체계로 확정함으로써 외교경제의 전략적 지형이 요동치고 있다. 이것은 하나가 1/N이 아니고 무한대가 될 수 있다. 어떻게 정성화했을까? 변호인단이 언급한 1%는 현 정권이 국민의 1%를 위한 정권이었다는 의미는 아닐 것이다. '소수의 기득권'이 아닌 '소수의 국정농단'을 가리킬 것이다. 법률가들이 법대로 하지 않고 정치가처럼 행동한다. 상식이 통하지 않는 세상이 되어 버렸다.

　　세 번째는 올해 신문의 사설에서 1%를 정치에서 기득권 의미로 사용하였다. "박근혜 대통령의 몰락은 국가와 재벌이 동맹으로 굴러가는 박정희 패러다임이 수명을 다했음을 의미한다. 그렇다면 포스트 박정희시대는 1%의 파워엘리트가 99%의 사회적 약자를 무시한 오만을 반성하는 데서 시작해야 할 것이다. (중략) 그래야 매력국가를 향한 리셋 코리아의 힘찬 출발도 가능하다."

어제 '문제는 경제이다'라는 책에서 또 1%를 만났다. 서민들의 분노와 아픔과 절규에 대해 제대로 대책을 내놓지 못하는 정치권의 무능과 무기력과 탐욕에 대기업 광고주에게 목맨 채 1% 기득권의 이해만을 대변하는 언론들의 사태 왜곡과 본질 호도에 분노하다는 내용이다. 역시 소수 기득권 의미로 사용하였다.

나는 몇 %에 속해 있을까? 나의 행복이 남의 행복이 되고, 남의 행복이 나의 행복이 되는 세상이 되어야 하지 않을까?

남한산성 영화에서 보는 보수와 진보

일어나는 청과 쇠하는 명, 친미파와 친중파, '재조지은'과 '혈맹' 등이 대비된다. 미국이 명나라만큼 쇠하지는 않고 건재하지만, 중국은 청나라처럼 일어나고 있다. 사드와 한미안보, 중국의 경제보복, 북한에 대한 억제와 유화책 등이 명분과 실용의 균형점을 찾지 못하고 있다. 우리의 국익은 크게는 평화통일이며 국태민안이다. 안보는 전쟁방지이지 전투에서 이기는 것이 아니다. 동맹강화도 동북아 평화차원에서 이루어져야 한다. 다시는 백성들에게 '환향녀'와 '호로자식'의 비극을 겪게 만들어서는 안 된다. 남한산성으로 돌아가 보자

최명길과 김상헌의 논쟁을 보노라면 지금의 보혁논쟁을 보는 것 같다. 김상헌이 겨울 추위를 걱정하는 현실적인 보수라면, 최명길은 오는 봄을 기다리는 이상적인 진보 입장일 것이다. 최명길과 김상헌은 명분이든 실용이든 국익을 바탕으로 대립했다. 그러나 영의정 김유는 기득권 이

익과 자신의 안위를 우려했다. 한국의 일부 보수가 김상헌보다는 영의정 김유와 유사한 안타까운 현실이다.

남한산성에서 논쟁은 현 정국과 유사한 면이 있다. 최명길은 왕자가 지금 나가면 상황이 더 악화되는 것을 막을 수 있다는 주장이었다. 김상헌은 지금 나가면 우리를 얕보고 더 큰 요구를 할 것이라는 것이다. 정전 선언 등이 남북대치 상황을 호전시킬 것이라는 입장과 더 악화시킬 뿐으로 강경책 외에는 방법이 없다는 현재의 강온 대결책과 비교된다.

내가 아는 바로는 중국 측 황제가 친정해서 전쟁 현장에 있었던 경우는 당태종의 고구려 침략과 청칸(태종)의 병자호란이다. 그만큼 중국에게 중요한 전쟁이었다. 청나라 칸의 친정이 전쟁에 미치는 영향을 둔 낙관론과 비관론이 대립하였다. 답서를 둔 논쟁은 전쟁과 평화 사이에서 명분과 실익을 놓고 벌어지는 현 상황과도 또한 유사하다.

역관이 조선에서 노비는 국민이 아니다라는 뼈아픈 소리를 했다. 대장장이도 사대부들의 전쟁이라는 얘기를 했다. 병사의 동상보다 사대부 체통이 중요했고, 어차피 잡아먹을 말을 위하여 백성들의 재산을 몰수하였다. 왕과 사대부와 백성들이 단합되지 않고 분열되었다. 국민과 따로 노는 정치집단과 경제의 양극화로 분열될 앞으로의 사회상을 엿보는 것 같다.

정치를 떠나서 오로지 전쟁만 생각하는 수호사 같은 진정한 무장이 있었고, 자신의 이익을 따지는 정치적 군인인 도원수와 부장들이 있었다. 국익을 두고 일어나는 생각의 차이는 모두가 애국이다. 국익을 중심에 두지 않은 생각은 일치단결된 의견일지라도, 경계해야 할 것이다. 최명길과 김상헌은 심양에서 억류생활을 하면서 상대방을 이해하게 된다.

　최명길은 죽음 앞에서도 당당한 김상헌의 의기에 탄복했다. 김상헌은 최명길의 나라를 위한 충정을 이해했다. 그래서 김상헌은 "두 세대의 좋은 우정을 찾고, 백년 묵은 의심이 풀리도다."라고 읊었고, 최명길도 "그대 마음 돌 같아 끝내 돌리기 어렵고, 나의 도(道)는 고리 같아 때에 따라 돌고 도는구나."라며 화답했다.

서민이 보는 정치

1. 동네 미용실

내년 북한 철도와 도로 건설 예산 내용이 뉴스에 뜬다. 퍼주기로 생각하는 미용실 주인을 설득한다. "몇 천억은 다리 하나 건설하는 비용밖에 안 되는 돈으로써 우리와 북한을 연결하는 다리 값으로 보면 된다." 주인은 "전체 200조가 들어간다"면서 반론을 편다. 근거가 있냐고 따지자 "가장이 하자면 식구들은 따르는 것이다"면서 피한다.

금강산 관광을 슬쩍 던졌더니 싫다고 한다. "아는 사람이 갔었는데 전화기도 맡겨야 되고 행동이 제한된다. 시부모 상이 났었는데, 연락이 안되서 며느리를 빼고 상을 치뤘다."고 부연 설명한다. 자기는 "조용한 곳에서 마음껏 즐기는 관광이 좋다." 본인의 취향이 그렇다고 하니 나도 할 말이 없다.

미국 투자전문가 짐 로저스를 예로 들면서 '북한—러시아—중국 접경 지역' 경제개발을 주제로 끄집어냈다. "짐 로저스는 통일이 되면 전 재산을 우리에게 투자하겠다."고 했다. 주인은 귀가 솔깃한지 다시 설명해달라고 한다. 퍼주기가 아니고 투자라는 얘기에 공감한다. "투자는 위험성이 따르지만 이익을 보고 해야 한다"면서 본인이 스스로 결론을 내린다.

"김구 선생님 소원이 첫째도 둘째도 셋째도 독립이다. 사장님은 김구 선생님의 친필 액자를 걸어놓고도 통일을 원하지 않느냐?"고 질문을 던졌다. 저번에는 누가 훔쳐갈지 모르니 비밀로 해달라고 하면서 자랑을 했었다. 내 질문에 "달라고 한 것이 아니고 줘서 받은 것뿐이다."라고 변명을 한다.

"왜 정권만 바뀌면 사람을 감옥에 집어 넣느냐?"고 질문한다. "과거의 잘못된 것을 시정해야 발전이 있다. 프랑스는 단 3년 독일지배를 끝내고 수천 명을 사형시켰다. 우리는 35년간 일본지배를 받았는데 몇 명을 사형시킨 줄 아느냐?"고 물어보니 "많이 했겠지요."라고 답한다. "단 한명도 사형시키지 못했다."고 가르쳐주니 깜짝 놀란다.

"그래도 대통령을 감옥에 넣으면 어떡하느냐."고 한다. "잘못한 대통령을 집어넣지 않으면 외국에서 우리를 후진국이라고 하지 않겠느냐? 우리는 대통령이라도 잘못하면 감옥에 가는 법치국가라는 긍지를 가져야 한다." "그래도 대통령을 감옥에 보내면 안 된다."고 한다. "우리는 대통령이나 청소부나 법 앞에서 평등한 국가여야 한다."고 강조했다.

"북한과 대화를 하면 우리가 불리하지 않느냐?"고 질문한다. "공산주의는 실패한 체제로 경쟁이 끝났다. 우리 체제와 국력이 월등하다."고 답했다. "우리나라 국민성은 못 믿겠다."고 한다. "아니다! 우리는 경제개발과 민주주의를 발전시킨 세계의 유일한 국가이다. 한다면 하는 민족이다."라고 했다. "그래도 북한 애들은 토론과 발표에 능하다. 조그만 모임에서도 말 잘하는 사람이 모임을 주도하지 않느냐?"고 한다. "그런 모임에서 밥 사는 사람이 주도하지 말은 말로 끝난다. 기껏해야 너 말 잘한다라는 평으로 끝난다." 주인이 반론을 하지 않는다. 동네 미용실이 가짜뉴스의 발원지이고, ○○당의 지지 근거지라는 말을 들었기 때문에 성의 있게 설득하였다. 속으로 수긍하였는지는 몰라도 일부는 수긍하였을 것이다. 나도 이런 토론을 통해서 설득하는 기술을 배운다.

2. 국회에 고구마를 심자는 택시기사

택시를 타고 국회에 들어간다. 택시기사가 국회 앞 잔디밭을 지나면서 "여기에 고구마를 심으면 참 좋겠다."라고 한다. 맨날 당리당략으로 싸움질하면서 민생법안은 외면하니 고구마를 심어서 생산성을 올리자는 의미일 것이다. 혼자서 웃고 말았는데, 또 같은 말을 반복한다. 명색이 헌법기관인데, 너무 비하되면 안 될 것 같아서 한마디 했다.

"국회는 본래 여야가 싸우라고 만든 것이니 싸우는 것이 당연합니다. 다만 싸움을 하면서 말의 품격이 없고, 아전인수식으로 말이 바뀌고 침소봉대하는 것이 문제입니다."라고 답했다. 그랬더니 택시기사가 나에게 "당신은 ○○당 지지자는 아니네요?" 한다. 이어서 ○○당은 없어져야 한다고 열변을 토한다.

나도 지지하는 당이 있고 싫어하는 당이 있다. 싫은 당이 하자는 대로만 하면 꼭 나라가 망할 것 같기도 하다. 그러나 무조건 지지자는 아니다. 지지하는 당도 헛발질하면 비판하고, 반대당도 좋은 정책을 제시하면 긍정한다. 일반적으로 지지자들은 국익을 기준으로 하지 않고 당리를 기준으로 무조건 반대하거나 찬성한다. 또 당은 지지자 수준에 맞는 행동으로써 결집을 유도하고 여론을 형성시키는 악순환 상황이다.

그렇다고 반대하는 당이 없어져야 한다고 생각하지 않는다. 그 당이 대변하고자 하는 계층과 지지자가 있기 때문이다. 부자를 대변하는 당도 필요하고 서민을 대변하는 당도 필요하다. 국민이 거짓말쟁이를 좋아하면 거짓말당도 필요하다. 문제는 우리나라 소선거구제도는 민의에 부합하지 않는다. 그럼에도 국회는 선거제도를 개편하지 않고 있다.

우리 국회는 말로만 독일의 정당명부식 비례대표제를 주장한다. 독일 상황이라면 민주당이 40~50%, 자한당이 20% 내외, 정의당이 10%내외 의석을 가질 것이다. 독일에서 5% 미만은 진출할 수 없다. 우리는 지지 20% 정당이 50% 지지를 받는 것처럼 행사한다. 반대로 10% 지지 정당은 20% 정당의 절반이 아니고 1/10 정도로 존재감이 없다.

독일은 연정을 구성하여 소수당의 의견도 국정에 반영한다. 그래서 통일 때 독일 자민당 출신 외무부 장관인 겐셔는 23년이나 장관을 하면서 통일을 이루어냈다. 우리도 선거제도를 바꿔서 국민 지지를 받는 것만큼 실력을 행사하고 여야가 소통이 되는 국회를 언제나 볼 수 있을까? 해답은 유권자의 의식수준이다. 2018.11.21

지일, 극일 그리고 통일

우리나라 산업구조가 1차 산업인 어렸을 때에 김, 전복 등 좋은 농수산물은 모두 일본에 수출했다. 젊었을 때 소형 녹음기와 사진기 등 일본 전자제품은 최고였다. 일본에 간 가정주부들은 밥솥을 몇 개씩 사가지고 왔다. 미제를 뒤이어 일제는 좋은 상품, 국산품은 싸고 조잡한 상품의 대명사였다. 외국에 가면 사고 싶은 일본 물건이 넘쳤다.

1987년에 고속정을 인수했는데, 기관실 바닥 알루미늄은 일본제품이었다. 기관은 독일제였고, 포는 이태리제였다. 이제 모두 국산으로 바뀌었다. 열심히 일본 기술을 배웠다. 한국의 2차 산업 따라잡기는 대성공이었다. 현대자동차는 세계 5위로 올랐다. 조선업은 세계 1, 2, 3위가 우리 조선소였다. 외국에 가도 사올 물건이 거의 없다.

지일에 성공하였다. 그럼에도 원천기술은 일본 것을 써야 했다. 일본과 누적 무역적자는 708조원이다. 2015년 기준으로 중국 흑자 6백억 달러 중에서 2백억 달러는 일본과 기름값으로 메꿨다. 연간 평균 200백억 달러 이상의 대일 무역적자를 보고 있다. 24%가 반도체라고 한다. 세계 경제가 상호연관성이 많다고 하지만 계속 일본의 봉이 될 수는 없다.

이제는 극일이다. 시장 다변화, 국산화 등 구체적인 내용은 과학계와 경제계 전문가들에게 맡긴다. 우리가 일본, 이스라엘과 함께 연구개발 상위국이다. 많은 예산이 나눠먹기식으로 하는지 등을 잘 점검해야 할 것 같다. 국민이 할 일은 첫 번째가 단결하는 것이다. 친일이라는 개념은 우리 국익을 위하여 일본과 친하게 지내야 한다는 의미이다. 반정부 때문에 일본 편을 드는 것은 반국가이다. 친일파는 국익을 위한 진정한 친일을 해야 한다.

둘째는 화전양면이다. 사드 사태 때에 야당인 민주당이 중국에 의원외교를 했다. 당시 여당 지지자는 반국가범으로 치부하고 비난했다. 성공하지는 못했지만, 시어머니가 때리면 시누이는 말리는 척이라도 해야 한다. 정부는 원칙과 자존심을 지키고, 야당이 국내에서 하던 반대행동을 일본에 가서 의원외교로 풀어야 한다. 여당 지지자는 이를 절대로 비난해서는 안 된다.

셋째는 주적을 구분하고 전선을 확대시키면 안 된다. 일본 모두가 적은 아니다. 일반적인 교류는 지속해야 한다. 지방자치단체들의 결연행사가 취소되고 있다. 규모는 줄이되 행사를 중단시키지는 말자. 경제는 그 불망처럼 연결되어 있다. 우리가 일본에 투자한 것과 일본이 우리에게 투자한 것은 서로 이익 때문이다. 한국에 있는 일본이 투자한 회사는 고용과 세금으로 기여한다. 관광, 직수입 등으로 전선을 좁혀야 한다.

넷째는 국민이 할 수 있는 것과 정부가 하는 것을 구분하자. 시민은 의병 역할을 하자. 무역적자 해소와 우리 단결력을 보여주는 불매운동이다. 일본 모 신문에서는 지금까지 우리가 했던 4번의 불매운동은 모두 실패했다는 평을 했다. 일본 관광객 3천만 중에서 우리가 7~8백만이다. 유니클로 3대 시장이다. 일본여행을 피하고 일본제품 대신에 국산이나 다른 나라의 물건을 쓰자. 냄비근성으로 끓다가 바로 식으면 절대 안 된다. 우리는 세계 5대 수출국임을 명심하자.

다섯째, 백기 들고 무조건으로 항복하지 않으려면 장기전을 준비해야 한다. 내부에 적을 두고 외부의 적과 싸워서 이길 수 없다. 단기적으로는 현 남북관계를 악화시키면 안 된다. 일본을 이기는 확실한 방법은 통일이다. 절대적으로는 일본보다는 약하지만 상대적으로 국토와 인구도 커진다.

미국의 유명한 은행인 골드만삭스는 남북한이 통합되고 북한의 성장 잠재력이 실현된다면 국내총생산 GDP 규모가 30~40년 내에 프랑스와 독일, 일본 등 선진 7개국 G7을 웃돌 것으로 전망했다. 세계 2위가 되면 일본에 대한 무역전쟁에서 우리가 승자가 된다.

섬에서 대륙으로

통일안보전략연구소 세미나에서 옆 사람이 북한철도와 도로 협상기사를 보고는 "또 퍼주기한다."고 비난한다. 처음 보는 사람이지만 반론을 제기하였다. "선진국이 후진국에 진출하면 '개발'과 '부설'에 대한 배타적인 권리를 따내려고 혈안이 된다. 구한말에 우리나라와 만주는 강대국들이 광산개발권과 철도부설권을 따내는 각축장이었다. 일본은 1907년 9월 4일 남만주의 철도부설권 등을 얻는 댓가로 간도 지역을 청국 측에 넘겨주었다. 그것이 간도협약이다.

지금 우리가 북한에 대한 배타적 우선권을 갖지 못하면 어떤 일이 일어날까? 북일 관계가 정상화되면 일본이 식민지지배에 대한 배상으로 경제적 지원을 할 것이다. 일본이 돈만 주고 끝날까? 일본 토목회사의 진출과 수주를 조건으로 걸 것이다. 중국이 진출하면 양과 질적 측면에서 우리가 경쟁상대가 안 된다. 우리는 기회가 있을 때 북한 토목건설권을 선점해야 한다. '퍼주기'가 아니고 '퍼오기'이다."

그분이 "청와대가 당신 같은 개념을 가지고 한다면 이해가 된다. 그런데 임종석 비서실장 등 현 정부에서 그런 전략이 없을 것이다"면서 정부를 불신한다. 내가 말을 이었다. "우리 토목 현실을 보자. 대규모 국책사업을 어떻게든 만들어야 한다. 4대강도 그렇고 동계올림픽도 그렇다. 아니면 멀쩡한 건물을 무너뜨리고 재건축을 한다. 남한에서는 한계에 부딪혔다. 일본처럼 차는 안 다니고 사슴이 돌아다니는 사슴도로를 만들어야 할 것이다."

박근혜 대통령도 '유라시아 이니셔티브'를 주장했다. 그때 반대한 사람은 무조건 반대파였을 것이다. 디딤돌이 되어야 할 북한이 걸림돌이 되었다. 대북정책과 국가전략이 엇박자나는 구호로 끝났다. 2015년에 북한 반대와 중국 기권으로 국제철도협력기구에 가입도 못했다. 올해에 가입했다. 반면에 일본은 우리를 제치고 대륙연결을 추구한다. 일본은 대륙과 연결되고 우리는 대륙과 분리된 외로운 섬이 되는 최악의 상황이 올 수도 있다.

모든 길이 다 열려야 한다. 급하지 않은 많은 대량의 품목은 40일 이상 걸려서 바닷길로 가면 된다. 급한 것은 하늘 길로 보낼 수 있으나 용량이 제한되고 비용이 많이 들어간다. 철길로 보내면 바닷길보다 빠르고 비용은 하늘 길보다 적다. 투자의 귀재 짐 로저스는 북한과 중국, 러시아가 만나는 두만강 삼각지대를 주시하고 있다. 아시아를 배우기 위해서 자녀들과 홍콩에서 지낸다.

독일의 경우를 보면 도로사용료 명목으로 1976년부터 매년 4억 마르크를, 1980년부터는 5억5천마르크를 지급했다. 1978년에는 함부르크-서베를린 간 고속도로를 만들면서 비용전액을 서독이 부담했다. 현장 건설과 유지는 동독이 담당했다.

'회의'만 하는 데도 '퍼주기'라고 비난을 하는 우리 실정이다. 40년이 지났고, 냉전도 끝났으며 공산주의와 체제경쟁도 끝났다. 2018년 한국 의식수준이 그때의 독일보다 못할 리는 없을 것이다. 일부 계층은 미래에 대한 비전이 없다. 비전이 있더라도 현실의 벽을 넘을 생각을 못한다. 걸림돌을 빼서 디딤돌을 만들어야 하는데 반대로 행동한다. 투자와 퍼오기를 '퍼주기'라고 생각한다. 그래서 통일대박도 쪽박으로 끝났다. 마음속으로 방어 장벽만이 안전하다고 생각할지도 모른다. 아무리 높고 튼튼한 장벽도 '담은 담이다.' 담은 언젠가는 무너진다. 通一하자.

송민순 장관 회고록 사태

어떤 신문 독자의견(오피니언)란에 "국가 장기전략의 리더십을 다시 생각하다."라는 글을 읽었다. 당리당략으로 지난 것에 대한 싸움만 하는 우리나라 정치를 생각하지 않을 수 없다. 1970년 독일과 소련의 가스관 협정으로 눈을 뜬 소련관료들이 독일에게 쌓은 신뢰가 독일 통일에 도움이 되었다. 러시아와의 경협 전담부서를 만들어서 국책은행을 극동에 진출시켜 가스관과 철도사업을 시도하는 아베의 큰 통과 집념을 타산지석으로 삼아야 한다.

우리 정치가들은 쟁점을 만드는데 능하다. 경제위기가 닥친다고 하고, 사회와 공직자의 정의에 대한 비난여론이 무성한데도 현재와 미래의 문제를 제쳐두고 과거 정책결정 과정이 도마 위에 올랐다. '개성공단 철수'나 '인권 결의안 기권'은 고도의 외교안보적 결정이다. 결정에 대한 결과는 내우외란의 죄가 아니라면 법적으로 물을 수는 없다. 정책결정이 잘못되었다면 도덕적으로 책임을 져야 할 것이다. 이번 논란을 보면서 몇 가지의 사실이 떠오르고 궁금해진다.

첫째는 쟁점 원인제공자의 의도와 결과에 대한 사실이다. 송민순 장관은 초임시절 미르나무 도끼 만행사건의 처절한 대결상황에서 장관시절 9.19합의가 성공했던 내용을 다룬다. 한반도 문제해결이 매번 북핵이라는 암초에 부딪혀 진전이 없었다. 그 이유는 냉전의 잔재가 빙하처럼 도사리고 있기 때문이었다. 냉전의 얼음덩어리를 녹이고 싶은 본인의 생각이 남북화해보다는 북을 대화상대로 여기지 않는 계층에게 호기를 주었다. 현실은 본인의 바람과는 반대로 가고 있다.

둘째는 정책결정 과정이다. '인권결의안'에 대한 찬반 당사자가 책상을 치고 큰소리를 치면서 토론을 벌였다는 사실이다. 소수의견을 가진 송민순 장관이 이를 돌이키기 위해서 대통령에게 직접 설명하고, 의사결정을 번복시키려는 소신이 허용되었다. 최근의 '개성공단'이나 '탄도유도탄 방어체계'의 외교안보정책은 일방적으로 결정되었다. 관계 장관이 국회에서 검토 중으로 아직 보고를 받지 못했다고 하는 순간에 외부에서 결정되고 있었다. 그밖에도 많은 보고가 서면으로 이루어져서 장관의 소신이 전달되지 못하였다. 어느 정부의 결정과정이 민주주의 사회에서 바람직한 절차와 과정일까?

셋째는 당시 정상회담과 총리회담이 진행 중으로 남북 간에 대화라는 것이 매우 흔했다는 사실이다. 북핵을 해결하기 위하여 양보했다는 통일부 의견이 쟁점이 될 수 있다. 지금은 남북 간에 대화통로가 있는지 혹은 필요성을 느끼고 있는지 궁금하다. 대통령의 "못해먹겠다"는 말에 대하여 품격이 없다고 떠들었던 우리다. 적이라고 할지라도 상대방에게 해야 할 언어의 품격이 있을 것이다. 서울이 불바다가 되고, 평양이 지도상에 사라지는 것이 합당한가? 전제조건인 앞의 말을 뺀 고의적 편집으로 적대감을 부추길 여론을 생각하면 남북관계는 갈수록 멀어지고 있다. 상호 간에 협의가 있는 것이 좋을까? 상종하지 않는 것이 나을까?

넷째는 '인권결의안' 찬반에 대한 판단이다. 양계층 간 찬반이 명확한 쟁점이므로 굳이 어느 한편을 들고 싶지는 않다. 인권결의안에 대한 본질은 사람의 가치를 존중하고 보호하는 인권이 문제가 아니라 북한에 대한 재제와 유화라는 정치적 문제이기 때문이다. 인권문제가 그토록 중요하다면 홍수로 피해가 막심한 북한에 식량과 의약품을 지원해야 한다. 인권결의안에 찬성하면서 인도적 지원에는 무관심한 이유를 어떻게 설명할 수 있을까?

우리의 외교안보 정책결정은 미래지향적이고 남북평화와 통일을 위한 고도의 전략 차원에서 결정되어야 한다. 공직사회에서 최상위 계층까지 오르거나, 국민들에게 선출된 공직자들을 범부가 걱정해서는 안 될 것이다. 그들이 범부에게 멋진 정치의 수를 가르쳐주어야 하지 않을까?

정치적 중립에서 벗어나
대통령 선거운동을 하다

1. 1번 후보와 2번 후보의 차이

가장 대조적이면서 의석수가 많은 두 당을 비교한다. 첫째는 국수와 국시의 차이이다. 무슨 말인가 하면 (장인)어르신은 1번을 찍었을 것 같고, 영감탱이란 말이 정겨운 사람은 2번을 찍었을 것이다. 보수는 그동안 진보를 싸가지 없는 것으로 몰아왔고, 김용민 마녀사냥을 통해서 질 뻔한 총선에서 승리했었다. 싸가지 없는 것을 진보와 보수로 분류하는 시대는 끝났다. 편의상 1번 지지를 진보로, 2번 지지를 보수로 분류한다.

둘째, 미래세대인 젊은이는 1번을 찍는 경향이다. 국가의 돌봄을 원하는 노인들은 1번을 빨갱이라고 싫어한다. 마르크스와 소련식 공산주의는 끝났다. 민주주의에서 정책은 예산으로 나타난다. 노인들이 싫어하는 빨갱이 정책은 부자와 기업 증세, KTX와 의료보험 민영화를 반대하는 정책이다. 집 없는 사람들조차도 세뇌당해서 '세금폭탄'을 욕했다. 가난한 노인들에게 빨갱이나 세금폭탄은 의미는 모르지만 싫은 정책이다.

셋째는 통일에 대한 차이이다. 1번은 통일을 목표, 즉 최종상태로 두고 과정으로서 평화를, 수단으로서 교류협력을 지지한다. 2번은 최종상태인 통일을 반대한다고 하지는 않는다. 결과적으로 반공은 반북한으로써 선쟁도 불사한다. 북한이 붕괴되면 우리가 짊어져야 할 부담은 생각하지 않는다. 보수를 단결시키기 위해서 북한의 위협을 확대재생산한다. 1번은 북한에 대한 지원을 '투자' 혹은 '미래의 비용에 대한 적금'이라고 생각한다. 2번은 무조건 '퍼주기'이다. 예산낭비라고 하면서도 강과 해외 탄광에 버린, 사드 때문에 손해 보는 돈은 언급하지 않는다.

넷째는 자유민주주의의 해석 차이이다. 1번은 공정한 질서를 위하여 시장에 국가가 개입할 수 있다. 2번은 국가의 시장개입은 금기시하는 좌파정책이다. 그러나 우리 경제는 박정희 대통령이 사회주의식 개발경제를 통해서 성장시켰다. 목욕비와 시장 가격도 통제하는 현실이다. 지금 골목 소상권과 재벌기업은 공정한 경쟁이 될 수가 없다. 이론적으로는 2번이 출발의 공정성을 1번은 과정과 결과 공정성을 추구할 것이다.

다섯째 자유민주주의 정치 분야이다. 1번은 다양성을 바탕으로 무질서하게 보이는 것에서 창조를 찾는다. 권력은 공권력보다 국민에게 있다고 생각한다. 2번은 시장정책과 정반대로 정치에 국가가 개입하는 것이다. 일사불란함 속에서 엄정한 공권력을 선호한다. 대통령 탄핵 찬반집회에서 보수에서 공권력 원칙을 깼다. 결국 자본주의와 민주주의 양대 측에서 1번은 약자를 지지하고, 2번은 강자를 선호한다.

여섯째, 1번은 국방, 경제, 환경와 전염병 등 국민의 생명과 재산을 해치는 것을 위협으로 여기는 포괄적 안보이다. 2번은 북한만 위협이 되는 전통적 안보를 중시한다. 1번은 한미동맹을 우선하면서도 주변국과 선린 외교를 중시한다. 2번은 한미동맹이 최고의 가치이고, 미국이 원하면 일본과도 자존심 상하는 동맹을 맺는다.

일곱째, 지금까지 보수층은 다당제에 의한 다양한 정책의 반영과 3권 분립과 견제에는 관심이 없다. 아무 차이도 없이, 잘못해도 꾸짖지 않고 한 당만 지지해 왔다. 세상이 변해서 0과 1에서 1과 2로 바뀐 것만 해도 큰 발전이다.

2. 누구를 찍어야 하나요

연배가 있으신 미용실 여주인이 질문을 한다. "젊은 애들은 문제인이라 하고, 나이 드신 분들은 홍준표라고 하는데 누구를 찍어야 하지요?" 내가 답한다. "박근혜가 잘 했으면 홍준표, 못 했으면 문재인이나 심상정을, 중간이라면 안철수를 찍어야죠." 하였다.

"의사가 되고 싶은 사람은 의사가 목표이고, 의대에 들어가는 것이 수단입니다. 의술을 펼치고 싶어 의사를 하고 싶은 사람은 아픈 사람을 치료하는 것이 목표이고, 의사는 수단입니다. 정치인도 대통령이 되는 것을 목표로 삼는 사람이 있고, 대통령이 되어서 나라를 이끄는 것을 목표로 삼는 사람이 있습니다.

2015년에 모 언론에서 국민멘토에 대한 여론조사 결과 반기문 유엔 사무총장, 박원순 시장, 법륜스님이 가장 많은 표를 받았습니다. 반기문 총장은 되고 싶은 사람들이 좋아합니다. 지금도 생가 근처에 임신한 젊은 여자들이 기를 받으러 온다고 합니다. 의사가 되고 싶은 입신출세의 대표 격이지요. 법륜스님과 박원순 시장은 환자를 치료하고자 의사를 하고 싶은 사람 유형입니다." 대통령 후보를 의사에 비유한다.

홍준표는 실력 없고 부패했다고 쫓겨난 박근혜의 진단과 처방을 옹호한다. 즉 우리는 건강하니 이대로 그냥 가자고 한다. 좌파 의사가 수술하면 죽으니 병원 옮기지 말아라. 동네 큰 어르신(미국) 말 잘 들으면 잘 산다고 한다.

유승민은 일부 증세는 인정한다. 수술까지는 필요 없고 휴식을 취하든지 약만 처방하자고 한다. 그런데 의사협회가 '배신자'라고 하니 환자들도 배신자라고 욕한다. 의사와 환자와의 의리가 핵심인데, 의리가 자기 목숨보다 중요한 환자들 때문에 인정을 받지 못하고 있다.

안철수는 신기술도 도입하고 촉망을 받는 편이었다. 나름 주관과 실력이 있는 것으로 알려졌으나 병원을 확장하려다 원칙을 잃고 주변 여론에 휘둘렸다. 기존 의사들의 평을 고려하여 진단과 처방 일부를 반대로 고쳤다. 단골환자를 잃고, 신규환자들은 오지 않는다.

문재인은 중병이 들었다고 확신한다. 오래된 종양을 방치하면 불치병이 될 것으로 진단한다. 바로 입원하여 수술하자고 한다. 많은 환자들이 동의하나, 늙으신 환자 부모들이 싫어한다. 기존방식에 익숙한 환자들도 싫어한다. 오랫동안 업계를 장악했던 약국과 병원, 관련 업계에서 무조건 싫다고 거부하고 있다.

심상정은 문재인보다도 더 심각한 중병으로 진단한다. 한평생을 의사로 헌신했으나 병원 규모가 적고, 첨단장비가 부족하여 환자가 많지는 않다. 일부 병에 대해서는 이론적으로 많이 알고 있는 최고의 전문가이다. 단골손님을 확보하고 병원을 확장하며, 실력 있는 의사들을 더 확보할 필요가 있다.

나라의 일을 자기의 생명으로 여긴다면 생각 없이 병원과 의사를 선택하지는 않을 것이다. 친하고 잘 알고 있지만 술 취한 사람에게 운전대를 맡기지 않고 대리기사를 부를 것이다. 나와 나라를 일심동체로 생각하고 지도자를 뽑아보자.

북한이 선거에 미치는 영향

북한이 선거에 미치는 영향 측면에서 남북한은 공동운명체와 다름이 없다. 유신 이후 처음으로 대통령을 국민이 직접 뽑는 1988년 선거에 엄청난 영향을 미쳤다. 11월 29일 KAL이 폭파되고 선거 앞날인 12월 15일에 폭파범 김현희가 국내에 압송되었다. 전국적으로 관심을 끈 뉴스였고, 선거결과 노태우 후보의 압도적 승리로 끝났다. 박빙 선거에 안보상황의 위력은 핵무기급이다.

1992년 대선을 앞두고 거문도 간첩선 사건이 일어난다. 1996년 총선일 4월 11일을 앞두고 판문점에서 위기가 증폭된다. 5일에서 7일까지 중무장한 북한군이 비무장지대에서 진지구축훈련을 한다. 그리고는 갑자기 잠잠해진다. 보수 정권의 대승리로 끝난다. 1997년 대선을 앞두고 총풍사건이 발생한다. 북한에 돈을 주고 무력시위를 요청했던 것이다.

선거에서 진 야당 김대중 대표가 '총선북풍세미나'를 열 정도였다. 그때 북풍을 세 가지로 규정했다. 첫째가 북한 주도, 둘째는 남한 주도, 셋째는 남북한 야합형이었다. 선거를 앞둔 안보위기 상황은 보수진영에게는 꽃놀이패였다. 보수로 치장한 냉전 수구세력이 북한을 자신들의 권력 장악 수단으로 악용했던 것이다.

한동안 흥행 효과가 있던 북한을 이용한 선거가 먹히지 않는 상황이 생기기 시작한다. 지금까지 피해자였던 민주당 정부도 북한을 선거에 이용한다. 2000년 4월 13일 총선을 며칠 앞둔 10일에 남북정상회담 내용을 발표한다. 선거에서 이기지 못한다.

2010년 3월 26일 이명박 정부 때 발생한 천안함 폭침 이후 안보 불안 정국이 만들어졌다. 그러나 여당이 6월 2일 선거에서 야당에게 졌다. 선거에서 북한 약발이 떨어진 것이다. 아니면 풀을 건드리면 놀라서 결집되던 세가 약화된 것이다.

2018년 6월 12일 북미 정상회담을 앞두고 이를 선거에 이용한다는 야당의 비판은 타당성이 있다. 야당은 지금까지 북한을 악용하여 전쟁과 대결을 부추겨서 지지자를 결집시켰다. 반면에 현 여당은 평화와 대화를 부각시켜서 선거에 활용한 적이 있다. 평화가 전쟁과 비교할 수 없는 절대적인 가치라 할지라도 남북관계를 국내정치에 활용해서는 안 된다. 어떤 수단이라도 북한을 선거에 이용해서는 안 된다는 것이 철칙이다.

6월 12일 북미정상회담은 당사자가 남한이 아니고 미국이다. 정상회담을 선거에 활용하였다면 현 정부가 유일 강대국인 미국을 좌지우지하는 유능한 정부라는 것을 입증한다. 물론 야당도 집권할 때 미국의 전략자산을 한국에 개입시키는 능력을 발휘하였다. 같은 상대인 북한과 동맹국인 미국을 활용하는 방법이 다르다. 한편은 평화와 협상이고 한편은 갈등과 군사적 시위이다.

이번 선거는 어떤 약발도 미치지 않는 것 같다. 경기도와 경남 등지에서 통상적인 선거 악재가 무력해졌다. 대통령의 지지율과 야당의 변함없는 행동이 선거 승부를 좌우하였다. 남북이든 동서든 갈등을 이용한 선거는 막을 내려야 한다. 2012년 4.11총선에서 단 한 명이 막말한 사소한 문제를 선거 쟁점으로 부각을 시켜서 승패를 좌우했던 그때를 생각하면 격세지감을 느낀다.

독도의 실효적 지배

한국 안보는 우리가 휴전선과 서해 북방한계선에만 매몰되어 있으면 다변화된 위협양상과 미래의 위협실체를 등한시하는 경우가 생긴다. 그래서 9·19군사합의가 필요한 시점이다. 북한 위협과 대결상태를 완화시키고 주변국 위협에 대비해야 한다. 포괄적인 안보와 동시다발적인 안보 상황에도 대응해야 한다.

특수하고 예외적인 우크라이나 사태를 제외하고는 주변국과 영토 점령을 목표로 하는 전면적인 전쟁 가능성은 줄어들고 있다. 한중일러가 교전상태에 접어드는 경우는 가능성이 낮을 것이다. 영해나 영공에서 함정과 군용기가 신경전을 벌이며 자존심 싸움을 하는 경우는 종종 있을 수 있다. 주변국 전력이 출현하면 우리도 비슷한 전력이 출동하여 현장 대응을 하여야 한다. 국가와 국민 자존심을 세우는 동시에 주권을 지키는 것이다.

대표적 분쟁지역이 독도 영해와 영공일 것이다. 다음에는 이어도가 될 수 있다. 영해와 영공을 넘어서 배타적 경제수역과 방공식별구역까지 확대될 것이다. 독도는 일본에서 영유권을 주장하고 수시로 긴장을 부추기고 있다. 일본 순시선(일본 해경 선박)이 자주 독도 주변을 항해한다. 영해를 침범하지는 않고, 우리 해경정과 신경전을 벌인 적은 있다. 최근에는 우리 배타적 경제수역에서 우리가 하는 해양조사를 방해하는 사례가 자주 있다. 일본에 대하여 독도의 실효적 지배를 확실히 하는 몇 가지 방법을 다음과 같이 제시한다.

첫째. 외교적 측면이다. 실효적 지배를 하고 있는 우리가 조용하고 내실 있게 독도를 지키는 것이다. 우리가 공개된 대규모의 훈련을 하면 일본에서 그 효과는 증폭된다. 일본 정부와 일본 우익은 영토문제를 쟁점화시켜서 한국에 대한 적대감을 부추길 것이다.

그래서 일본에서 정치적 쟁점이 되어서는 안 된다. 일부 정치인들은 국익도 무시하고 당선을 위한 표에만 관심이 많다. 언론인들은 시청률에만 관심을 갖는다. 우리가 독도에 대한 애국행위를 하면 일본의 언론이 떠들고 정치인들의 발언이 격해진다. 그러면 평소 독도문제에 무관심한 일본인들이 갑자기 관심이 높아지고 일본 언론과 정치인들은 이를 확대 재생산한다. 애국심을 이용한 일본 정치인의 발언은 일본의 정책이 되고, 달리는 말에서 뛰어내리지 못하는 상황으로 발전된다.

일본정부에 비판적인 양심 있는 일본 시민들도 영토문제에는 자국 정부를 지지해야 할 것이다. 아무 관심 없던 대다수 일본 시민들도 영토문제에는 애국자로 변신할 것이다. 일본 내부에 있는 우호적 집단을 약화시킨다. 대통령이 국내정치를 목적으로 독도를 방문하면 타초경사일 뿐이다.

이런 관점에서 김대중 전 대통령처럼 조용한 외교를 해야 한다. 이명박 대통령의 독도 방문은 국내에서 떨어진 지지율을 올리고자 독도를 국내정치에 이용한 사례이다. 국내에서 지지는 올라갔겠지만, 자신의 가장 큰 공적인 일본과의 통화스와프가 희생되었다. 일본인들이 독도에 대한 관심이 높아지고 반한 정서를 통한 애국심이 높아졌다. 최근에 독도에 소녀상을 세우겠다는 말을 듣고 '자라 보고 놀란 가슴, 솥뚜껑 보고 놀란다'는 속담처럼 가슴이 철렁한다. 자기 당파나 조직의 주장을 관철하기 위하여 국익을 손상시켜서는 안 된다.

북한이 미사일을 발사하는 훈련이 비슷한 사례이다. 미국은 단거리라고 의미를 축소하여 관심을 두지 않는다. 남한에서 북한을 적대시하는 사람들은 때맞추어 북한의 위협을 확대하는 여론을 펼친다. 남북교류 및 평화를 원하는 진영들은 맥이 빠진다. 북한은 군부를 포함한 강경세력을 다독이고, 주민에게 선전하는 내부 효과는 얻는다. 남한 매파에게는 북한과의 대결상황과 적대감을 강화시킨다. 남한을 자극시키거나 적대정책을 강화하는 것이 북한이 추구하는 목표는 아닐 것이다.

둘째는 실효적 지배와 치안 측면이다. 독도에 외부세력이 침투할 가능성이 가장 큰 상황은 일본의 소수 극우세력이 조그만 어선 등을 타고 독도에 상륙하는 상황이다. 레이더는 파도가 칠 때 조그만 물표를 잡지 못하여 먼거리에서 예방을 할 수 없다. 침투한 소수세력은 독도 경비대인 우리 경찰에 붙잡힐 것이다. 바로 군보다는 경찰이 독도에 주둔할 이유이다. 국경선 분쟁이 아닌 출입국 법규를 위반한 밀입국 상황은 치안문제이다. 실효적 지배를 주장하는 우리에게 더 유리하다. 실효적 지배를 우리가 하고 있는데, 굳이 해병대를 배치하여 국경분쟁의 상황으로 끌려갈 필요가 없다.

셋째는 군사적 측면이다. 일본 침투에 대한 군사대비태세와 훈련이 실전상황에 부합한지 검토해야 한다. 먼저 일본 자위대가 전면 공격하는 상황을 가정한다. 대규모 세력이 다수 접근하면 조기에 발견된다. 독도는 조그만 바위섬으로써 대규모 병력이 상륙하지 못한다. 독도 가치가 한일이 전쟁수단으로 국운을 걸 정도는 아닐 것이다. 상황이 발생할 가능성에 대비하여 독도에 증강 배치할 소규모 해병대 병력을 울릉도에 전개시키면 된다. 현재 울릉도에 있는 예비군 관리대를 보강하면 된다.

다음은 대공화기를 갖춘 소규모 무장세력이 기습적으로 점거하는 상황을 가정한다. 통합방위태세가 격상되면서 독도방어책임이 경찰에서 군으로 전환된다. 해군-해경-경찰은 지휘통신과 군수보급체제가 다른 조직이다. 작전통제를 전환하는 절차훈련을 자주 하면서 문제점을 식별해야 한다. 필자가 울릉도 전대장으로 근무하면서 한 번도 훈련을 해보지 못했다. 을지훈련 때 재해 상황에 대처하면서 생략되었다. 대공화기에 대비하여 공중접근보다는 수중으로 접근하는 훈련을 해야 한다.

대규모 합동기동훈련을 하고 싶다면 '독도방어훈련'이 아니고 그냥 기동훈련이라고 하면 된다. 미국과 동맹 훈련에서 훈련 이름에 연연하지 않고 유연성을 발휘했다. 독도방어훈련이라고 군이 주장하려면 러시아 영공침범 등 상황도 반영해야 한다. 그리고 시위(보여주기식) 훈련이 아니고 현장 지형과 상황에 맞는 내용을 훈련해야 한다. 규모가 중요하지 않다.

연습은 실전처럼, 실전은 연습처럼 해야 하기 때문이다. 2019.8.8

<5장>

나라를 사랑하는
수많은 방법들

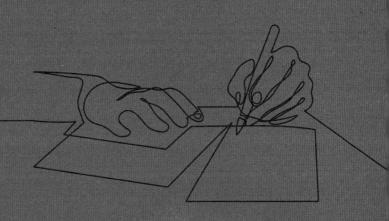

官軍
義兵

홈런 치는 삼성이 있으면
안타 치는 중소기업이 필요하다

우리나라를 '재벌공화국'으로 표현하고 더 나아가 '삼성공화국'이라는 자조적인 표현이 있다. 노무현 대통령마저도 권력이 시장에 넘어갔다는 표현으로 이를 간접적으로 인정했을 뿐만 아니라 삼성경제연구소의 보고서대로 경제정책을 했다는 비판이 있다. 탄핵 정국 시에 이재용 삼성 부회장 불구속을 놓고 다시 한 번 '삼성공화국'이라는 말이 회자되고 있다.

'문제는 경제다(선대인)'에서 고액의 연봉을 독점하고 있는 홈런 치는 삼성이라는 선수와 안타도 치지 못하고 박봉의 연금을 받는 중소기업으로 우리 경제를 비유한다. 반면에 타이완 경제 체질은 골고루 안타를 치는 야구단 같다고 한다. 한국 야구단은 홈런 치는 선수가 있으니 1점은 확실하다. 안타를 치면서 받쳐주는 선수가 없으니 추가득점은 어렵다. 왜 이런 비유를 했을까?

그나마 삼성이라는 선수가 연습을 통한 실력으로 홈런을 친다면 몰라도, 상대방 투수를 매수하거나 조작을 하여 타율을 유지한다면 이는 큰 문제이다. 경기에 이기기 위하여 모든 선수들을 훈련시켜서 팀웍을 강화해야 강팀이 된다. 시합에 차질이 있다고 부정선수를 징계하지 않으면 이 팀은 결국 약체가 될 것이다. 먼저 내부거래를 통하여 손잡고 헤엄치면서 세금도 내지 않고 재벌그룹의 후계자가 되는 재벌 3세들 사례로 삼성의 사건은 드러났으니 현대를 보자.

2001년에 설립한 글로비스에 물류업무 95%를 몰아줬다. 5년 만에 매출이 676%나 성장했다. 2006년 12월에는 글로비스를 상장해 수천억 원대의 시세차익을 얻었다. 급성장한 지분 25%를 팔아 1천억여 원을 벌었다. 이 돈으로 기아차 지분을 1% 늘리면서 경영권 승계에 조금씩 다가섰다. 이 회사에 정몽구, 정의선 부자가 투자한 돈은 약 50억 원에 불과하다. 2002년 10월 설립한 현대엠코는 내부거래를 통해 2010년 1조 2416억 원으로 늘어났다. 2011년 고액배당으로 각각 50억 원과 125억 원을 챙길 수 있었다.

부는 자신들이 챙기고 손해는 사회가 책임지며, 법적인 책임을 지지 않는 현상을 짚어보자. 이건희 회장은 이명박 대통령 때에 139일의 초특급 사면을 받았다. 세계 7위 엔론의 제프리 스킬링 회장이 분식회계로 집행유예 없는 종신형을 선고받은 것과 대조적이다. SK 최태원 회장은 분식회계 및 부당내부거래로 징역 3년에 집행유예 5년을 선고받고 실형은 하루도 살지 않고 3개월 만에 특별사면되었다. 그러고도 1,960억 원대의 횡령배임에 또 개입하였다. 미국과 유럽의 기업들과 달리 우리는 특혜와

불공정 경쟁이라는 온실 속에서 재벌을 키우고 있다.

쉬운 비유를 들어보자. 공부를 열심히 하지 않고 딴짓을 하면서 놀다가, 시험 때는 부정행위를 하거나 선생님을 매수하여 시험지를 빼돌려서 나온 성적은 실력이 아니다. 환경이 바뀌면 바로 실력이 드러난다. 이럴 때 자식을 사랑하는 부모라면 잘못된 것을 꾸짖고 바로잡아야 한다. 꾸중하면(사법처리) 자식이(경제가) 시험을 망친다고 방치하는 것은 자식을 망치는 것이다. 경제를 걱정하면서 사법처리에 반대하는 것은 경제를 걱정하는 것이 아니고 삼성을 걱정하는 것이다. 삼성이 아니고 이재용 부회장을 걱정하는 것이 더 정확한 표현일 것이다.

대기업의 수출을 이용한 보수적인 성장정책은 한계에 부딪혔다. 재벌과 국익을 동일시하는 것도 시대착오적이다. 중소기업이 99%이고, 일자리 88%를 차지하고 있다. 차기 정부에서는 중소기업부를 만들고, 중소기업에 양질의 일자리를 만들어야 한다. 대기업과 중소기업이 동반성장하는 경제 풍토를 만들어야 한다. 2017.1.25

의병의 경제관

1. 소득불평등 현상을 간접으로 겪다.

2015년 2월 부천에서 택시를 탔다. 어린애 학대문제에 따른 대책이 논의된다. 보육원 교사들에게 시험을 치뤄서 자격증을 주자는 내용이 나온다. 내가 생각하기에는 자격증 문제가 아니다. 보육원 교사가 몇 시간에 몇 명을 돌보며, 얼마를 받느냐의 근무여건이 문제일 것이다.

택시기사에게 근무여건이 문제가 아니냐고 질문을 했다. 택시기사가 하는 말이 보육원 교사는 150여만 원이나 받고 있다. 택시기사들은 겨우 100만 원 넘게 번다는 것이다. 한마디로 보육원 교사들은 배부른 사람이라는 것이다. 열악한 근무조건에 할 말이 없다.

이틀 후 금요일에 선배와 산행을 하였다. 선배가 하는 말이 친구가 강남 고급식당에 점심 초대를 했다. 초대한 사람의 체면을 생각해서 고급

양주를 한 병 들고 갔다. 식당에서 얼음 값 등 차리는 비용(소위 셋팅 비용)이 80만 원이다. 식당에서 양주를 주문하면 180만 원이다. 술 한 병이 택시기사 한 달 수입보다 많다.

사흘 후 월요일에 몇 명과 점심을 먹었다. 연상의 여자 한 분이 연금이 200만 원도 안 된다고 푸념을 한다. 그래서 택시기사 수입을 얘기하면서 못사는 사람들이 많으니 연금이 적다는 얘기를 함부로 해서는 안 된다고 주의를 주었다.

지난 대선 때 새누리당의 김종인 씨가 경제민주화를 주장했고, 대선 공약에 반영되었었다. 오늘 신문에도 새누리당에서 "법인세도 증세 성역 아니다."라고 발표하였다. 보여주기식 공약이 중요한 것이 아니고 실천이 중요하다. 여론 때문에 진보의 정책을 선점한 것이 아니라는 진심을 보여주기를 바란다.

'위기는 왜 반복되는가?', '불평등의 대가', '21세기 자본' 등 많은 책에서 경제전문가들이 소득불평등과 양극화를 경고하고 있다. 시장에 맡겨 놓아야 한다는 반대 측 경제전문가들도 있다. 양극화가 사회에 역동성을 준다는 시장주의자의 주장보다는, 사회를 분열시키고 와해시킨다는 주장에 한 표를 던진다.

2. 등산을 하면서 경제정책을 설명하다.

나이든 여성이 현 정부 경제정책에 대해서 우려를 하면서 말을 건다.

뱃사공론을 들어서 설명을 한다. 현 정부가 노를 아주 잘 젓는다고 할 수는 없다. 그러나 저번 정부처럼 반대방향으로 가지는 않는다. 현 정부가 추진하는 방향은 맞다.

최저임금제 같은 좋은 정책으로 욕을 먹는 것이 안타깝다. 카드수수료, 임대료와 맞춰서 속도를 조절하지 못했다. 대통령이 시간당 1만원의 공약을 철회하면서 속도를 조절하고 있다. "경제가 엉망이라는데 어떻게 살리느냐?"고 물어온다. 불행히도 경제를 살리는 특별한 비방이 없다고 설명했다.

"고도의 성장시대는 끝났다. 박정희 대통령의 7% 성장은 과거에나 가능했던 일이다. 성적이 꼴찌인 학생은 부모의 회초리와 며칠 밤새워 공부하면 성적이 올랐다. 전체 10위 권의 학생이 밤새워 공부해도 오르지 못한다. 유지하기도 벅찬 것이 우리의 현실이다. 747 같은 선거공약은 국민을 속였거나 본인이 현실에 무지한 것이다."

"과거에 큰아들을 집중해서 교육을 시켜놓으면 동생을 부양했다. 국가적 정책 지원과 수출주도로 성장한 대기업이 공장을 짓고, 일자리를 만들었다. 지금은 자동화하거나 인건비가 싼 외국으로 간다. 큰아들이 자기 욕심만 채운다면, 피해를 본 동생들을 다시 부모가 돌봐줘야 한다. 그것이 소득주도 성장과 포용성장이다."

"주류 언론과 경제학자는 보수적이다. 국가가 없는 신천지에 나라를 세워 개인과 시장에게 역할을 맡긴 미국에서 공부를 했다. 미국은 의료보험처럼 국가가 아닌 개인의 책임이다. 정부가 나서는 것은 공산주의 국가에서나 있을 일이다. 기업은 대기업 광고에 의존한다. 보수 정권의 경제정책은 감싸주고, 진보정권에게는 '경제가 엉망이다.' 윽박지르는 속셈을 이해해야 한다."

너무 이해가 잘 된다고 좋아한다. 차기 대통령감에 대해서 질문을 하는데, 이념 지평이 자한당 오○○ 정도인 것 같다. 여당의 여러 후보군에 대해서도 장단점 평가를 해줬다. "민주주의는 국민이 정권을 만든다. 어느 정당이라도 장기집권하면 부작용이 나타날 수밖에 없다. 잘하면 10~15년, 못하면 5년 만에 바꿀 수밖에 없다."는 부연설명으로 끝냈다.

3. 4차 산업혁명에서 사람과 로봇 둘 다 고려하기를

자동차 회사 회장과 노조위원장이 로봇이 자동차를 만드는 공장을 둘러본다. 회장이 노조위원장에게 "저런 로봇을 어떻게 노조에 가입시킬 것입니까?"라고 했다. 노조위원장이 "회장님! 로봇에게 어떻게 차를 파실 것입니까?"라고 응답했다. 앞으로는 개 한 마리와 그 개를 관리하는 사람 한 명이 공장을 관리할 것이라고 한다. 이 조그만 비유에 4차 산업의 핵심인 자동화와 노동 문제가 들어 있다.

대표적 사례로 독일 바이에른 아디다스 스피드팩토리공장을 들 수 있다. 연간 50만 켤레 신발을 만드는데 일하는 사람은 10명이다. 지금까지 자동화는 단순반복 노동인력을 대체하였다. 앞으로는 변호사, 의사 등 전문분야까지 인공지능이 투입된다.

경제 3대 주체 중 회사는 자동화를 이용하여 인건비를 낮춤으로써 이익을 본다. 국가는 세금을 받으면서 지탱한다. 가계경제는 낙수효과는커녕 일자리와 월급이라는 단어가 사전에서 사라진다. 그래서 독일에서는 4차 산업혁명과 노동을 동전의 양면으로 생각하고 노동 4.0정책을 같이 하고 있다. 산이 높으면 골이 깊은 것이다.

보수가 지지하는 정치 지도자들은 변화에 대처하지 않고, 실패국가 북한만을 유일한 안보위협으로 여긴다. 과거의 대기업 수출 위주 성장과 낙수효과에 함몰되어 있다. 우리는 미래 동향을 고려해서 로봇세 도입을 검토하고 기업의 초과 이익을 일자리를 잃은 국민에게 돌려주는 방식을 생각해야 한다.

국민의당 안철수 후보는 4차 산업혁명에 대한 상당한 지식을 가지고 있는 것 같다. 그런데 본인의 회사에 노조를 인정하지 않고, 장애인 고용 비율도 법적기준 이하이다. 최저임금도 2022년 1만원이다. 심상정 후보가 신랄하게 지적했듯이 현 수준에서 가만히 있어도 그때는 1만원이 된다. 4차 산업에서 노동과 사람이 빠져 있는 것 같다.

다행히도 민주당 박원순 시장 등은 고용 없는 성장의 허실을 파악하고 있다. 진작부터 해당 시에서 기본소득과 청년수당을 시행하고 있다. 내가 진보정치인과 진보정당을 좋아하는 이유이다. 사람과 로봇의 균형 정책을 펼쳐야 한다. 2017.4.19

4. 미국이 북한을 남한처럼 잘 살게 해준다고?

점심식사 중에 현역 군인이 트럼프 대통령이 북한을 한국 수준으로 잘 살게 해주겠다는 말을 비난한다. "미국이 도와주면 북한이 잘 산다고? 우리 국민이 똑똑하고 노력해서 오늘의 경제적 성과가 났다."라는 취지였다. 한국의 경제적 성과에 대해서 보수성향은 대부분 박정희 전 대통령 공으로 돌린다. 우리 국민이 이룩한 것이라는 말이 마음에 와 닿는다.

내가 한마디 거들었다. "과거 한국 경쟁력은 지금 동남아처럼 낮은 인건비로 인한 가격경쟁력이었다. 수입대체가 아닌 수출주도의 정책을 추진한 요인도 있다. 아르헨티나 등 수입대체 정책은 결과적으로 실패했다."고 간단히 평가한다. 시간상 이 정도 대화로 끝났다. 얘기가 나온 김에 우리 경제를 뒤돌아보자.

김운회 씨가 쓴 '왜 자본주의는 고쳐 쓸 수 없는가'에서 신분제도 등 과거의 악습이 식민지와 전쟁 등 역사적 실패 때문에 순식간에 사라진 것을 발전원인으로 들고 있다. 아직도 남아 있는 인도 전통 신분제도가 반증한다. 토지개혁으로 소작농에서 땅을 가진 자작농이 된 농민들이 자식을 학교에 보낼 수 있게 되었다. 한국의 경쟁력인 우수한 인력을 확보한다. 토지개혁은 진보당 당수 조봉암 역할이 컸다.

노동운동과 인권이 열악한 가운데 헌신한 수출한국의 일등공신인 노동자가 있다. 동구권이 경제적으로 분리되면서 체코와 폴란드 등 우리보다 우수한 경쟁자가 사라졌다. 공산권으로 분리되지 않았다면 미국 시장에서 저가경쟁만으로 이길 수 없었다. 미국 시장 의존과 미국 지원이 있었다.

월남전의 10억 달러와 중동 건설 붐이 큰 몫을 했다. 국가의 전폭적인 지원 속에서 성장한 대기업이 있다. 대런 애쓰모 글루와 제임스 A 로빈슨은 '국가는 왜 실패하는가'에서 민주주의가 경제성장을 촉진시킨다고 주장한다. 민주화를 성공시켜서 착취적 제도를 포용적 경제정책으로 전환시킨 것이다. 이러한 많은 요인이 합쳐져서 결국은 '우리'가 이룩한 것이다.

질적으로 빈부격차 해소와 대기업 갑질 등 개선할 요소는 많다. 그렇지 않으면 우리는 너와 나로 갈라져서 사회통합이 깨질 것이다. 이제는 키워놓은 과실을 나누고 사회통합을 이루어야 한다. 그래서 친기업정책 (비즈니스 프랜들리)의 이명박 정부는 구호로 그친 면이 있지만 동반성장을 추진했던 것이다.

5. 아픈 현대사 평화시장

희망제작소 후원단체인 강산애 일행과 봉제역사관을 찾았다. 이름과 상징이 한 눈에 들어온다. 열악한 근무조건과 낮은 인건비가 그때의 우리 경쟁력이었다. 초임 여공(시다)은 하루 16시간을 혹사당하고 일당 50원을 받았다. 짜장면이 200원이었다. 잠자리는 제공되었지만 밥은 하루 한 끼만 제공받았다. 먼지 많고 화장실 사용도 통제하였다. 한마디로 기계로 취급받은 열악한 근무환경이었다.

대한민국은 이런 노동자들의 저임금을 기초로 오늘의 경제발전을 이루었다. 보수층에서 박정희 대통령을 경제발전의 주역으로 추앙한다. 노동자들도 경제발전 주역으로 인정받아야 한다. 오빠나 남동생 혹은 부모를 위하여 자신을 희생하고 수출을 주도했다. 월급으로 7천 원 정도를 받았던 전태일은 약자 편에 서서 근로기준법 준수를 위하여 자기 몸을 헌신하였다.

해설가의 설명에 의하면 가죽 잠바 한 벌을 만드는 수공비가 20년 전에 5천 원이었다. 지금은 5만 원이 아니고 4천 원이다. 과거에 우리가 겪었던 저임금 기반 경쟁력은 동남아에 밀리고 있다. 국내는 외국인 노동자로 유지되고 있다. 개성공단 등 북한 인력을 이용하는 방법을 늘려야 한다. 우리는 노동력을 투입하여 따라잡는 방법을 버리고 4차 산업으로 전환해야 한다.

북한은 말이 통하고, 서울과 육상으로 몇 시간 거리 내에 있다. 물류 수송비도 저렴하고, 주말 출퇴근 등이 가능하다. 북한에게 경제와 시장 자본주의도 공부시키면서 통일을 준비하는 과정이기도 하다. 북한 주민이 공산정권보다 남한 기업에 의존하도록 만들어야 한다. 북 주민의 생각이 바뀌면 민주주의가 발전하고, 북한 정권도 국민들 눈치를 보게 된다. 남한 중소기업들의 숨통을 트이게 한다. 북방 대륙과도 경제가 연결된다.

광화문 성조기 집회를 보면서

점심을 하면서 예비역 한 분이 서초 촛불 시위에 대해서 얘기를 한다. 어느 규모의 시위는 이해하지만, 이런 주제로 이런 규모 시위는 이해가 안 된다는 것이다. 이 분은 광복군에 대한 글을 연재하신 분이다. 보수층에서는 이 문제로 자기를 싫어한다고 했던 분이다. 우리나라 보수는 독립 투쟁사를 좋아하지 않음을 알 수 있다. 촛불시위에 대해서 비판적인 것을 알 수 있다.

후배 결혼식에 참석하였다. 광화문 집회에 관한 얘기가 나온다. 모처럼 만난 후배들 앞이지만 한마디 안 할 수 없었다. "민주주의는 사상과 결사 및 집회의 자유가 있다. 누가 어떤 목적으로 절차적 정당성과 평화적으로만 시위를 한다면 문제가 없다. 그런데 광화문 집회는 문제가 있다."

첫째, 전국적 집회 날짜가 왜 3.1절, 8.15 광복절과 10.3 개천절인지 이해할 수 없다. 일본근대화론, 종족주의 등을 부르짖는 신우파(뉴라이트)

는 3.1절과 광복절을 좋아하지 않을 것이다. 일부 기독교에서는 개천절을 싫어할 것이다. 주최 측과 참가자는 역사관과 민족정신에 문제가 있다. 광복절에는 광복을 그리고 일제 만행을 규탄해야 한다.

8월 15일 광화문에서 어떤 집회에서는 그렇게 했다. 광화문을 대부분 차지한 진영에서는 광복절이고 경제 전쟁이 진행 중인데도 어떤 반일구호도 나오지 않았다. 그렇다고 평화주의자들이 아니다. 일본 수상에게는 직책과 존칭을 쓰면서도 자국 대통령은 퇴진을 주장하면서 적의의 말들이 난무했다. 개천절도 마찬가지이다. 신앙과 역사를 구분하지 못한다.

둘째, 왜 성조기를 들고 나오는 것인지 이해할 수 없다. 한미동맹에 관련된 집회라면 성조기를 들고 나올 수 있다. 대통령이 싫으면 대한민국 헌법절차를 밟으면 된다. 과거처럼 미국이 군사쿠데타를 지원해 달라는 것은 아닐 것이다. 더구나 주둔비 협정으로 미국과 밀고 당기는 치열한 외교적 전쟁(협상)을 하고 있는 중이다.

광화문에는 미대사관이 있다. 성조기를 든 수많은 군중을 보면서 미대사관원들은 무척 고무될 것이다. 주둔비를 올려도 반대하지 않고 오히려 찬성하는 우군을 보는 것 같기 때문이다. 대통령이 싫더라도 주둔비는 우리가 낸 세금을 쓰는 것이다. 대한민국의 국익과 미국의 국익을 구분하지 못한 것 같다.

4대강(대운하)과 경부고속도로

보수층 사람들과 얘기를 하다 보면 "경부고속도로 건설을 반대했던 사람들이다"면서 진보층 사람들을 비판한다. 진보층은 반대를 위한 반대만 한다는 논리이다. 그들은 또한 '한반도대운하' 논쟁 때에도 어김없이 같은 표현을 썼다. '경부고속도로'와 '한반도대운하' 반대가 어떤 의미가 있는지 알아볼 필요가 있다.

경부고속도로를 반대했던 당시에는 우리나라에 고속도로가 필요할 정도의 자동차 교통량이 없었다. 무조건 반대가 아니라 철도수송체계를 발전시키자는 대안을 냈었다. 당시 경제 주역이 쓴 책에도 고속도로를 만들어 놓고 교통량을 걱정했다(이승윤, 전환의 시대를 넘어). 즉 고속도로 건설 반대는 무조건 반대가 아니고 일부 타당성이 있다.

결론적으로 고속도로는 수송능력을 향상시켰고, 연관 자동차 산업과 토목 발전에도 기여했을 것이다. 다만 아쉬움이 있다면 구미와 포항 등

동쪽 지역만 개발이 되고, 서쪽 지역은 공장과 도로 등 투자가 인색했다. 일종의 지역차별 국토개발이다. 그 당시 토목기술로 굽어지는 길이 많아서 지금도 직선으로 바꾸는 공사가 진행 중이다.

대운하를 반대하지 않아서 그대로 집행되었다면 어떻게 되었을까? 산업과 경제가 집중된 아라뱃길도 운하 기능을 하지 않는다. 인구최대 밀접지역인 서울 한강도 수상 수송기능이 거의 없다. 수송선이 다니지 않는 낙동강 운하를 상상해 보라. 운하는 계획과 의도부터가 비정상적인 발상이다. 10대 건설회사가 만세를 불렀다고 하니 일부 토목회사는 발전했다. (김성일·이동호, 북한산림 한반도를 사막화하고 있다)

강물에 배가 다니려면 더 깊게 파야 하고 물을 가두는 보를 더 많이 만들어야 하므로 돈이 더 들어간다. 바다에 다니는 수송선(예인선, 타그보트 등)은 소형이고 대부분이 낡고 영세업체이다. 낡은 차의 폐기는 공중으로 날아가지만, 배에서 나오는 기름은 강을 썩게 만든다. 흐르지 않아서 물이 오염되는 지금 상황과는 비교가 되지 않는다. 4대강은 하수도 수준으로 악화되었을 것이다.

결론적으로 4대강은 홍수조절 등 몇 가지 면피할 명목은 있다. 운하를 팠으면 돈은 더 들어가고 수송기능은 발휘하지 못하며 더 오염되었을 것이다. 한두 척밖에 못 다니는 좁은 폭, 시속 10여 km의 느린 속도로 수십 시간 장거리 운항, 한두 명이 운항하다가 일어나는 충돌과 좌초사고, 육지에서 배에 실고 또 배에서 내려 트럭에 실어야 하는 몇 번의 불필요한 적하역작업, 하역장 시설 등을 생각해 보자.

고속도로 건설은 잘 된 것이다. 반대를 한 사람들은 나름의 타당성이 있었지만 결과적으로 실수를 했다. 대운하는 대재앙이고 성형수술을 한 4대강은 애물단지이다. 반대를 한 사람들 때문에 이 정도로 끝났다. 대운하를 찬성한 측의 패배이다. 망치를 든 사람은 눈에 못만 보인다. 토목 산업업자에게는 준설장비와 모래만 보였을 것이다. 그 이상도 이하도 아니다.

만주여행기

만주는 구전을 통한 전승과 역사로 기록된 우리민족의 고토이다. (고)조선, 부여와 고구려, 그리고 발해를 통해서 오랜 기간 동안 우리의 땅이었다. 한반도로 역사가 굳어진 이후에도 고려와 조선이라는 나라 이름은 전승되었다. 최소한 고려까지는 그 땅 위에서 이루어진 것은 우리의 역사이고 문화라는 인식이 있었다.

이제는 남의 땅이 되었고, 동북아공정으로 역사도 빼앗기고 있다. 그래서 만주지역의 여행은 일반여행과는 그 감격이 다를 수밖에 없다. 3년을 벼르던 만주여행을 하게 되었다. 법륜스님과의 여행은 모든 주제가 고대사와 독립운동사, 그리고 통일이다. 고대사에 해박하고 북한 돕기를 실제로 하셨던 법륜스님과 함께하는 여행은 여행사를 통한 여행과는 격조가 다를 수밖에 없었다.

땅은 빼앗겼지만 북방에서 전해진 민속은 유구하게 이어지고 있다.

대표적으로 '고시레' '문턱을 밟지 않는 것' 등이 대표적이다. 이런 고대민속의 형태는 긴 시간과 지역을 넘어서 몽골까지도 남아 있는 민속이기도 하다. 개별적인 민속이 종합적으로 모인 것이 '관혼상제문화'일 것이다. 이 중에서 상제가 가장 오래까지 전승된다고 한다. 도시화가 되고, 매스컴의 발달로 전통문화의 계승은 큰 장애에 부딪혔다. 과거에는 이민족이 장기간 영토를 점령한 상태에서 지배층은 종속되었더라도 민초들이 자기 문화를 유지하여 유구하게 전승할 수 있었다.

(고)조선의 대표적인 유물이 즐문토기, 청동기, 고인돌 등이다. 즐문토기와 청동기는 새로운 생활용기와 철기무기로 손쉽게 대체된다. 그러나 상제인 고인돌은 한두 세기에 대체되는 문화가 아니다. 그런데 (고)조선이 망하고 나서 그 후의 만주지역을 계승한 고구려인들은 왜 고인돌을 세우지 않았을까?

고구려왕의 무덤인 장군총 등이 돌을 이용한 점에서는 고인돌을 계승하여 발전시켰다고 할 수도 있을 것이다. 부족국가 형태에서 권력이 커지고 인구가 많아진 중앙집중적인 국가에서는 동원할 인력이 많아졌다면 무덤이 커질 수밖에 없다. 그렇더라도 지방관리나 토호들은 고인돌을 남겼을 것인데 갑자기 고인돌이 사라진 이유는 무엇일까? 하는 의문이 항상 머릿속에 남아 있었다.

(고)조선의 고인돌 · 고구려 돌무덤(적석총)속의 고인돌

여행 이틀째 광개토대왕비와 장군총 등 고구려 유적지를 눈으로 직접 확인하는 날이 왔다. 주변의 유적지 가운데 무너져 내린 돌무덤(적석총)이 있다. 그것을 보는 순간 '유레카', 그럼 그렇지! 유구하게 내려온 고인돌이 갑자기 사라진 것이 아니다. 고구려의 돌무덤(적석총) 속에 살아남아 있었다가 내 앞에 모습을 드러낸 것이다. 고구려 사람들은 고인돌 주변을 돌로 쌓아올려서 적석총을 만든 것이다. 국가가 강력해지면서 인력을 동원한 능력이 부족국가 단계보다 커진 것이다.

이웃사촌 중국

'이웃국가' 간에 사이좋은 '이웃사촌'되기는 힘들다. '세력균형'으로 강대국 간 안정을 추구했던 서양에도 '조공체계'로 강대국과 질서를 유지했던 동양에서도 마찬가지이다. 이웃국가와는 국경선과 역사가 얽혀 있다. 이웃국가 인구는 잠재적인 적군으로서 국방의 걸림돌이다. '원교근공'은 영토전쟁을 벌이던 무력전쟁 시대에 금과옥조로 여겼다.

현대는 영토전쟁 가능성보다는 상시 경제전쟁을 벌이는 무역전쟁시대이다. 가까운 국가끼리 자원과 지역시장을 공유한다. 이웃국가의 인구는 잠재적인 구매자로서 경제의 디딤돌이다. 미국과 캐나다, 유럽연합 등이 대표적인 이웃사촌 사례이다. 첫 번째 질문은 이웃사촌 중국은 어떤 나라일까?

8월 24일자 ○○신문의 세상읽기에 따르면 중국 기계 · 전기 기업 연합회인 중국기전상회가 대한무역투자진흥공사와의 업무협약을 연기하였다. 중국 상용복수비자 발급이 중단되고, 한국인 선상비자 체류가능 일수가 30일에서 7일로 축소되었다. 인천항 제2국제터미널이 썰렁해졌다. 북중무역은 안보리결의 2270호 채택 직후 4월과 5월에 9.1%와 8.2% 감소하였다. 최근에 2.1%가 증가하는 역전현상이 발생하였다. 중국의 반응이 단기적인 반발조치로써 일시적인 현상이 되기를 바란다. 우리가 알아야 할 것은 단기적인 수치보다는 경제의존도이다.

우리나라는 2013년에서 2015년까지 3년 연속 400억 달러 대의 무역수지 흑자를 유지하였다. 김영익의 '3년 후 미래'를 보면, 2013년 대 중국 무역수지 흑자가 628억 달러로써 전체 무역수지 흑자 441억 달러보다 훨씬 더 많았다. 전병서의 '중국의 대전환, 한국의 대기회'를 보면 2014년 한국의 무역흑자는 470억 달러였지만 중국에서 무역흑자는 807억 달러로 전체 무역흑자의 1.7배이다. 중국 등 신흥시장에서 돈을 벌어 일본에서 소재를 수입하고 중동에서 원유를 도입하는 데 사용하고 있다.

중국의 영향력은 무역뿐만 아니라 금융시장에서도 점차 커지고 있다고 한다. 한국 상장 채권을 12.5조 원 보유해 미국 20.1조 원, 룩셈부르크 15.3조 원 다음으로 많이 가지고 있다. 앞으로 5년 이내에 한국 채권시장에서 외국인 투자 중 중국 비중이 20%를 넘어 미국을 앞설 것으로 전망한다.

중앙일보 중국팀에서 만든 '중국의 반격'이라는 책을 보면 2008년 세계 금융위기 환경 속에서도 한국 경제를 버티게 해준 상징적인 브랜드가 3개 있다. 첫 번째는 세계 제일의 전자회사인 삼성 '갤럭시'다. 두 번째는 현대·기아자동차로써 위기에 굴하지 않고 과감하게 투자하여 세계 시장

점유율을 끌어올렸다. 세 번째는 중국과 명동 상가를 싹쓸이하는 '유커(遊客)'다. 중국 관광객은 서비스업을 지탱해준 힘이었다. 묘하게도 이들 3개 브랜드의 공통점이 중국이라는 점이다.

이와 같이 중국의 영향력은 막대하다. 두 번째 질문은 '우리는 어떻게 이웃사촌을 이용해야 하는가?'이다. 최근에 사드를 반대하는 중국에 대해서 일부에서 '자주국에 대한 부당한 간섭'이라면서 중국을 비판하고 있다. 우리는 고대사에서 시작하여 중국을 비판할 일은 많다. 동이족의 시조인 치우천황을 빼앗아갔다. 고구려와 발해의 영토를 빼앗아 가더니 동북공정을 통해서 역사까지 빼앗아가고 있다. 6.25전쟁에서 통일을 눈앞에서 좌절시켰다. 자기들은 남북한과 외교관계를 맺으면서 우리는 오랜 동맹국인 대만을 버렸다. 티베트를 침략하여 인권을 유린하고 문화를 파괴하고 있다. 우리는 정신적 지도자인 달라이 라마를 초청하지도 못한다. 우리의 입장과 인류의 보편적인 입장에서 비판할 일이 많은데, 최근의 비판은 미국의 입장과 겹쳐져 있다.

미국은 '포괄적 전략적 동맹관계'로서 산소 같은 존재이다. 중국은 '전략적 협력 동반자'로서 밥 같은 존재이다. 멀리 바다를 통해서 떨어진 호주와 뉴질랜드와 달리 한국은 중국과 국경을 맞대야 한다. 일본은 지역맹주로서 중국과 각축을 하는 입장이다. 인도는 중국과 국경을 맞대고 경쟁하는 거대한 국가이다. 그런 나라들은 이것을 위해서 저것을 버려도 우리만큼 손해가 되지 않는다. 우리는 중국을 북한의 지렛대로 해야 하며, 수출의 25%를 의존하고 있다. 어느 일방을 편들어서 어느 일방과 척을 질 수 없는 입장이다.

미국과는 '사드반대국민'을 핑계 삼아서 대안을 찾아야 한다. 중국과는 '사드찬성국민'을 내세워서 북한에 적극적으로 개입하도록 만들어야 한다. 정부에서 수를 멀리 보고 전략적 게임을 하고 있는 것을 우리가 쓸데없이 걱정하고 있는 '기우'라면 좋겠다. 이라크에 파병은 하되, 미국이 요구한 조건을 미국과 협상하여 변경했던 노무현 대통령의 고민이 필요한 시기이다. 용중파와 용미파가 필요하다. 2016.8.30

혁신학교에 반대하는
학부모들을 보면서

서울시 교육청의 혁신학교 지정에 학부모들이 반대하고 있다. 혁신학교란 공교육의 획일적인 교육을 벗어나 창의적이고 주도적인 학습능력을 배양하기 위해 시도되고 있는 새로운 학교 형태이다.

다른 쟁점과 달리 이념에 의한 찬반이 아니고 학부모들이 대학입학 위주의 교육을 선호하면서 새로운 교육시도를 반대하고 있다. 명분은 성적이 떨어진다는 것이다. 대학교 서열이 사람을 평가하는 대한민국의 민낯이다.

성적이 떨어진다는 학부모와 그렇지 않다는 서울시 교육청이 대립하고 있다. 뉴스에서 교사가 하는 말이 개략적으로 맞는 것 같다. 혁신고 학생들 성적이 떨어지지 않는 것은 방과 후 사교육 때문이라는 것이다. 이 관점에서는 학부모 말이 맞다.

그 교사는 또 이렇게 평가한다. 다른 학교는 학생들이 학교 생활에 재미를 붙이지 못하고, 방과 후에는 사교육에 시달린다. 최소한 혁신학교는 학교생활이 재미있다는 것이다. 자녀들이 학교생활을 재미있어 하면 바른 교육이 아닌가? 나는 이 관점에서는 혁신학교를 찬성한다.

4차 산업혁명을 맞아서 조만간에 우리가 알고 있는 직업의 절반이 사라질 것이라고 한다. 미래세대들은 3개 직업 영역에서 5개 이상의 직업을 갖고, 19개 이상의 다른 직무를 경험할 것이라고 한다. 그나마 로보트와 인공지능이 얼마나 인간을 대신할 줄 모른다.

앨빈 토플러는 2007년에 한국을 방문하여 "한국학생들은 미래에 필요하지 않는 지식과 존재하지 않을 직업을 위해 매일 15시간씩 낭비하고 있다."고 하였다. 한국은 19세기 교실에서 20세기 교사들이 21세기 아이들을 가르치는 것이라는 뼈아픈 지적도 있다.

미래학자인 피터 드러커와 토마스 프레이가 대학이 사라질 것이라고 예측했다. 내가 봐도 모든 자료는 인터넷에 공개되어 있다. 엄지손가락만 몇 번 누르면 모든 지식을 알 수 있다. 그 공개된 구슬을 꿰어서 보배로 만드는 것이 교육이다. 그래서 혁신학교보다도 더 혁신적인 교육개혁이 필요할 것 같다.

기계가 할 수 없는 비판적이고 창의적인 사고력을 키우는 교육이 필요하다. 우리의 교육 상황은 구한말에 과거시험을 보기 위해서 공맹사상만 공부하고 있는 것 같아서 씁쓰레하다. 오늘도 얼마나 많은 학생들이 시험을 보기 위한 공부에 청춘을 낭비하고 있을까? 학교생활에 재미를 못붙이고 약자를 골라서 괴롭히고 있지는 않을까?

뒤틀린 한일관계

국가외교안보정책은 과거의 앙금을 넘어서 미래를 위한 선택이어야 한다. 한일 간의 문제도 과거 문제를 넘어서 선린우방으로 가는 방향은 맞다. 그런데 민의를 무시하고, 피해자를 배제하고 일본이 맺고 싶어 하는 협정만 체결하고 말았다.

샌프란시스코 강화조약으로 한국은 일본에게 배상권 대신에 청구권만을 요구할 수 있었다. 일본 의도는 이마저도 회피하고, '독립축하금 또는 경제협력자금' 명분을 내밀었다. 과거 잘못을 들추어 내지 않고, 한국 경제가 살아나면 결국 일본의 부품시장이 되는 일거양득인 셈이다.

박대통령은 정치적 정통성과 경제적 이유로 한일협정을 서두른 결과 첫째는 명분을 잃었다. 우리는 배상개념을 생각도 못했지만, 미얀마는 '배상 및 경제협력 협정', 필리핀은 '배상협정'과 차관 지원을 분리했다.

둘째, 실리도 잃었다. 한국은 무상원조 3억, 유상원조 2억, 상업차관

3억 달러를 받았다. 우리는 36년 식민지 결과 무상이 3억임에 비해 미얀마는 3.4억, 필리핀은 5.5억, 인도네시아는 약 4억 달러의 무상지원을 받았다.

셋째, 인도적으로 개인 청구권의 근거를 없앴다. 원폭피해, 징병과 징용, 위안부 피해자가 일본정부로부터 보상받을 근거가 없어졌다. 다행히 2011년 8월 헌법재판소가 개인청구권이 존재함을 인정하였다.

시대를 넘어 딸 박대통령은 일본과 일방적으로 두 개의 협정을 맺고 말았다. 당연히 받아야 할 강제징용자의 임금체불은 거들떠보지도 않고 인권적으로 더 신중히 접근해야 할 성노예(위안부) 문제와 군사적인 정보협정만 처리하고 말았다.

외무부 장관이 요구한 '석달 더 협상' 의견도 묵살하고 2015년 말에 '12·28위안부합의'를 강행했다. 장관도 반대한 합의를 밀어붙인 이유는 무엇일까? 50년의 발전과정이 생략되고 전형적인 1965년 방식으로 결정되었다. 당시에 미국의 입장은 일본보다 한국에 압력을 하는 것이 더 쉬웠다는 평가가 있다.

뼛속까지 친미·친일이라는 이명박 대통령도 민의 앞에서 주춤했던 '한·일 군사정보보호협정'이 맺어졌다. 일본과는 미래로 나갔지만 북한과는 더 과거로 돌아갔다. 북한과 평화협정은 요원하다. 일본과 동맹관계와 대북적대정책 추구가 동일선상에 있고 당리당략에 이용되기 때문이다. 미국의 요구가 절대적인 영향을 미쳤을 것이다. 한국 국익과 미국 국익은 어느 정도 일치할까? 왜 국무회의에서 박원순 서울시장만 반대하고 아무도 반대하지 않았을까? 왜 이명박 대통령과 박근혜 대통령은 본인이 참석하지 않는 상태에서 국무회의를 했을까? 국론의 반대로 이대통령은 포기하고, 박대통령은 강행했는데 역사는 어떻게 평가할까? 1960년대 아버지 박대통령은 역사문제를 후대문제로 넘겼다. 2010년대 딸 박대통령은 동맹국 요구가 있었다 해도, 아버지의 모든 것을 마무리하려는 의욕이 강하게 작용했을까? 그럼 좀 더 신중했어야 하지 않았을까? 정보교류와 성노예는 일본도 처리해야 하는 입장이었다. 임금체불을 함께 협상할 절호의 기회를 놓쳤다. '협상의 전략'에서 김연철은 쉽게 타협하면 역사가 복수한다. "매듭 짓지 못한 역사는 예기치 않은 시점에 훨씬 악화된 형태로 빠져나와 반드시 복수한다는 점을 기억해야 한다."고 말한다.

한국의 현재는 어떠한가? 한국의 신우파(신보수, 뉴라이트)는 일본이 근대화를 시켜주었다고 한다. 일제가 망하면서 남긴 재산이 매우 많다고 한다. 보수중에서도 극단인 이들의 논리는 이명박, 박근혜 정부를 거치면서 일부 보수층에서 진영논리로 굳어지고 있다. 한일 무역 전쟁 중에 문재인 정부를 쓰러뜨릴 호재라고 생각한다. 이들이 자기 재산과 자기 여동생이 당했다면 지금 상황에 그와 같은 언행을 할 수 있을까?

유럽의 기준으로 우리가 몰상식하다는 보수적 논리가 있다. 이미 참회한 일본에게 우리가 계속 요구한다고 비난한다. 그 당시 국제법 질서에서 유럽과 일본은 제국주의자로써 한통속이다. 이어서 적국이 전범국에서 소련으로 바뀐 냉전의 상황이 이루어졌다. 남북 간 동족상잔의 전쟁에서 일본은 경제부흥 기반을 닦았다. 우리는 제 목소리를 낼 수 없는 약소국이었다. 지금 과거를 한 번 돌아보고 정리하자는 것이 잘못된 것인가?

일부 보수가 주장한 성숙한 유럽을 보자. 서독 수상 브란트가 폴란드에서 무릎을 꿇고 반성했다. 오데르-나이젠선의 국경을 인정하여 폴란드에게 영토를 포기하였다. 일상생활에서 나치의 잔재를 모두 청산했다. 일본이 독도의 영유권을 주장하고 전범이 묻힌 신사를 참배하는 것이 반성한 행위인가? 일본이 표현이나마 사죄한 것인가는 최근에 읽은 책의 표현을 빌린다.

리콴유 싱가폴 수상은 "독일인과 달리 일본인은 정화 과정을 거치지 않았고, 자신들 체제에 내재한 독소를 제거하지 않았다."고 했다. 제래드 다이아몬드는 "사과한다는 것은 결국 자신들이 과거에 악한 짓을 저질렀다는 걸 인정하는 것이다. 유감이나 회환을 표명하는 것은 현재의 주관적 감정을 표현하는 것일 뿐이다."

초등학교 수준만 되면
다 배울 수 있는 시민의식

얼마 전에 노포동에서 버스가 도착하자 남녀노소 구분 없이 서로 먼저 타겠다고 엉키는 사람들을 보고 시민교육의 필요성을 절감했다. 사회는 비약적으로 발전을 하였지만 시민정신은 이를 따라가지 못 하고 있는 것 같다.

나이 드신 분들은 농경사회에서 성장하여 새로운 사회질서에 대해 교육을 받지 못했을 수도 있다. 젊은이들은 산업화와 민주화가 이루어진 상태에서 도시생활을 하면서 교육을 받은 사람들이다. 기본 질서에 대해서는 젊은이들이 더 모범을 보여야 한다. 사소한 내용이지만 혹시 내가 그렇게 하지 않는지 한 번 돌아보자.

첫째, 휴지는 휴지통에 버려야 한다. 수업이 끝나고 쓰레기를 책상과 교실바닥에 버리고 간 학생들이 있다. 교실에서도 그럴 정도니 학교 곳곳에 담배꽁초를 아무 생각 없이 버린다. 심지어 화장실에서는 소변기에 버리는 경우도 있다. 버릴 장소가 없으면 대변기 옆에 있는 쓰레기통에 버리면 될 것이다. 길거리에서 너무 당연하게 쓰레기를 버린다. 부경대 앞을 지나가다 보면 나누어주는 광고지를 받아서는 그대로 길에다 버린다. 버리는 사람과 치우는 사람이 따로 있는 것이 아니다. 들고 가서 쓰레기통에 버리는 습관을 들이도록 해야 한다.

둘째, 지하철에서의 예절이다. 지하철이 도착하면 승객들이 내린 다음에 타야 되는데, 젊은이들이 자리를 차지하기 위하여 나이 든 분들과 똑같이 재빨리 틈새로 들어간다. 젊고 튼튼한 다리로 자리를 먼저 차지하는데 쓰고 있다. 지하철이 역에 도착하면 빨리 내려야 하는데 끝까지 의자에 앉아 있다가 사람이 타기 시작하는데 그때서야 내린다. 심지어는 어린애를 안고 있는 사람에게도 자리를 양보하지 않는다. 몇 년 후의 자기모습일 텐데도 연관이 되지 않는 모양이다. 젊은이들은 튼튼한 다리로 자리 경쟁을 하는 것이 아니고 잠시 서서 가면 안 될까?

셋째, 침은 알파아밀라아제 같은 소화효소뿐만 아니라 면역글로블린 A(IgA), 락토페린(lactoferrin), 리소자임(lysozyme)과 페록시다아제(peroxidase) 같은 항균물질도 포함하고 있다. 즉 침은 자기에게는 좋은 것이지만 남에게는 배설물로써 지저분한 것이다. 그런 침을 습관적으로 길에 뱉는 사람들이 많다. 이는 아주 나쁜 습관으로써 상대방에게 불쾌감을 자아내므로 자신의 평판에도 좋지 않다. 침은 삼키면 되고 가래침은 코를 풀듯이 화장지에 뱉어서 쓰레기통에 버리면 된다. 어떤 집단의 문화수준은 침을 뱉는지 여부로 판단할 수 있을 것이다.

넷째, 목욕탕에서 물을 물 쓰듯이 한다. 샤워기를 틀어놓고 비누칠을 한다. 심지어는 물을 맞으면서 양치질을 한다. 우리나라는 물 부족 국가이고, 국토가 좁아서 저수지(호, 댐)를 하나 만들려면 환경에 심각한 영향을 미치고 막대한 갈등이 초래된다. 물을 물 쓰듯이 하면 안 된다. 손을 뻗어 간단히 잠그고 비누칠을 하거나 양치질을 하고 나서 물을 틀면 좋을 것 같은데 계속 틀어놓는 것이다. 그러다 보니 목욕탕에서는 몇 초간 물이 나오고 끊어지는 샤워기를 설치할 수밖에 없다. 사람이 그런 간단한 기계의 통제를 따라야 하는 것이 서글프다.

다섯째, 사람이 붐비는 공공장소에서 문을 열고 나서 뒷사람에게 인계해야 한다. 그냥 문을 놓고 가버리는 사람이 많다. 심지어는 내가 문을 잡고 있으면 인계받지 않고 태연히 지나가는 젊은이가 있다. 내가 문을 열어주는 봉사원 취급을 받는 것이다.

여섯째, 공공장소에서 조용히 해야 한다. 지하철에서 나이 드신 여자분에게 자리를 양보했다. 맞은편에 앉은 친구와 큰소리로 대화를 나눈다. 그쪽에 자리가 하나 비었다. 저쪽에 가서 낮은 소리로 대화를 하라고 권유했다. 맞은 편 젊은이가 나를 보고 웃는다. 자리도 양보하고, 정숙을 권하는 내 모습을 다 본 것이다.

과거에는 사회가 단순하여 경로효친 등 기본적인 내용을 가정에서 가르쳐도 충분했다. 이제 한국사회가 경제성장을 이루고 민주화되면서 새로운 사회생활을 위한 시민교육이 필요하다. 생활수준이 올라간다고 해서 선진국이 아니다. 기본 시민의식과 함께 올라가야 한다. 이런 것들은 초등학생도 다 알 수 있는 내용이다. 문제는 아는 것을 실천하는 지행일치인 것이다.

그리고 승강기(엘리베이터) 문화도 바꾸어야 한다. 이스라엘 이야기로 시작한다. 이스라엘에는 단추를 누르지 않아도 모든 층에 자동으로 멈추는 승강기가 있다고 한다. 안식일에는 아무 일도 해서는 안 되기 때문에 승강기 단추도 작동시키지 않는 것이다. 우리가 바꿔야 할 승강기 문화는 무엇일까?

승강기에서 문이 자동으로 닫힐 때까지 기다려주는 것이다. 허겁지겁 오는 뒷사람에 대한 배려이다. 회의 시간에 늦게 도착하여 발을 동동 구르며 승강기를 기다려야 할 것이다. 승강기는 전기로 움직인다. 조금만 기다려서 같이 타면 전기를 절약한다.

나는 승강기에서 문을 닫는 단추를 누르지 않고 몇 초간 기다린다. 내가 기다려줘서 허겁지겁 타자마자 문을 닫는 스위치를 누르는 어린이가 있다. 내가 웃으면서 "네가 탈 수 있었던 것은 내가 기다려줬기 때문이다. 너도 조금만 기다려주면 좋지 않겠니?"라고 말할 때가 있다.

중간층은 이용객이 적지만 건물 첫 층에서는 이용객이 많다. 문이 닫힐 때까지 기다려주는 문화가 필요하다. 이런 기다림은 남에 대한 배려 외에도 자기의 수양이다. 성질이 급한 현대인의 조급증을 막는 교육으로 필요하다. 컴퓨터에서 몇 초도 기다리지 않는 것이 현대인이다. 내가 아파트 현관문을 열고 따라 오는 것을 알면서도 자기만 타고 올라가 버리는 사람들도 많다. 요즘 유치원과 초등학교에서는 이런 시민기본 예절을 가르치지 않는 모양이다.

계단을 걷는 것은 도시 등산이다. 일반 시민들은 2층밖에 안 되는데도 승강기를 이용한다. 그러고는 별도의 시간을 내서 운동하러 간다. 지하철에서 짐도 없는데 쪼르르 승강기로 가는 젊은 여성들을 많이 본다. 자신의 건강을 위해서 계단을 걸어야 한다. 사람이 참새보다도 땅을 적게 밟는다고 하지 않은가?

전기가 부족하면 발전소를 더 지어야 한다. 화력발전소는 대기를 오염시킨다. 원자력발전소는 항상 위험을 안고 살아야 한다. 폐기물을 규정대로 보관하는 나라는 핀란드밖에 없다고 한다. 미국이나 중국, 러시아는 사람이 살지 않는 곳에 간이시설물을 지어서 보관할 수 있다. 그러나 2백만 년이 되어야 안전해진다. 그 2백만 년 기간에 어떤 자연재앙이 닥칠지 모른다. 조그만 행동 하나가 원자력 발전소 1기를 없애는 첫 발걸음이다.

일회용 컵 안 쓰기와 자원재활용

몇 년 전에 덕적도에 가려다 바쁜 일이 있어서 취소했다. 거기에는 우체국장인 친구가 있었다. 그리고 기초군사교육단장 시절에 야전교육대장을 했던 장교가 기지장으로 근무하고 있었다. 그 후에 그 장교와 신길동에서 식사를 했다. 후배 장교 말이 "단장님이 오신다는 말을 듣고 주임원사를 불러서 부대에 있는 종이컵을 치우자고 얘기했습니다."라고 하는 것이다.

그 후배 장교는 내가 지휘관하던 시절에 나의 언행을 기억하고 있는 것이다. 기초군사교육단에서 신병 입대식 날은 가족을 포함해서 몇 천 명이 방문한다. 종이컵이 몇 천 개 쓰인다는 것이다. 1회용 종이컵 대신에 여러 번 쓸 수 있는 다용도 컵으로 바꿨다. 지금도 사무실에서 종이컵은 1년에 몇 개 쓰지 않고, 사기 컵을 하루에 몇 번씩 씻어 가면서 쓰고 있다.

며칠 전에 모 시민단체 행사장에 갔더니 노란 고급 종이컵을 일회용으로 쓰고 있다. 공무원이든 시민단체든, 보수든 진보든 착각하고 있는 것이 있다. 기준이 맞고 틀리고를 떠나서 나라사랑을 한 가지 잣대로만 재고 있다. 한 가지라도 나라를 생각하는 것은 좋은 일이지만 전체와 종합적인 나라사랑 활동이 필요하다.

우리가 일회용을 안 쓰고 자원재활용을 하는 이유는 다음과 같다. 얼마 전까지도 자본주의는 대량생산 대량소비로 정의되었다. 기계화를 이용하여 많이 생산하여 단가를 낮추고, 많이 소비함으로써 가동률을 올리는 선순환구조이다. 원재료는 값싸고 풍부하였고, 생산과 소비가 바로 국가총생산(GDP)이었다. 탐욕으로 치닫던 자본과 인간이 자원남용과 환경파괴 문제를 깨닫기 시작하였다. 난개발로 인한 단기적 이익대신에 지속가능한 발전이 자리를 잡아가고 있다.

첫째는 적게 사용하며 자원을 재활용하여야 한다. 주간지 '한겨레21'에서 본 문구가 정답이다. '우리가 풍족하게 쓰는 것은 자원의 것을 빼앗아 쓰는 것이며, 후손의 것을 당겨서 쓰는 것이다.' 자원은 무한하지 않고 유한하다. 지구를 황폐화시켜서는 안 된다.

둘째는 쓰고 남은 것을 재활용하지 않으면 쓰레기가 되어야 한다. 태우면 공기를 오염시키고, 땅에 묻으면 썩지도 않고, 땅을 오염시킨다. 지구를 쓰레기장으로 만들면 안 된다. 좁은 우리 땅은 자기 집 마당이나 동네에 버리는 것이나 마찬가지다. 얼마 전에 필리핀에 수출했던 쓰레기가 되돌아왔다. 미국과 러시아, 중국은 땅이 넓으니 땅의 오염은 차치하고라도 묻을 땅이나 있다. 우리는 어디에 묻을 곳이 없다. 모든 생태계가 연결되어 있으니 오늘 버린 쓰레기가 며칠 후에 물과 공기로 내 몸에 들어와서 세포의 일부가 될 수 있다.

셋째는 만드는 과정에 발생되는 열이 바로 탄소인 것이다. 환경부 자료에 따르면 일회용 종이컵 한 개를 만드는데 11g의 이산화탄소가 배출된다. 1톤의 종이컵을 만들려면 20년생 나무를 무려 20그루를 베어야 한다. 지구온난화와 생태계 파괴의 공범이 되는 셈이다. 일회용과 쓰레기를 안 쓰는 것이 나라사랑이다. 우리는 지구의 온도를 2도 이상 올리지 않으려면 적게 만들어야 한다. 사람은 2도만 체온이 올라가도 응급실로 간다. 지구를 찜질방으로 만들면 안 된다.

가장 손쉬운 것은 절약하고 재활용하는 것이 생활화되어야 한다. 며칠 전에 폐업한 가게에서 내놓은 의자를 아주머니가 분해하고 있다. 114에 물어서 전화를 하니 아름다운가게는 전화를 받지 않는다. 그 사이에도 의자는 철과 비닐로 분리되고 있다. 지역구 박재호 의원 사무실에서 재활용하겠다는 답을 듣고는 작업을 중단시켰다. 내가 미처 막지 못하여 분해된 의자 철 구조는 고철상에서 재활용될 것이나, 비닐은 매립쓰레기 신세이다. 사무실 앞 통로에 갖다 놓은 의자는 지나다니는 노인 분들이 잘 쉬신다. 나머지 몇 개는 어느 분이 가져가셨다. 긴요하게 잘 쓰일 것이다.

우리 문화 보존과 융성

아내가 '창의와 창조' 측면에 '반지의 제왕'을 보자고 권유한다. 가족이 함께 3주에 걸쳐서 이 극장 저 극장을 찾아다니며 3~4시간짜리 세 편을 모두 보았다. 한 번 가보고 싶은 아름다운 자연경관이 펼쳐진다. 무협지나 람보 같은 일당백의 영웅이 아닌 평범한 주인공들이 펼치는 잔잔한 줄거리가 전개된다. 영화가 끝난 것을 중간 휴식시간으로 착각할 만큼 긴 시간을 영화에 몰입했다. 우리나라 문화와 경제에 대해서 다시 한 번 생각해 보는 시간이 되었다.

김대중 대통령이 1998년에 1차로 일본 문화를 개방할 때에 나는 적극적으로 반대하였다. 우리는 근대화한다는 명분과 새마을운동 등을 통해서 전통문화를 미신 취급했고 거의 사라졌다. 청학동 같은 동네도 지붕을 슬레이트로 바꿨다가 그 위에 다시 초가를 올렸다. 정월대보름에 찰밥 얻으러 다니던 풍속은 없어지고 할로윈 같은 족보 없는 행사가 유행한다.

반면에 일본은 유구한 문화가 보존되어 있다. 그 당시 불법상태에서도 일본의 노래와 만화 등이 우리 사회 깊숙이 스며들어 있었다. 정부가 규제를 해도 안 되는 판에 개방한다는 정책은 이해가 되지 않았다. 그 후 영화 개방과 스크린 제도 철폐 시에도 마찬가지 우려를 하였다. 지금은 한국식 가요(K-팝)가 유행하고 한국영화가 헐리우드 영화와 경쟁할 정도로 우리 문화가 번성하고 있다.

한편으로 우리의 1인당 국민소득은 몇 년째 3만 달러 문턱을 넘지 못하고 2만 달러에 머물러 있다. 그동안 우리는 저임금과 교육열을 바탕으로 선진국 '맹추격전략'으로 여기까지는 왔다. 이 정도의 성공을 한 나라도 대만, 싱가포르 등 극소수에 불과하다. 어떤 학자가 "제조와 무역만 잘해서 2만 달러는 이룰 수 있지만 이를 넘어서려면 '제도와 문화'가 뒷받침되어야 한다."고 했다. 많은 사람들이 이제는 '따라잡기식 모방경제'가 아닌 '창조경제'를 해야 한다고 얘기한다. 박근혜 정부에서 시의 적절하게 '창조경제'와 '문화융성'을 얘기하였다.

먼저 '정치·경제제도'의 정상화이다. 그동안 정치인을 선출하는 투표에서 유권자는 지역과 이념에 따라서 묻지마식 투표를 하였다. 비판적으로 참여하는 시민이 아니고 무조건 따르는 추종자나 신도 같은 선거문화를 보여주었다. 구시대의 유물인 줄 알았던 정경유착과 회계불투명이 여전히 행해진다. 국민은 자기 수준에 맞는 정부를 가지며, 그 정부는 경제와 한통속이 되어서 사적인 이익을 챙길 뿐이라는 것을 여실히 보여주었다. 제도 측면에서는 1987년 이래 또 한 번의 도약이 이루어져야 한다.

다음은 문화로써 '창조경제와 문화융성'도 구호 수준에 머물러 있다.

다양성과 관용도가 없는 사회에서 문화와 창조가 융성할 수 없다. 질서를 존중하는 측면에서 보수적 성향이 짙은 관료와는 달리, 창작을 하는 예술인들은 기존 틀을 깨야 하는 측면에서 비판적이고 진보적 성향을 다수 지녔을 것이다. 재능을 가진 인재들이 이념과 무관하게 마음껏 기량을 발휘할 운동장이 마련되어야 한다. 정부에서 개입하면 우리 문화예술은 관영 홍보단이나 국군정훈교재 수준에 머물 것이다. 국제적으로 경쟁이 되지 못하고, 한국 경제를 선도하지 못한다. 우리문화를 대표하는 가요(K팝)가 선도하는 한국문화는 표피가 너무 얇으므로 뿌리 깊은 나무와 샘이 깊은 물처럼 기반이 튼튼해야 할 것이다.

문화를 융성하기 위해서는 먼저 우리말과 글이 다듬어지고 널리 사용되어야 한다. 프랑스와 북한처럼 우리도 전 국가적으로 우리말과 문화를 보존하고 발전시키며 외국문화와 경쟁하는 정책을 펼쳐야 한다. 모든 정부 부처와 일정 규모 이상의 회사에 '우리말 지킴이(국어전문가)제도'를 도입해야 한다. 해일같이 밀려오는 외국문화 속에서 '동해물과 백두산이 마르고 닳도록' 우리 문화가 보존되고 융성하기를 기원한다.

정월대보름과 할로윈 행사

외손녀가 에버랜드에 다녀온 것을 자랑하면서 할로윈 얘기를 한다. 손녀와 함께 가서 보니 단순히 춤추는 공연이 할로윈이다. 그냥 '도깨비 놀이'라고 하면 될 것을 지각없는 상술에 우리 문화의 싹수가 잘리고 있다. 더욱 놀란 것은 어린이대공원 입구에도 할로윈 상품 전시 등 할로윈 판이다. 여기는 상술도 아닐 텐데, 너무도 생각 없이 따라가고 있다.

박근혜 정부에서 문화창달과 융성을 주장할 때 많은 기대를 했었다. 결국은 상술, 권력욕, 실적 위주의 행사 등으로 끝나고 말았다. 도깨비 놀이라고 하면서 우리 전래의 도깨비를 세계화하여 한류에 보탬이 될 것인데 아쉽다. 며칠 전에 부산 아시아공동체학교에서 열었던 '세계귀신축제'라는 이름이 차라리 낫다. 최소한 할로윈이 귀신의 대명사로 굳어지는 것을 막을 수 있을 것이다. 할로윈이나 도깨비가 같은 비중으로 다루어질 것이기 때문이다.

지금이라도 방송이나 언론에서 대보름 행사를 소개했으면 한다. 공동체 가치를 지켜야 하는 보수들이 관심을 보이지 않는다. 그나마 달집태우기 행사라도 다시 살아나는 것이 반갑다.

정월대보름 아침에는 더위를 파는 풍속이 있었다. 이름을 불러서 무심결에 대답을 하면 더위를 파는 방식이다. 이빨 빠지신 증조할머니가 병록아! 하고 불러서 대답하면 "너더구(내더위)" 하시면서 증손자에게 더위를 파셨다. 정월 대보름에 오곡밥 얻으러 다닌 민속이 있었다. 옷은 일부러 허름하게 입고 대문으로 들어가든지, 담장 너머로 바가지 혹은 바구니 등을 내밀고 밥 주세요 하던 놀이이다.

1990년 초에 서울 대방동에 이사 오니 그때까지 밥 얻으러 다니는 얘들이 있었다. 요즘 젊은이들은 이런 민속이 있었다는 사실조차 까맣게 잊어버리고 있다. 캔디 얻으러 다니는 할로윈 행사를 하고 있다. 우리 문화는 잊어버리고 외래행사를 즐기는 안타까운 현실이다.

구한말, 일제 점령기, 건국 초기의 암울한 현실에서 우리 것은 창피했었다. 먹고 살기에 바쁜 우리 상황에서 서양 제품은 세계 일류였고, 서양은 이상향 자체였다. 미국은 거지들도 양담배를 피고, 양주를 마시며, 영어를 쓴다는 자조적인 상황이었다. 현재 우리는 경제적 측면에서 세계 10권이다. 미국의 보도블록이 금이라는 환상을 가지고 있지 않고, 치안의 허술함, 의료보험 수준 등을 알고 있다.

이제 한국, 일본, 중국의 동북아 3국은 삶의 질은 몰라도 경제지표상 세계가 부럽지 않은 국가가 되었다. 우리 문화에 깊은 뿌리를 둔 것 같지는 않지만 한류 문화가 있다. 장사와 공장만 가지고는 선진국이 될 수 없으며 투명성, 민주화 등 제도와 문화가 뒷받침되어야 한다. 세계화 추세 속에서, 남의 것도 존중하는 배려와 모든 분야에서 다양성을 존중해야 한다. 이에 더하여 우리 것을 지키고 발전시켜서 문화의 뿌리로 삼되 국수주의에 빠지지는 않아야 할 것이다. 일본의 화혼양이和魂洋理, 중국의 중체서용中體西用을 다시 생각해 본다. 21세기판 새로운 동도서기東道西器 운동이 필요한 시기라고 생각한다.

내 사전에 외국어는 없다

승강기(엘리베이터)에서 화면에 나오는 영어회화를 읽자 손녀가 "할아버지! 영어 싫어하잖아요?" 한다. 5살(만4살)짜리가 그런 말을 한 배경은 다음과 같다. 어떤 나라 말이 외국화되면서도, 마지막까지 남는 것은 토씨(조사)와 감탄사이다. 우리말이 한문화되면서도 토씨는 살아남았다.

구한말 멕시코 사탕수수 농장 이민역사를 티브이에서 추적한 적이 있다. 모습이 서양화된 후손들이 할머니의 "아이고! 아이고!"를 기억하고 있었다. 공원에서 아이와 놀고 있는 엄마 입에서 "오마이 가드"가 아주 자연스럽게 나온다. 어린이 방송에도 그런 말이 나온다. 드디어 내 손녀 입에서도 자연스럽게 나온다. 그 말을 듣고 깜짝 놀라서 "영어를 쓰면 안돼"라고 한마디 했다. 외손녀가 할아버지는 영어를 싫어한다는 생각을 하게 된 것이다.

아래 그림에서 보면 '등짐'이란 낱말과 '백팩'이란 말이 나온다. 비록

new라는 영어문구가 있지만 과거에는 외국말이 들어오면 우리말 화하였다. 한글날 하루만 행사하지 말고, 우리말을 지키고 가꾸어야 한다. 특히 방송인들의 한글 교육을 강화해야 한다. 우리말을 오염시키는 선봉에 언론이 있다. 자체 감사를 셀프 감사로, 온갖을 all로 표현하고 있다.

인공지능 시대에 우리말을 더 다듬어야 한다. 10여 년 전에 자동번역은 양자컴퓨터가 나오기 전에는 불가능하다는 말을 들었다. 이제 간단한 일상회화는 자동으로 번역되는 시기에 도달했다. 우리말을 다듬어 사용하는 것이 더욱 중요해졌다. 인공지능과 알고리즘의 역할이 커질수록 사람과 문화의 가치가 중요해지기 때문이다.

예를 들어 자동번역기에서 세 가지 번역이 나올 것이다. "① 뉴 페이스입니다." "② 신참입니다." "③ 새내기입니다." 영어는 한자어로, 한자어는 순수한 한글로 바꾸고 만들어가야 한다. 무관심한 습관과 유식한 체하는 행동 속에 우리말이 너무 오염되어 있다.

내 사전에 외래어는 있어도 외국어는 없다. 우리말 사용 주창자인 나로서도 갈등 지점이 있다. 커피점의 대세를 인정할 것인가 다방이라고 고집할 것인가이다. 커피 자체는 우리말 화되었고, 커피점도 우리말 사전에 들어가도 될 것이다. 리필은 아직 명백히 외국어이다. 나는 우리말로 표현이 가능한 것을 외국어로 쓰지 않는다.

어느 커피점에서 커피잔을 들고 가서 "채워 주실 수 있나요?" 하고 물어보니 "예"라고 답을 한다. 커피잔을 주니 쓰레기통에 넣는다. 잠시 당황하다 순간 깨달았다. 아! 채워달라는 것을 치워달라는 것으로 들었구나. 리필이라고 했으면 확실했을 것이다. 그러나 내 머릿속 우리말 사전에는 리필이 없다.

영어를 잘 못하는 제주도 시골 마을 버스에서도 "카드를 태그해 주세요." 한다. 서울에서 "여기에 대주세요."라는 신선한 광고를 만나서 즐거웠다. 태그라는 낱말까지도 국어사전에 등록해야 될 판이다. 새로 시작되는 것은 모두 영어이다. '푸드트럭'은 '음식트럭', '식당차', '먹거리차' 등으로 부를 수 있는데 푸드트럭이란다. 식당가는 푸드코트이다. 나는 식당은 가지만 푸드코트는 가지 않는다. 나 혼자라도 우리말을 지킬 것이다. '먹자거리'라고 병행표기는 조금 위안이 된다.

지하철에 이런 광고가 붙어 있다는 기사를 보면 우리나라 사람들이 우리글을 쓰는 것을 창피하다고 느끼고 있음을 절감할 것이다. "머스큘러하고 텐션이있는 보디라인을 살려주는 퍼펙트한 써클 쉐입, 버닝하는 열정을 보여주면서 잔근육 같은 디테일이 살아 숨쉬는 템테이션널, 클리어한 뷰를 보여주면서도 단단하고 탄력있게 벌크업……"

이것을 지적한 분도 '광고카피' '노이즈마케팅' 같은 낱말을 주저 없이 사용한다. 내가 무식한 건가? 그들이 유식한 건가? 우리글은 연결부분의 토씨(조사) 위주로만 남아 있다. 우리글을 다듬고 가꾸자.

첫째, 한글을 국보1호로 정해야 한다. 남대문(숭례문)은 불타서 없어진 가짜건물이다. 그리고 식민시절에 일본인이 지정하였다. 임진왜란 때 외군의 한양 첫 입성이니, 일본 방향이라는 등 의혹이 있다.

둘째, 각 부처에 한글정책관을 두어 남발하는 외국어와 족보 없는 말들에 실시간 대응하여야 한다. 국어를 상징하는 기관을 상향시켜야 한다. '열시'라고 해야 할 것을 '십시'라고 한다. 국방부(정확히 얘기하면 육군)에서 망치는 말들이다.

셋째, 국어교육을 강화하고 모든 공무원 시험 때 국어를 강화해야 한다. 우리말 단어가 떠오르지 않는지 "오픈, 케어, 리얼, 셀프" 등 외국어가 남발되고 있는 현실이다. 특히 방송국과 신문 등 언론에 근무하는 사람은 한글시험을 별도로 치러야 한다.

넷째, 국제화 추세로 그대로 들어와 사용되는 외국어는 우리말로 바꿔서 써야 한다. 학문적으로나 기타 이유로 외국어를 쓸 때는 한글을 괄호 안에 같이 써야 한다. 한문도 괄호 안에 쓰는 것을 권장한다.

다섯째, 모든 소리를 표기할 수 있는 장점과 시대변화에 부응하기 위하여 L, R 등을 표기할 수 있도록 개선되어야 한다. 그리고 'ㄲ'은 '쌍기역'으로 읽지 말고 '끼역' 하든지 '겹기역'으로 읽어야 한다.

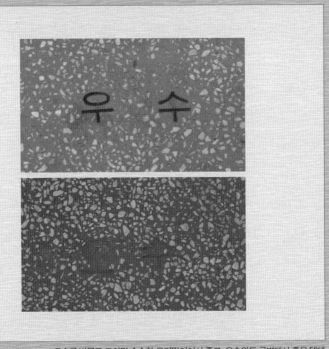

우수를 빗물로 고치면 순수한 우리말이어서 좋고, 오수와도 구별돼서 좋을 텐데

작은 말 타는 체험이라고 하면 작은 동물농장과 잘 어울릴 것 같다.

땅이름을 이런 식으로 해야 한다. 그리고 괄호 안에 한문이든 영어든 세계 공용어든 쓰면 된다.

사회생활 3년 차에 명함이 네 번 바뀐다. 명함이 바뀐다는 의미는 명리학에서 신분이나 직책이 바뀐다는 의미이다. 2013년 8월 31일에 현역에서 퇴역하면서 명함이 '관군에서 의병'으로 바뀌었다. 이어서 9월 1일에 '동명대 (초빙)교수'가 되었다. 2015년 2월 25일에는 '정치학 박사'가 되었다. 이제 사회초보생 3년을 마치면서 교수직책은 없어졌지만 '수필가'로 문단에 등단한다. 무인에서 문인이 된 것이다.

　　어렸을 때부터 책은 많이 읽었지만 글 쓰는 재주는 없었다. 설상가상으로 글씨도 악필이었다. 초등학교 때 군인아저씨께 보내는 위문편지는 첫 번째 문장을 쓰고는 더 이상 연결이 되지 않았다. 고등학교 다닐 때에 연애편지를 먼저 받은 적이 있지만 답장이 되지를 않았다. 현역 때에 후배들이 "이제 읽은 것을 써보시지요" 했을 때에는 허허 웃으면서 넘겼다. 그러다가 퇴직을 앞두고 후배들에게 남기고 싶은 얘기를 편지로 쓰기 시작했다. 글을 잘 쓴다는 평가를 받기 시작했다. 박사학위 논문을 쓰면서 글을 쓰는 연습이 되었다. 이제는 글을 쓰는 것이 두렵지 않고 쉬워졌다.

얼숲(페북)이나 카스 등에 일상적인 글을 올리기 시작했다. 국문학교수이자 시인으로 등단한 친구가 수필가로 등단할 것을 댓글에서 추천했다. 결과적으로 그 격려가 자신감을 주었다. 그러나 문인이 된다는 것이 현실에 와 닿지 않았다. 애호가 수준에서는 글을 서투르게 올려도 별 중압감이 없다. 오탈자 등을 쑥 훑어보고는 바로 올리는 편이다. 문인이 되면 이름값을 해야 하니, 쉽게 글을 올리지 못할 것 같다. 즐거워야 할 일이 부담감이 될 수도 있다. 그래도 내 수준을 향상시키는 방법 중의 하나가 문단에 등단하는 것일 수도 있겠다. 나이 60이 다 되어 나를 채찍질하는 이유가 하나 추가되었다.

석사와 박사학위 논문을 출판하였지만 엄밀하게 책은 아니다. 소령때 '진해기지사'를 만들기도 했다. 편제사와 진해에 있는 부대사를 섭렵하였다. 엄청난 분량의 원고를 작성하였다. 막상 발간된 책은 내가 쓴 내용보다는 기존에 있는 내용에 추가하여, 일부 기간을 늘린 것뿐이다.

전역을 하면서 책을 출판하려는 욕심이 있었다. 실제로 많은 군 선배들이 책을 출간하였다. 자신이 평생 쌓은 군 생활과 인생관에 대한 기록은 될 것이다. 단지 내 개인에 대한 기록만을 남기고 싶지는 않았다. 박사학위 논문을 준비하면서 정신적 여유도 없었다. 출판을 포기하였는데, 지금 판단하니 옳은 선택이었다.

두 번째 출판 유혹은 환갑을 맞으면서이다. 그동안 블로그에 쌓인 글을 중심으로 책을 만들 수 있을 것 같았다. 그 역시 내 환갑을 기록한 나만의 기록이 될 것 같았다. 정의당에 입당하여 정치인이 되었다. 이제는 책을 출판할 만한 계기가 되었다. 블로그에 올린 글을 정리하여 초안을 만들었다. 출판사에서 요구한 분량의 2배이다. 하고 싶은 얘기가 너무 많은 모양이다. 아까운 글을 줄이고 줄여서 책 한 권이 만들어진다.

이 책을 읽어 주신 분들에게 감사드립니다.